COLLECTION JULES VERNE

COLLECTION JULES VERNE
BAND 23

Der Kurier des Zaren

Band 2
Michael Strogoff

Pawlak Taschenbuch Verlag, Berlin, Herrsching

Nachdruck mit freundlicher Genehmigung des
Verlages A. Hartleben, Inh. Dr. Walter Rob, Wien I.
Die Vorlagen für die Umschlagillustrationen der
Collection Jules Verne sind Jules Verne Bänden,
erschienen im A. Hartleben's Verlag, Wien, entnommen.
Umschlaggestaltung: Bine Cordes, Weyarn
Die Orthographie wurde der heutigen Schreibweise angeglichen.

Gesamtherstellung: Elsnerdruck GmbH, Berlin
Printed in Germany
ISBN: 3-8224-1023-3

Inhalt

Anhang

Ein Drama in Mexico

Zweiter Teil

Erstes Kapitel

Ein tartarisches Feldlager

Eine Tagesreise von Kolyvan und einige Werst jenseits des Fleckens Diachinsk breitet sich eine große Ebene aus, auf der sich einige hohe Bäume, vorzüglich Tannen und Zedern, erheben.

Während der warmen Jahreszeit wird dieser Teil der Steppe gewöhnlich von sibirischen Hirten besucht und gewährt auch den zahlreichen Herden derselben hinlängliche Nahrung. Jetzt hätte man wohl vergeblich nach einem dieser nomadisierenden Bewohner gesucht. Nicht daß diese fruchtbare Ebene verlassen und öde gewesen wäre – im Gegenteil, sie zeigte ein ganz außergewöhnliches Leben.

Hier erhoben sich nämlich die Zelte der Tartaren, hier lagerte Feosar-Khan, der grausame Emir von Bukhara, und eben an diesem Morgen, am 7. August, wurden die bei Kolyvan nach der Zersprengung des kleinen russischen Corps gemachten Gefangenen hierher eingebracht. Von jenen 2000 Mann, welche sich zwischen die zwei auf Omsk und Tomsk gestützten, feindlichen Heersäulen gewagt hatten, waren nur noch einige hundert Soldaten davon gekommen.

Der Verlauf der Ereignisse war also kein günstiger, und die kaiserliche Regierung erschien jenseits des Ural ernstlich bedrängt – mindestens für den Augenblick, denn früher oder später mußte es den Russen ja wohl gelingen, die Eindringlinge zu Paaren zu treiben. Jedenfalls hatten die räuberischen Horden das Herz Sibiriens erreicht und drohte der feindliche Einfall sich über das empörte Land entweder nach den Provinzen im Westen oder nach denen im Osten zu verbreiten. Irkutsk war jetzt von aller Verbindung mit Europa abgeschnitten.

Wenn die Truppen vom Amur und aus der Provinz Jakutsk nicht rechtzeitig eintrafen, um die Hauptstadt Sibiriens zu besetzen, so mußte sie wohl, bei den mangelhaften Kräften zu ihrer Verteidigung, den Tartaren in die Hände fallen, und bevor es dann möglich wurde, sie diesen wiederum zu entreißen, blieb der Großfürst, der Bruder des Kaisers, den Rachegefühlen Iwan Ogareff's preisgegeben.

Was war nun mit Michael Strogoff geschehen? Beugte er sich unter der Last so vieler Prüfungen? Betrachtete er sich als besiegt durch so viel Hindernisse, die ihn seit dem Unfalle von Ichim unausgesetzt verfolgten? Gab er seine Partie verloren, sah er seine Sendung für verfehlt, die Überlieferung seines Mandats für unmöglich an?

Michael Strogoff gehörte zu den Menschen, die sich erst dann nicht mehr regen, wenn sie tot zusammengebrochen sind. Jetzt lebte er noch, war sogar ganz unverwundet geblieben, das kaiserliche Handschreiben verwahrte er noch immer, sein Incognito war noch unverletzt. Gewiß befand er sich unter den zahlreichen Gefangenen, welche die Tartaren wie eine Herde Vieh dahertrieben; aber mit der Annäherung an Tomsk kam er auch Irkutsk näher, und jedenfalls blieb Iwan Ogareff immer hinter ihm zurück.

»Ich werde noch ankommen!« wiederholte er sich immer wieder.

Seit jener Affaire bei Kolyvan drängte sich seine ganze Lebenskraft zusammen in dem einen Gedanken, seine Freiheit zu erlangen. Wie er den Soldaten des Emirs entrinnen würde? – Das wollte er sehen, wenn der passende Zeitpunkt da wäre.

Feofars Feldlager bot einen prächtigen Anblick. Zahllose Zelte aus Tierfellen, Filz oder Seidenstoffen schillerten in den Strahlen der Sonne. Lange, reiche Troddeln auf ihren schlank zulaufenden Spitzen wiegten sich zwischen buntfarbigen Fahnen, Standarten und Feldzeichen hin und her. Die am reichsten ausgestatteten Zelte gehörten den Seids und den Khodjas, den vornehmsten

Männern des Khanates, an. Eine besondere Flagge, mit einem Pferdeschweif als Schmuck, deren Lanzenschaft sich aus einem kunstvoll geordneten Bündel roter und weißer Stäbe erhob, bezeichnete den hohen Rang dieser Tartarenhäuptlinge. Weit über Gehweite hinaus erstreckten sich endlich die Reihen jener turkomanischen Zelte, »Karaoys« genannt, die auf dem Rücken der Kamele mitgeführt wurden.

Das ganze Lager zählte mindestens 150000 Mann Soldaten, sowohl Fußvolk als auch Reiterei. Unter diesen sah man, als die Urtypen von Turkestan, zuerst die Tadjiks mit ihren schönen, regelmäßigen Zügen, weißer Hautfarbe, schwarzen Augen und Haaren und dem hohen, mächtigen Wuchse, – die Hauptmacht der Tartarenarmee, zu der die Kanate von Khokhand und Kunduz nahezu ein gleich großes Kontingent wie Bukhara geliefert hatten. Neben diesen Tadjiks fanden sich die Vertreter anderer Stämme, welche entweder in Turkestan seßhaft waren oder deren Heimat doch an jene Gebiete grenzte. Da sah man Ushecks von kleiner Gestalt und mit brennend rotem Barte, ganz ähnlich denen, welche zur Verfolgung Michael Strogoffs ausgesendet worden waren. Ferner Kirghisen mit abgeplattetem, dem der Kalmücken ähnlichen Gesicht, in Panzerhemden gekleidet, von denen ein Teil Lanzen, Bogen und Pfeile asiatischer Herkunft führte, ein anderer mit dem Säbel, einem Luntengewehre und dem »Tschakane«, d. i. eine kurz gestielte Art, welche leicht tödliche Wunden verursacht, ausgerüstet erschien. Dazu mittelgroße Mongolen mit schwarzem, langem Haar, das in einen Zopf geflochten auf den Rücken hinabfiel, mit rundlichem, sonnenverbranntem Gesicht, dunklen, lebhaften Augen und mangelndem oder sehr spärlichem Barte, gekleidet in blaue, mit schwarzem Pelz verbrämte Nankingstoffe, geschmückt mit Ledergürteln, mit Silberschnallen, Schnürstiefeln und seidenen, wiederum mit Pelz garnierten Mützen, von denen noch rückwärts drei Bänder hinausflatterten. Endlich sah man auch tiefdunkle Afghanen;

Araber, wahre Musterbilder der schönen femitischen Rassen und Turkomanen mit engen gedrückten Augen, an denen die Lider ganz zu fehlen schienen, – alle vereinigt unter der Kriegsfahne des Emirs, einer Fahne von Mordbrennern und zerstörungssüchtigen Horden.

Neben diesen freien Soldaten fand sich auch noch eine gewisse Anzahl Sklavenhaufen, vorzüglich Perser, welche von eingeborenen Anführern befehligt und in der Armee Feofar-Khans keineswegs geringgeschätzt wurden.

Rechne man hierzu noch die als Diener fungierenden Juden in ihrem mittels eines Strickes zusammengehaltenen langen Rocke, den Kopf, an Stelle des ihnen verbotenen Turbans, bedeckt mit einem dunkelfarbigen Tuchkäppchen, und endlich darunter gemischt noch Hunderte »Kalender«, eine Art religiöser Bettler in zerfetzter, mit einem Leopardenfelle notdürftig bedeckter Kleidung, so wird man zu einer nahezu vollständigen Vorstellung des fast unübersehbaren Gemisches der verschiedenen Völker und Stämme gelangen, welche die Tartarenarmee bildeten.

Fünfzigtausend Soldaten der Armee waren beritten und die Pferde derselben nicht minder verschieden als die Mannschaften. Unter den Tieren, die zu je zehn an zwei parallelen Stricken angebunden und deren Schweife in Knoten geknüpft, deren Rücken aber mit einem seidenen Netze bedeckt waren, unterschied man die feingebauten, großen Turkomanen mit glänzendem Haar und stolzer Haltung; die ausdauernden, kräftigen Usbecks; die Kokandiner, welche außer ihrem Reiter noch zwei Zelte und eine ganze Kücheneinrichtung tragen; die hellfarbigen Kirgisenrosse, die von den Ufern des Emba-Flusses herstammen, wo man sie mittels »Arkan«, d. i. der Lasso der Tartaren, einfängt, und endlich viele andere Abkömmlinge gekreuzter Rassen von geringerem Werte.

Lasttiere zählten hier ebenfalls nach Tausenden. Hier fanden sich kleinere, aber wohlgebaute Kamele mit langer Behaarung, deren dichte Mähne ihren Hals verhüllte, gelehrige und leichter als die Dromedare zähmbare Tiere; ferner einhöckerige »Nars« mit rotgelbem, gelocktem Felle; endlich eine Menge Esel, welche unverdrossen ihre Arbeit leisten und deren sehr geschätztes Fleisch zum nicht geringen Teile die Nahrung der Tartaren ausmacht.

Über diese ganze Masse von Menschen und Tieren, über diese ungeheuren Haufen von Zelten verbreiteten in größeren Gruppen zusammenstehende Zedern und Fichten einen angenehmen, erfrischenden Schatten, der da und dort durch einige besonnte Stellen unterbrochen wurde. Das Bild bot einen höchst pittoresken Anblick, zu dessen Wiedergabe ein Maler wohl alle Farben seiner Palette hätte erschöpfen müssen.

Als die bei Kolyvan gemachten Gefangenen vor den Zelten Feofars und der Großwürdenträger des Rhanates anlangten, wirbelten die Trommeln und schmetterten die Trompeten. Zu dem entsetzlichen Getöse mischte sich aber auch noch das Knattern von Gewehrfeuer und der Donner vier- und sechspfündiger Geschütze, welche die Artillerie des Emirs bildeten.

Feofar lebte hier unter rein militärischer Umgebung und Lebensweise. Seine Haushaltung und sein Harem befanden sich, ebenso wie die seiner Bundesgenossen, jetzt in Tomsk, das in den Händen der Tartaren war.

Nach Aufhebung des Lagers sollte der Sitz des Emirs ebendahin verlegt werden, bis er diese Residenz endlich mit der Hauptstadt von Ostsibirien endgültig zu vertauschen hoffte.

Feofars Fürstenzelt überragte die Zelte seiner Nachbarn. Errichtet aus breiten Stücken eines prachtvollen Seidenstoffes, den Schnuren mit goldenen Fransen zusammenhielten, überragt von dichten Troddeln, welche der Luftzug fächerartig hin und her wiegte, nahm es den Mittelpunkt einer weiten Lichtung ein, die im Vordergrunde durch prächtige Birken und gigantische Fichten abgeschlossen war. Vor diesem Zelte lag auf einem glänzenden, feinen, mit Edelsteinen ausgelegten Tische geöffnet der heilige Koran, dessen Blätter aus ganz dünnen, fein gravierten Goldplättchen bestanden. Darüber flatterte die tartarische Fahne.

Am Umfange der Lichtung erhoben sich im Halbkreise die Zelte der höchsten Beamten von Bukhara. Da wohnten der Großstallmeister, dem das Recht zusteht, dem Emir bis in den Hof seines Palastes zu Pferde zu folgen; der Groß-Falkenier, der »Housch-Begui«, d. i. der Siegelbewahrer des Herrschers, der »Toptschi-Baschi«, d. i. der Oberbefehlshaber der Artillerie, der »Khodja« oder Vorsitzende des Großen Rates, der von dem Fürsten geküßt wird und sich vor ihm mit offenem Gürtel zeigen darf, der »Scheik-ul-Islam«, der Erste der Ulemas und Vertreter der Priesterkaste, der »Cazi-Askev«, der in Abwesenheit des Emirs über alle Streitfragen zwischen Militärs zu entscheiden hat, und endlich der Chef der Astrologen, deren Hauptgeschäft es ist, die Sterne zu befragen, sobald der Khan beabsichtigt, seinen Aufenthalt zu wechseln.

Der Emir befand sich, als die Gefangenen in das Lager getrieben wurden, glücklicherweise in seinem Zelte. Eine Handbewegung, ein Wort von ihm hätte wohl hingereicht, ein blutiges Strafgericht in Szene zu setzen. Er hielt sich aber zurück in jener Isoliertheit, welche zum Teil die Majestät der orientalischen Fürsten erhält. Man bewundert den, der sich nicht zeigt, und fürchtet ihn mehr.

Die Gefangenen selbst wurden in einer Umzäunung eingepfercht, wo sie mißhandelt, nur notdürftig ernährt und allen verderblichen Einflüssen des Klimas ausgesetzt, der Entscheidung Feofars entgegenharrten.

Der gelehrigste von allen, wenn auch nicht der geduldigste, war gewiß Michael Strogoff. Er ließ sich gern führen, denn man führte ihn dahin, wohin er selbst wollte, und das in verhältnismäßiger Sicherheit, die er, frei und allein reisend, auf dem Wege von Kolyvan nach Tomsk nie hätte finden können. Eine Flucht vor Erreichung letzterer Stadt hätte ihn unzweifelhaft in die Hände der Plänkler zurück geliefert, welche die umgebende Steppe durchschwärmten. Die östlichste, von den Scharen der Meuterer zur Zeit besetzte Linie lag nicht über dem zweiundachtzigsten Meridian, welcher Tomsk durchschneidet, hinaus. Nach Überschreitung dieses Meridianes durfte Michael Strogoff darauf rechnen, sich außerhalb des von Feinden überschwemmten Gebietes zu befinden, den Yeniseï gefahrlos zu passieren und Krasnojarsk zu erreichen, bevor Feofar-Khan auch diese Provinz besetzte.

»Einmal in Tomsk«, wiederholte er sich manchmal, um einige Regung seiner Ungeduld, deren er nicht völlig Meister werden konnte, zu unterdrücken, »werde ich binnen weniger Minuten über die Vorpostenkette hinaus sein, und zwölf Stunden vor Feofar, zwölf Stunden nur vor Ogareff voraus zu sein, das genügt mir, um ihnen nach Irkutsk zuvorzukommen!«

Was Michael Strogoff am meisten fürchtete und wohl auch fürchten mußte, das war die Anwesenheit Iwan Ogareffs in dem tartarischen Lager. Abgesehen von der Gefahr, erkannt zu werden, verriet ihm ein gewisser Instinkt, daß es für ihn von besonderer Wichtigkeit sei, gerade diesem Verräter zuvorzukommen. Er sah auch recht wohl ein, daß durch die Vereinigung der Heeresabteilungen Iwan Ogareffs und Feofar-Khans die feindliche Armee nun vollzählig wurde und mit aller Macht nach der ostsibirischen Hauptstadt zu aufbrechen werde. Eben diese Aussicht erregte in ihm aber die schwersten Befürchtungen, und aufmerksam lauschte er auf jeden schmetternden Trompetenstoß, ob dieser etwa das Eintreffen jenes Unterbefehlshabers des Emirs verkünde.

An solche Gedanken reihten sich dann noch die Erinnerungen an seine Mutter und an Nadia, deren erstere in Omsk zurückgeblieben, die andere auf den Barken des Irtysch weggeschleppt worden war. Unzweifelhaft seufzte dieser ebenso wie Marfa Strogoff in harter Gefangenschaft. Und er vermochte nichts für sie zu tun! Würde er jene zwei überhaupt wiedersehen? Krampfhaft zuckte ihm das Herz bei dieser Frage, welche er sich nicht zu beantworten wagte.

Gleichzeitig mit Michael Strogoff und vielen anderen Gefangenen waren auch Harry Blount und Alcide Jolivet in das Tartarenfeldlager transportiert worden. Ihr früherer Reisegefährte wußte zwar, daß jene in derselben dicht mit Wachtposten besetzten Umzäunung untergebracht waren, er hatte sich ihnen aber nicht zu nähern gesucht. Nur wenig kümmerte es ihn jedoch, was sie über ihn bezüglich des Auftrittes im Posthofe zu Ichim denken möchten; er wollte vielmehr allein sein, um im gegebenen Fall schneller allein handeln zu können. Deshalb hielt er sich stets mehr beiseite.

Alcide Jolivet hatte seit dem Augenblick, da sein Kollege an seiner Seite fiel, diesem die größte Sorgfalt gewidmet. Von Kolivan bis nach dem Lager, daher auf einem Wege von mehreren Stunden, konnte Harry Blount dadurch, daß er sich auf den Arm seines Rivalen stützte, dem Gefangenenzuge folgen. Erst wollte er sich in seiner Eigenschaft als Engländer legitimieren, das hätte ihm aber gegenüber diesen Barbaren, welche nur mit Lanzenstößen und Säbelhieben antworteten, nicht im mindesten genützt. Der ehrenwerte Korrespondent des Daily-Telegraph teilte also zunächst das Schicksal aller übrigen, und es blieb ihm überlassen, später zu reklamieren und Satisfaktion für die erlittene Behandlung zu verlangen. Diesen Weg legte er aber seiner Wunde wegen nur mit der größten, schmerzlichen Anstrengung zurück, und ohne Alcide Jolivets Hilfe wäre er wohl kaum imstande gewesen, das Lager zu erreichen.

Alcide Jolivet, den seine praktische Philosophie niemals im Stiche ließ, hatte seinen Genossen physisch und moralisch durch alle ihm zu Gebote stehenden Mittel möglichst gestärkt. Als er sich unabwendbar in jene Hürde eingeschlossen sah, eilte er zunächst, Harry Blounts Wunde zu untersuchen. Es gelang ihm recht gut, jenen zu entkleiden, und er überzeugte sich, daß dessen Schulter nur von dem Sprengstück einer Kugel gestreift worden war.

»O, es ist nichts!« sagte er. »Eine ganz einfache Schramme. Nach zwei oder drei kühlen Aufschlägen ist die ganze Sache vorüber.«

»Aber diese notwendigen Umschläge...?« fragte Harry Blount.

»Die mache ich Ihnen selbst.«

»Sie sind also ein wenig Arzt?«

»Alle Franzosen sind halbe Ärzte!«

Nach dieser dreisten Versicherung zerriß Alcide Jolivet sein Taschentuch, zupfte aus einem Stücke desselben Charpie, legte ein anderes zu einem Tampon zusammen, holte aus einem in der Mitte des Platzes gelegenen Ziehbrunnen Wasser, wusch die glücklicherweise nur leichte Wunde sorgfältig aus und legte mit großer Geschicklichkeit die feuchten Leinenstücke auf Harry Blounts Schulter.

»Ich behandle Sie mit Wasser«, sagte er. »Diese Flüssigkeit ist das wirksamste Sedativum, das man bei der Behandlung von Verwundungen kennt, und wird jetzt auch ganz allgemein angewendet. Die Ärzte haben nur 6000 Jahre gebraucht, um das zu entdecken! Ja, in runder Zahl so gegen 6000 Jahre!«

»Ich danke Ihnen, Herr Jolivet«, erwiderte Harry Blount, indem er sich auf ein Lager von dürren Blättern hinstreckte, das sein Begleiter ihm im Schatten einer Birke zurechtgemacht hatte.

»Ei, das ist ja nicht der Rede wert. Sie hätten an meiner Stelle dasselbe getan.«

»Ja, ich weiß nicht...« antwortete Harry Blount ziemlich naiv.

»Sie Spaßvogel! Alle Engländer sind edelmütig!«

»Gewiß, aber die Franzosen...?«

»Nun ja, die Franzosen sind gut, vielleicht sogar etwas einfältig; aber was das wiedergutmacht, ist, daß sie eben Franzosen sind. Doch sprechen wir nicht mehr davon, oder noch besser, sprechen wir jetzt lieber gar nicht mehr. Sie brauchen nun vor allen Dingen Ruhe.«

Harry Blount hatte aber verzweifelt wenig Lust zu schweigen. Wenn er als Verwundeter vernünftigerweise daran denken konnte, zu schlafen, so war das doch mit ihm als Korrespondenten des Daily-Telegraph keineswegs der Fall.

»Herr Jolivet«, begann er, »glauben Sie, daß unsere letzten Depeschen noch über die russische Grenze befördert worden sind?«

»Wie kommen Sie darauf?« antwortete Alcide Jolivet. »Um die jetzige Stunde wird meine glückselige Cousine schon wissen, was von dem Treffen bei Kolyvan zu halten ist.«

»Wie viele Exemplare dieser Depeschen druckt Ihre Cousine?« forschte Harry Blount, der diese Frage zum ersten Male unumwunden an seinen Kollegen richtete.

»Sehr gut!« erwiderte lachend Alcide Jolivet. »Meine Cousine ist eine ungemein diskrete Person, die nicht gern von sich reden hört und unglücklich sein würde, wenn sie Ihnen den so notwendigen Schlummer störte.«

»Ich mag nicht schlafen«, versetzte der Engländer. »Was urteilt Ihre Cousine wohl über die Sachlage?«

»Nun, daß es mit den Russen augenblicklich nicht am besten steht. Doch, was da! Die moskowitische Regierung ist mächtig, sie braucht sich wegen eines Barbareneinfalls nicht ernstlich zu beunruhigen, und Sibirien wird und kann ihr nicht verlorengehen.«

»Überhebung hat schon die größten Reiche gestürzt!« antwortete Harry Blount, der von einer gewissen »englischen« Eifersüchtelei wegen der russischen Prätensionen in Zentralasien nicht ganz frei war.

»O bitte, nur keine Politik treiben«, rief Alcide Jolivet. »Das ist von der Fakultät untersagt! Für Schulterwunden gibt es gar nichts Gefährlicheres! ... Sie müßten denn dadurch einschlummern wollen!«

»So sprechen wir davon, was uns zu tun übrigbleibt«, lenkte Harry Blount ein. »Ich, Herr Jolivet, verspüre nicht die mindeste Lust, hier unbedingt Gefangener der Tartaren zu bleiben.«

»Ich bei Gott auch nicht!«

»Wir werden uns bei erster bester Gelegenheit davonzumachen suchen.«

»Ja, wenn's zur Wiedererlangung unserer Freiheit kein anderes Mittel gibt.«

»Wissen Sie ein anderes?« fragte Harry Blount und sah seinen Begleiter erwartungsvoll an.

»Gewiß! Wir sind keine Kombattanten, wir sind neutral und werden reklamieren.«

»Bei Feofar-Khan? Bei diesem wilden Tiere?«

»Nein, er verstände das nicht«, erwiderte Alcide Jolivet; »aber bei Iwan Ogareff, seinem Untergeneral.«

»Der ist ein Schurke!«

»Zugegeben; aber dieser Schurke ist wenigstens ein Russe. Er weiß, daß er mit dem Völkerrecht nicht spielen darf, und hat auch kein Interesse, uns zurückzuhalten. Von dem Herrn etwas zu verlangen, das soll mir nicht schwer werden.«

»Dieser Herr befindet sich aber nicht im Lager, mindestens habe ich ihn noch nicht bemerkt«, äußerte Harry Blount.

»Er wird hierher kommen. Das kann nicht fehlen. Er muß sich hier dem Emir anschließen. Jetzt ist Sibirien in zwei Kriegstheater geteilt, und offenbar erwartet ihn nur Feofars Armee, um nach Irkutsk abzumarschieren.«

»Und was tun wir, wenn wir frei sind?«

»Ei nun, wir setzen ebenfalls unsern Feldzug fort und folgen den Tartaren, bis sich Gelegenheit bietet, in das Lager der Gegner überzugehen. Zum Teufel, man darf doch nicht fahnenflüchtig werden! Wir stehen ja erst am Anfang. Sie, Herr Kollege, haben schon das Glück gehabt, im Dienste des Daily-Telegraph eine Wunde davonzutragen, aber ich, ich habe im Dienste meiner Cousine noch gar nichts geleistet. Vorwärts! Vorwärts! – Ach, schön«, fuhr Alcide Jolivet leiser fort, »er schlummert ein. Einige Stunden Schlaf und ein paar Kompressen mit frischem Wasser, mehr bedarf es nicht, um einen Engländer wieder auf die Beine zu bringen. Diese Leute sind aus Eisenblech konstruiert!«

Und während Harry Blount die Ruhe genoß, wachte Alcide Jolivet an seiner Seite, nachdem er ein Taschenbuch hervorgeholt hatte, das er mit Notizen bedeckte, gleichzeitig fest entschlossen, diese mit seinem Begleiter, gewiß zur größten Befriedigung der Abonnenten des Daily-Telegraph, ehrlich zu teilen. Der Gang der Ereignisse hatte die beiden Männer aneinander geknüpft und sie weiterer Eifersüchtelei enthoben.

Was also Michael Strogoff vor allem fürchtete, gerade das wünschten die beiden Journalisten sehnsüchtig herbei. Das Erscheinen Iwan Ogareffs mußte für diese offenbar von Vorteil sein, denn sobald ihre Eigenschaft eines englischen und französischen Korrespondenten erst festgestellt war, mußten sie höchstwahrscheinlich sofort in Freiheit gesetzt werden. Der Stellvertreter des Emirs würde Feofar schon zu belehren wissen, wenn es dessen Charakter auch entsprochen hätte, die Gefangenen einfach als Spione abzuurteilen. Das Interesse Alcide Jolivets und Harry Blounts lief also dem Michael Strogroffs direkt entgegen, und darin lag ein weiterer, zu den früheren noch hinzutretender Grund, der ihn jede Annäherung an die alten Reisegefährten sorgfältig vermeiden ließ. Er richtete sich also möglichst so ein, daß jene ihn nicht zu Gesicht bekommen konnten.

Vier Tage verstrichen ohne irgendwelche Veränderung der Sachlage. Von der Aufhebung des Lagers hörten die Gefangenen kein Wort sprechen. Sie wurden strengstens überwacht. Es wäre tatsächlich unmöglich gewesen, den Kordon von Fußvolk und Reitern, der sich um die Hürde schloß, zu durchbrechen. Die ihnen gebotene Nahrung schützte eben nur vor dem Verhungern. Zweimal binnen vierundzwanzig Stunden erhielt jeder ein Stück auf Kohlen geröstetes Ziegenfleisch gereicht, oder eine Ration von jenem »Krut« genannten Käse, der aus saurer Schafmilch gewonnen wird und in Stutenmilch geweicht die gewöhnlich »Kumiß« genannte Speise der Kirghisen darstellt. Das war alles. Hierzu kam, daß die Witterung wahrhaft abscheulich wurde. Heftige Störungen in der Atmosphäre führten stürmische Winde mit Regenschauern herbei. Schutzlos mußten die Unglücklichen diesen ungesunden Witterungswechsel aushalten, ohne daß man ihre Leiden irgendwie zu mindern gesucht hätte. Einige Verwundete, mehrere Frauen und Kinder starben dabei, deren Leichen die Gefangenen selbst einscharren mußten, da ihre Peiniger jenen sogar ein Grab verweigerten.

Während dieser harten Prüfungen machten sich Alcide Jolivet und Harry Blount, jeder auf seine Weise, doppelt nützlich und waren zu jedem Dienste bereit, den sie nur igend zu leisten vermochten. Da sie früher keinen harten Entbehrungen ausgesetzt und demnach gesund und kräftig waren, so widerstanden sie auch den jetzigen üblen Einflüssen besser und konnten sich durch ihren Rat und ihre sorgende Pflege denen nützlich erweisen, welche jetzt empfindlicher litten und der Verzweiflung verfielen.

Sollte dieser Jammerzustand länger andauern? Wollte Feofar-Khan, befriedigt durch die ersten glücklichen Erfolge, einige Zeit rasten, bevor er auf Irkutsk marschierte? Man hätte das wohl befürchten können, es kam indes anders. Das von Alcide Jolivet und Harry Blount so herbeigesehnte, von Michael Strogoff so gefürchtete Ereignis trat am Morgen des 12. August wirklich ein.

An diesem Tage schmetterten die Trompeten, wirbelten die Trommeln und knatterten die Musketen. Eine ungeheure Staubwolke wälzte sich langsam über der Straße von Kolyvan dahin.

Iwan Ogareff hielt, gefolgt von vielen Tausend Mann, seinen Einzug in das Lager der Tartaren.

Zweites Kapitel

Alcide Jolivets Haltung

Es war ein ganzes Armeekorps, das Iwan Ogareff dem Emir zuführte. Diese Reiter und Fußsoldaten bildeten einen Teil der Heeresabteilung, welche sich der Stadt Omsk bemächtigt hatte. Da Iwan Ogareff nicht imstande gewesen war, die obere Stadt einzunehmen, in welche sich, wie erzählt, der Gouverneur zurückgezogen hatte, so entschloß er sich, weiterzuziehen, um die Operationen, welche im östlichen Sibirien geplant waren, nicht aufzuhalten. So ließ er nur eine hinreichende Garnison in Omsk zurück. Dann sammelte er seine Horden, verstärkte sich unterwegs durch die Sieger von Kolyvan und stellte seine Verbindung mit der Armee Feofars her.

Die Truppen Iwan Ogareffs hielten vor den Außenposten des Lagers. Sie erhielten keinen Befehl zum Biwakieren. Die Absicht ihrer Führer ging offenbar dahin, sich gar nicht aufzuhalten, sondern sofort weiterzudringen und in kürzester Zeit Tomsk, die bedeutendere Stadt, in ihre Gewalt zu bringen, welche von Natur zum Zentrum der zukünftigen Operationen bestimmt schien.

Gleichzeitig mit den Soldaten brachte Iwan Ogareff auch einen Transport russischer und sibirischer Gefangener, die bei Omsk oder Kolyvan in Feindeshand gefallen waren. Diese Unglücklichen wurden gar nicht erst in die Umzäunung geführt, welche ohnedies schon zu klein für alle die erschien, welche darin schmachteten, sondern hielten bei den Vorposten, ohne jeden Schutz, fast ohne Nahrung. Welches Los stand diesen wohl durch Feofar-Khan bevor? Würde er sie in Tomsk einkerkern oder sollte sie vielleicht eine blutige Exekution, das gewöhnliche Verfahren der Tartarenhäuptlinge, dezimieren? Noch blieb das ein Geheimnis des launischen Emirs.

Dieses Armeekorps war nicht von Omsk und Kolyvan abgezogen, ohne einen großen Haufen Bettler, Marodeurs und Zigeuner mitzubringen, welche gewöhnlich den Nachtrab einer Armee auf dem Marsche zu bilden pflegen. Diese ganze Volksmenge lebte auf Kosten der durchzogenen Landschaften und ließ wenig zu plündern hinter sich zurück. Schon hieraus ergab sich die Notwendigkeit, weiter vorzudringen, und geschehe es nur, um für die Expeditions-Kolonnen den nötigen Proviant zu verschaffen. Der ganze Landstrich zwischen dem Laufe des Ichim und des Obi war schon verwüstet und bot keinerlei Hilfsquellen mehr. Hinter sich ließen die Tartaren eine Wüste, welche die Russen gewiß nur mit größter Schwierigkeit zu durchziehen imstande sein konnten.

Unter den Zigeunerscharen, welche von Westen her mitgekommen waren, befand sich auch jene Truppe, die Michael Strogoff bis Perm begleitet hatte. Sangarre zählte auch noch zu dieser. Diese wilde Spionin, der böse Geist Iwan Ogareffs, verließ ihren Herrn und Meister niemals. Wir haben sie schon beide gesehen, wie sie, noch in Rußland selbst, im Gouvernement von Nishny-Nowgorod, ihre Pläne schmiedeten. Nach Überschreitung des Ural hatten sie sich nur auf einige Tage getrennt. Iwan Ogareff suchte damals Ichim so schnell als möglich zu erreichen, während Sangarre und ihre Gesellschaft durch den Süden der Provinz auf Omsk zu zogen.

Man wird leicht begreifen, welche Hilfe dieses Weib Iwan Ogareff leistete. Durch ihre Tsiganen drang sie überall ein, hörte und beobachtete alles. Iwan Ogareff wurde von jedem Vorfalle in den besetzten Gebietsteilen auf dem laufenden erhalten. Hundert Augen, hundert Ohren waren stets in seinem Dienst geöffnet. Übrigens gewährte er für diese Spionendienste, deren Vorteil ihm genügend einleuchtete, gern einen hohen Lohn.

Als Sangarre früher einmal in eine sehr bedenkliche Sache verwickelt gewesen war, hatte sie der russische Offizier gerettet. Nie vergaß sie, was sie ihm schuldete, und verschrieb sich ihm mit Leib und Seele. Als Iwan

Ogareff dann den Verbrecherpfad des Verräters beschritt, erkannte er recht gut, welchen Nutzen er aus der Ergebenheit dieser Frau ziehen konnte. Er mochte einen Befehl geben, welchen er wollte – Sangarre führte ihn aus; ein wahrhaft außergewöhnlicher Instinkt, noch mächtiger entwickelt als selbst das Gefühl ihrer Dankbarkeit, hatte sie fast gedrängt, sich dem Verräter als Sklavin zu ergeben, an den sie sich seit den ersten Tagen seiner Verbannung nach Sibirien anschloß. Geschmeichelt durch sein Vertrauen, gefiel sich die vaterlandslose Sangarre darin, ihr Vagabundenleben den Empörern zu widmen, welche Iwan Ogareff nach Sibirien führte. Mit der natürlichen Arglist ihrer Race verband sie eine wilde Energie, welche keine Vergebung und kein Mitleid kannte. Sie war eine Wilde, würdig die Hütte eines Apachen oder den Wigwam eines Andamiers zu teilen.

Seit seiner Ankunft in Omsk, wo sie sich ihm mit ihren Zigeunern wieder anschloß, hatte Sangarre Iwan Ogareff nicht mehr verlassen. Der Zufall, welcher Michael und Marfa Strogoff zusammengeführt hatte, war ihr bekannt. Die Befürchtungen Iwan Ogareffs wegen des Durchzugs eines Kuriers des Zaren wußte und teilte sie. Für die gefangene Marfa Strogoff wäre sie die geeignete Furie gewesen, diese mit der Bosheit einer Rothaut zu peinigen, um ihr ihr Geheimnis zu entreißen. Noch war aber die Stunde nicht gekommen, da Iwan Ogareff die alte Sibirierin zum Reden zwingen wollte. Sangarre mußte warten, und sie wartete, ohne diejenige aus den Augen zu verlieren, welche sie wider ihr Wissen belauschte, deren geringste Geste, deren unschuldigstes Wort sie beobachtete, die sie Tag und Nacht bewachte, um das Wort »Sohn« einmal ihren Lippen entschlüpfen zu hören, während Marfa Strogoffs außerordentliche Kaltblütigkeit vorläufig noch alle diese Bemühungen vereitelte.

Inzwischen hatten sich bei dem Schmettern der Fanfaren der Oberbefehlshaber der Artillerie und der Großstallmeister des Emirs, begleitet von einer glänzenden

Eskorte, zum Empfange Iwan Ogareffs vor das Feldlager hinausbegeben.

Als sie diesem nahe kamen, erwiesen sie ihm die höchsten Ehrenbezeigungen und luden ihn ein, ihnen nach dem Zelte Feofar-Khans zu folgen.

Ruhig und gemessen wie immer erwiderte Iwan Ogareff nur sehr kühl die Höflichkeiten der zu seinem Empfange entgegengesendeten hohen Staatsbeamten. Er war nur sehr einfach gekleidet, trug aber – fast erschien es wie ein Ausdruck etwas prahlerischer Frechheit – noch russische Uniform.

Gerade als er die Zügel seines Rosses faßte. um in den Kreis des Lagers zu reiten, drängte sich Sangarre durch die Reiter der Eskorte, näherte sich ihm und blieb unbeweglich stehen.

»Nichts?« fragte Iwan Ogareff.

»Nichts.«

»Sei geduldig.«

»Nähert sich die Stunde noch nicht, wo du die alte Frau zum Reden zwingen wirst?«

»Sie kommt, Sangarre.«

»Wann wird das Weib sprechen sollen?«

»Sobald wir in Tomsk sind.«

»Und dahin kommen wir...?«

»Binnen drei Tagen.«

Wie ein Blitz leuchtete es auf in Sangarres großen, schwarzen Augen, dann zog sie sich still und geschmeidig zurück.

Iwan Ogareff gab seinem Pferde die Sporen und wendete sich, mit seinem Generalstabe im Gefolge, nach dem Zelte des Fürsten.

Feofar-Khan war ein hochgewachsener Mann von vierzig Jahren, mit einem bleichen Gesicht, drohenden Augen und wilder Physiognomie. Der schwarze Bart wallte in kleinen Ringeln bis auf seine Brust herab. In seiner Kriegerkleidung, dem gold- und silbermaschigen Panzerhemd, dem von edlen Steinen glitzernden Degengehänge, mit dem krummen, einem Yatagan ähnlichen

Säbel, dessen Scheide mit prächtigen Gemmen eingelegt war, den schnurenbesetzten Sporenstiefeln und der asiatischen Mütze, an der eine Aigrette feuerstrahlender Diamanten funkelte, bot Feofar-Khan mehr das fremdartige, als ehrfurchtgebietende Bild eines tartarischen Sardanapal, eines unumschränkten Herrschers, der über Leib und Blut seiner Untertanen ganz nach Gutdünken verfügt, dessen persönliche Macht ohne Grenzen ist, und dem man, nach der in Bukhara lange herrschenden Sitte, ausschließlich den Namen »Emir« beilegte.

Als Iwan Ogareff erschien, blieben die Großwürdenträger auf ihren goldbetreßten Kissen ruhig sitzen; Feofar-Khan dagegen erhob sich von dem reichen Diwan im Hintergrunde des Zeltes, dessen Fußboden der weiche Sammet eines bukharischen Teppichs verhüllte.

Der Emir näherte sich Iwan Ogareff und gab ihm einen Kuß; ein Zeichen, dessen Bedeutung jener sehr wohl kannte. Dieser Kuß erhob den Unterbefehlshaber zum Vorsitzenden des Rats und stellte ihn zeitweilig über den Khodja.

Hierauf wendete sich Feofar-Khan zu Iwan Ogareff.

»Ich habe dich nichts zu fragen«, begann er, »sprich du selbst, Iwan, du wirst hier nur Ohren finden, welche bereit sind, deine Reden zu hören.«

»Takhsir«, * erwiderte Iwan Ogareff, »so höre, was ich zu sagen habe.«

Iwan Ogareff sprach tartarisch und drückte sich mit dem emphatischen Schwunge aus, der die Sprache der Orientalen auszeichnet.

»Takhsir, die Zeit ist unnützen Worten nicht hold! Du weißt, was ich an der Spitze deiner Truppen getan habe. Die Linien des Ichim und Irtysch sind in unserer Macht und die Turkomanenreiter können ihre Pferde in dem nun tartarisch gewordenen Strome tränken. Die Kirghisenhorden erheben sich auf den Ruf Feofar-Khans, und dein ist die Hauptstraße Sibiriens vom Ichim bis nach

---

*Dieses Wort entspricht vollkommen dem in Europa gebräuchlichen »Sir« und wird gegenüber dem Sultan von Bukhara gewöhnlich angewendet.

Tomsk. Du kannst von hier aus deine Heersäulen ebenso wohl nach dem Osten entsenden, wo die Sonne aufgeht, als hinaus nach dem Westen, wo sie sich niederlegt.«

»Und wenn ich mit der Sonne marschiere?« fragte der Emir, ohne daß ein Zug des Gesichts die Gedanken seines Innern verriet.

»Wenn du mit der Sonne gehst«, antwortete Iwan Ogareff, »so wirst du nach Europa zu gelangen und in schnellem Siegeslaufe die sibirischen Provinzen von Tobolsk bis nach den Bergen des Ural gewinnen.«

»Und wenn ich der Fackel des Himmels entgegen ziehe?«

»So wirst Du mit Irkutsk die reichen Gebiete des mittleren Asiens der tartarischen Herrschaft unterwerfen.«

»Doch die Armeen des Sultans von Petersburg?« fragte Feofar-Khan, der mit diesem sonderbaren Titel den Kaiser von Rußland bezeichnete.

»Von ihnen hast du nichts zu fürchten, weder nach Sonnenaufgang, noch nach Sonnenuntergang zu«, entgegnete Iwan Ogareff. »Unser Einfall erfolgte zu plötzlich, und bevor die russische Armee imstande ist, ihnen Hilfe zu leisten, werden Irkutsk oder Tobolsk in deine Hände gefallen sein. Die Truppen des Zaren sind bei Kolyvan aufgerieben worden, wie es überall geschehen wird, wo die Deinen gegen jene verächtlichen Heerhaufen des Okzidentes streiten werden.«

»Und welchen Rat gibt dir deine Ergebenheit für die Sache der Tartaren ein?« fragte der Emir nach einer kurzen Pause.

»Mein Rat«, entgegnete Iwan Ogareff lebhaft und schnell, »geht dahin, der Sonne entgegen zu ziehen! Das Gras der östlichen Steppen sollen die Rosse der Turkomanen abweiden. Jetzt gilt es, Irkutsk einzunehmen, die Hauptstadt der Provinz des Ostens, und mit ihr eine Geißel zu gewinnen, welche den Besitz eines großen Landes aufwiegt. Jetzt muß, da es der Zar nicht selbst sein kann, an seiner Stelle der Großfürst, sein Bruder, in deine

Hände fallen.«

Das war das letzte Ziel, dem Iwan Ogareff nachstrebte. Hörte man ihn so reden, so hätte man ihn wohl für einen Abkommen jenes grausamen Stephan Razine halten können, der das südliche Rußland im 18. Jahrhundert verwüstete. Sich des Großfürsten zu bemächtigen, ihn ohne Mitleid in Fesseln zu schlagen, nach dieser Befriedigung seines Hasses geizte er unablässig. Die Einnahme von Irkutsk unterwarf übrigens gleichzeitig das ganze östliche Sibirien der Herrschaft der Tartaren.

»Es geschehe, wie du sagst, Iwan«, erwiderte Feofar-Khan.

»Wie lauten Deine Befehle, Takhsir?«

»Noch heute soll unser Hauptquartier nach Tomsk verlegt werden.«

Iwan Ogareff verneigte sich und zog sich in Begleitung des Housch-Begui zurück, um die Befehle des Emirs auszuführen.

Eben als er zu Pferde steigen wollte, nach den Vorposten zurückzukehren, entstand in einiger Entfernung, in dem von den Gefangenen eingenommenen Teil des Lagers, ein gewisser Tumult. Man vernahm wüstes Geschrei, dem zwei oder drei Gewehrschüsse folgten. Handelte es sich hier um den Versuch einer Revolte oder einer Massenflucht, welche summarisch zurückgewiesen wurde?

Iwan Ogareff und der Housch-Begui gingen ein wenig nach der Gegend zu und fast gleichzeitig erschienen zwei Männer, trotz der Anstrengung der Soldaten, sie zu halten, vor den beiden Offizieren.

Der Housch-Begui machte ohne weitere Nachforschungen ein Zeichen mit der Hand, welches einem Todesbefehl gleichkam, der die Köpfe der Gefangenen wohl schnell hätte in den Sand rollen lassen, als Iwan Ogareff einige Worte fallenließ, die dem schon über jenen geschwungenen Säbel Halt geboten.

Der Russe hatte schnell erkannt, daß die beiden Gefangenen Fremde waren, und befahl, sie ihm vorzuführen.

Man ließ nun Harry Blount und Alcide Jolivet vortreten.

Seit der Ankunft Iwan Ogareffs im Lager hatten sie schon verlangt, vor ihn gebracht zu werden. Die Soldaten schlugen ihren Wunsch einfach ab. Daraus entspann sich ein Streit, der mit einem Fluchtversuch und einigen Gewehrschüssen endigte, denen die Journalisten noch ohne Verwundung entgingen; immerhin hätten sie ohne das Dazwischentreten des Emirs ihren Widerstand gewiß bald mit dem Leben zu büßen gehabt.

Letzterer examinierte die ihm vollständig unbekannten Gefangenen einige Augenblicke. Dieselben hatten zwar dem Auftritt im Relais zu Ichim beigewohnt, als Michael Strogoff von Iwan Ogareff geschlagen wurde. Der brutale Reisende von damals hatte indes den mit anwesenden Personen keinerlei Aufmerksamkeit geschenkt.

Harry Blount und Alcide Jolivet dagegen erkannten jenen vollkommen wieder und letzterer sagte halblaut:

»Sieh da! Es scheint, der Oberst Ogareff und der grobe Reisende von Ichim sind ein und dieselbe Person!«

Dann raunte er seinem Begleiter noch ins Ohr: »Setzen Sie ihm unsere Angelegenheit auseinander, Blount, Sie erweisen mir einen großen Gefallen. Dieser russische Oberst in einem Tartarenlager mißfällt mir gar zu sehr, und wenn mein Kopf auch nur dank seiner Vermittlung noch auf seinen Schultern sitzt, so würden sich meine Augen doch eher verächtlich von ihm abwenden, als ihm ins Angesicht zu sehen.«

In Alicde Jolivets Zügen malte sich die vollständigste und hochmütigste Gleichgültigkeit.

Empfand es Iwan Ogareff, daß diese Haltung des Gefangenen etwas Beleidigendes für ihn hatte? Jedenfalls ließ er nichts davon bemerken.

»Wer sind Sie, meine Herren?« fragte er rasch mit zwar sehr kaltem, aber minder als gewöhnlich rauhem

Tone.

»Zwei Korrespondenten englischer und französischer Journale«, erwiderte Harry Blount lakonisch.

»Sie besitzen jedenfalls Papiere, Ihre Identität nachzuweisen?«

»Hier sind Schriftstücke, welche uns in Rußland bei den Kanzlern Englands und Frankreichs akkreditieren.«

Iwan Ogareff nahm die Papiere, die ihm Harry Blount hinreichte, entgegen und las sie mit Aufmerksamkeit durch.

»Sie begehren die Erlaubnis, unseren militärischen Operationen in Sibirien zu folgen?« begann er darauf.

»Wir begehren nichts als frei zu sein«, entgegnete lakonisch der englische Reporter.

»Sie sind es, meine Herren«, antwortete Iwan Ogareff, »und ich bin sehr begierig, Ihre Berichte im Daily-Telegraph zu lesen.«

»Mein Herr«, versetzte Harry Blount, mit seinem nie aus dem Gleichgewicht kommenden Phlegma, »die Nummer kostet sechs Pence ohne das Postporto.«

Dabei wendete sich Harry Blount nach seinem Begleiter zurück, der seine Worte stillschweigend zu bestätigen schien.

Iwan Ogareff lächelte nicht, gab seinem Pferde die Sporen und verschwand an der Spitze seiner Eskorte bald in einer Staubwolke.

»Nun, Herr Jolivet, was meinen Sie über Iwan Ogareff, den Oberanführer der Tartarenheere?« fragte Harry Blount.

»Ich denke noch daran, lieber Kollege«, erwiderte lächelnd Alcide Jolivet, »daß jener Housch-Begui eine recht hübsche Geste machte, als er den Befehl gab, uns um einen Kopf kürzer zu machen!«

Welche Empfindung Iwan Ogareff auch bei seinem Verfahren gegen die Journalisten leiten mochte, jedenfalls waren diese frei und konnten den Kriegsschauplatz nach Belieben durchwandern. Nun kam es ihnen gewiß nicht in den Sinn, die Flinte ins Korn zu werfen. Auch die Antipathie, welche sie früher wohl gegeneinander fühlten, hatte einer innigen Freundschaft Platz gemacht. Durch die Umstände einander genähert, dachten sie gar nicht daran, sich zu trennen. Die leidigen Fragen einer unnützen Eifersucht waren für immer gelöscht. Harry Blount konnte niemals vergessen, was er seinem Begleiter schuldete, der es jedoch vermied, ihn irgendwie daran zu erinnern; die gegenseitige Annäherung erleichterte die Zwecke der Reportage, gewiß zum Vorteil der beiderseitigen Leser.

»Und nun«, begann Harry Blount, »was werden wir nun mit unserer Freiheit anfangen?«

»Zum Teufel, wir werden sie ausnutzen und ruhig nach Tomsk gehen, um zu sehen, was dort geschieht.«

»Bis zu dem hoffentlich nicht mehr fernen Augenblick, der es gestattet, uns einem russischen Korps anzuschließen?«

»Ganz recht, mein lieber Blount; man darf sich nicht zu sehr tartarisieren! Die bessere Rolle spielen immer diejenigen, deren Waffen die Zivilisation verbreiten, und offenbar hätten die Volksstämme Zentralasiens alles zu verlieren und gar nichts bei diesem Einfalle der Halbwilden zu gewinnen; die Russen werden sie aber schon zu vertreiben wissen; das kann nur eine Frage der Zeit sein.«

Das Erscheinen Iwan Ogareffs, dem Alcide Jolivet und Harry Blount ihre Freiheit verdankten, stellte im Gegenteil aber eine große Gefahr für Michael Strogoff dar. Wenn der Zufall den Kurier des Zaren Iwan Ogareff vor Augen führte, mußte dieser ohne Zweifel den Reisenden wiedererkennen, den er auf dem Relais zu Ichim so brutal behandelt hatte, und wenn Michael Strogoff damals auch sich nicht, wie er es in jedem andern Falle getan hätte, gegen die ihm angetane Schmach verteidigte, so mußte er doch der Gegenstand erhöhter Aufmerksamkeit werden – was der Erreichung seiner Ziele gewiß nicht förderlich sein konnte.

Hierin lag die bedenklichere Seite der Anwesenheit Iwan Ogareffs. Dagegen durfte es als eine glückliche Folge seiner Ankunft betrachtet werden, daß noch an demselben Tage der Befehl zur Aufhebung des Lagers und zur Verlegung des Quartiers nach Tomsk erging.

Michael Strogoffs lebhafter Wunsch ging hiermit in Erfüllung. Seine Absicht war es, wie bekannt, Tomsk inmitten der übrigen Gefangenen zu erreichen, d.h. ohne dabei Gefahr zu laufen, Plänklern in die Hände zu fallen, welche die Umgegend jener wichtigen Stadt in großer Anzahl umschwärmten. Infolge der Ankunft Iwan Ogareffs aber und der Furcht, von diesem erkannt zu werden, entstand ihm doch die Frage, ob er nicht lieber auf den ersteren Vorteil verzichten und unterwegs zu entfliehen versuchen solle.

Michael Strogoff hätte sich wahrscheinlich noch für das letztere entschieden, als ihm zu Ohren kam, daß Feofar-Khan und Iwan Ogareff an der Spitze mehrerer tausend Reiter schon nach jener Stadt abgegangen seien.

»Ich werde es also abwarten«, sagte er sich, »wenn sich nicht eine ganz ausnahmsweise günstige Gelegenheit zur Flucht darbietet. Diesseits von Tomsk überwiegen ja die schlechten Chancen, jenseits desselben nehmen die guten immer zu, da ich dort binnen weniger Stunden über die am meisten nach Osten vorgeschobenen Posten der Tartaren hinausgelangen kann. Noch drei Tage Geduld und dann stehe Gott mir bei!«

In der Tat brauchte es nur einer Reise von drei Tagen, welche die Gefangenen unter strenger Aufsicht einer starken Abteilung Tartaren durch die Steppe zurückzulegen hatten. Zwischen dem Lager und der Stadt lag eine Entfernung von einhundertfünfzig Werst. Den Soldaten des Emirs, die an nichts Mangel litten, ward dieser Weg zwar leicht genug, desto schwerer aber den unglücklichen, durch Entbehrungen aller Art geschwächten Gefangenen. Mehr als eine Leiche sollte ihren Zug über die sibirische Heerstraße bezeichnen.

Am 12. August um zwei Uhr nachmittags, bei großer

Hitze und wolkenlosem Himmel, gab der Toptschi-Baschi Befehl zum Aufbruch.

Nachdem sie sich Pferde gekauft hatten, waren Alcide Jolivet und Harry Blount schon auf dem Wege nach Tomsk, wo die Logik der Tatsachen die wichtigsten Personen dieser Geschichte voraussichtlich vereinigen mußte. Unter den von Iwan Ogareff nach dem tartarischen Lager geschleppten Gefangenen befand sich auch eine bejahrte Frau, deren Schweigsamkeit sie von allen übrigen, welche ihr Los teilten, auffallend unterschied. Kein Klagelaut kam über ihre Lippen. Man hätte sie eine Bildsäule des Schmerzes nennen können. Diese fast stets unbewegliche, ruhige und aufmerksamer als die andern bewachte Frau wurde, ohne daß sie es ahnte oder sich darum zu kümmern schien, stets von Sangarre beobachtet. Trotz ihres Alters hatte auch sie dem Gefangenentransporte zu Fuße folgen müssen, ohne daß jemand versucht hätte, ihr irgendeine Erleichterung zu gewähren.

Dagegen sendete die weise Vorsehung ein mutiges, liebenswürdiges anderes Wesen an ihre Seite, das ganz dazu geschaffen schien, ihr Beistand zu leisten. Unter ihren Unglücksgefährten befand sich ein junges, durch seine Schönheit und Kaltblütigkeit ausgezeichnetes Mädchen, das es sich zur Aufgabe machte, über sie zu wachen. Noch war zwischen den beiden Gefangenen kaum ein Wort gewechselt worden, und doch war das junge Mädchen stets zur Hand, wenn es der alten Frau nur den geringsten Dienst leisten konnte. Letztere hatte von Anfang an die stumme Sorgfalt der Unbekannten nicht ohne einiges Mißtrauen gesehen. Nach und nach besiegte aber der gerade, offene Blick des Mädchens, ihre Zurückhaltung und die geheimnisvolle Sympathie, welche die Gemeinsamkeit des Schmerzes zwischen zwei gleichmäßig Unglücklichen so leicht hervorruft, die stolze, halb abweisende Kälte Marfa Strogoffs. Nadia – denn sie war es – hatte auf diese Weise unbewußt der Mutter einen Teil der Wohltaten zurückzahlen können, die sie dem Sohne schuldete. Ihr von Natur gutes Herz hatte sie hier doppelt gut geleitet. Dadurch, daß sie jener gern diente, erwarb sich Nadia für ihre Jugend und Schönheit den Schutz der älteren Gefangenen. Mitten in dieser Menge elender, durch ihre Leiden gereizter Leute wußten sich diese beiden schweigsamen weiblichen Wesen, deren eine die Großmutter, die andere die Enkelin zu sein schien, doch immer eine Art Hochachtung zu sichern.

Nadia war, nachdem sie die tartarischen Plänkler in die Barken auf dem Irtysch geschleppt hatten, nach Omsk gebracht worden. In der Stadt gefangengehalten, teilte sie das Los aller derjenigen, welche die Truppen Iwan Ogareffs bis dahin eingebracht hatten, und folglich auch das Marfa Strogoffs.

Ohne ihre unbeugsame Energie wäre Nadia wohl dem doppelten Schlage, der sie traf, unterlegen. Die Unterbrechung ihrer Reise und der Tod Michael Strogoffs drückten und empörten sie zu gleicher Zeit. Vielleicht für immer getrennt von ihrem Vater, nach so unsäglichen glücklich überstandenen Mühen, die sie ihm genähert hatten, und, um ihren Schmerz aufs höchste zu steigern, der Verlust des unerschrockenen Begleiters, den Gott selbst ihr auf den Weg gesendet zu haben schien, um sie zum Ziel zu geleiten – alles hatte sie mit einem Schlage verloren. Nie schwand das Bild Michael Strogoffs, der vor ihren Augen von einem Lanzenstoße getroffen in den Fluten des Irtysch versank, aus ihren Gedanken. Mußte ein solcher Mann einen so traurigen Tod finden? Für wen sparte Gott seine Wunder, wenn dieser Gerechte, der gewiß einem edlen Zwecke diente, so jammervoll auf seinem Wege aufgehalten werden sollte? Manchmal gewann der Zorn die Oberhand über ihren Schmerz. Die schmachvolle Behandlung, die ihr Begleiter auf dem Relais zu Ichim so unerwartet ruhig über sich ergehen ließ, kam ihr wieder in den Sinn. Ihr Herzblut kochte bei dieser Erinnerung.

»Wer wird wohl diesen Toten rächen«, sagte sie zu

sich selbst, »da er es selbst nicht mehr kann?«

Und dann richtete sie heimlich ihr Gebet zu Gott und rief:

»Mach es, Herr, daß ich es sein darf!«

Hätte ihr Michael Strogoff nur noch vor seinem Tode sein Geheimnis anvertraut, wie gern hätte sie, wenn auch ein Weib und noch ein halbes Kind, den Auftrag des Bruders zu erledigen versucht, eines Bruders, den Gott ihr nicht erst hätte schenken sollen, wenn sie ihn so zeitig wieder verlieren sollte!...

Man begreift, daß Nadia, von solchen Gedanken erfüllt, für die Leiden ihrer Gefangenschaft fast unempfindlich wurde.

Da hatte sie der Zufall, ohne die geringste Ahnung ihrerseits, mit Marfa Strogoff zusammengeführt. Wie konnte sie auf den Gedanken kommen, daß diese alte Frau, ihre Mitgefangene, die Mutter ihres früheren Begleiters sein könne, der für sie ja stets der Kaufmann Nicolaus Korpanoff gewesen war. Und wie hätte Marfa auf der andern Seite ahnen können, welches Band der Erkenntlichkeit das junge Mädchen an ihren Sohn fesselte?

Was Nadia zuerst an Marfa auffiel, das war eine Art geheimer Übereinstimmung, womit jede von ihnen sich ihrem bedauernswerten Lose unterwarf. Der stoische Gleichmut der alten Frau gegenüber den Leiden und Entbehrungen ihres täglichen Lebens, diese Verachtung aller körperlichen Beschwerden, konnte Marfa nur aus einem geheimen Schmerze gewinnen, der dem ihrigen an Größe gleichkam. Das waren die Gedanken Nadias, und wir wissen, daß sie sich damit nicht täuschte. Eine instinktive Sympathie für jene Schmerzen, welche Marfa Strogoff nicht zeigte, zog Nadia zuerst zu ihr hin. Diese Art und Weise, ihr Leid und Weh zu tragen, harmonierte mit der stolzen Seele des jungen Mädchens. Sie bot jener ihre Dienste nicht erst an, sie leistete sie ihr. Marfa kam nicht dazu, diese annehmen oder abschlagen zu können. An beschwerlicheren Stellen des Weges war das junge

Mädchen da und unterstützte sie mit ihren Armen. Wenn Nahrungsmittel ausgeteilt wurden, hätte die alte Frau wohl nie etwas geholt, aber Nadia teilte mit ihr die eigenen kärglichen Mahlzeiten, so daß sie beide den qualvollen Zug durch das Land auf gleiche Weise zurücklegten. Dank ihrer jungen Begleiterin vermochte Marfa Strogoff den Soldaten, welche den Gefangenentransport leiteten, zu folgen, ohne an einen Sattelknopf gefesselt zu werden, wie manche andere Unglückliche, welche so auf ihrem Schmerzenswege dahingeschleppt wurden.

»Gott lohne es dir, meine Tochter, was du für meine alten Tage getan hast!« sagte einmal Marfa Strogoff, das einzige Wort, das während einer langen Zeit zwischen den beiden armen Wesen gewechselt worden war.

Man hätte meinen sollen, daß die ältere Frau und das junge Mädchen im Verlaufe mehrerer Tage, die ihnen wie Jahrhunderte erschienen, sich einmal über ihre Verhältnisse ausgesprochen hätten. Marfa Strogoff hatte aber aus leicht begreiflichen Gründen, und auch das nur möglichst kurz, von sich allein gesprochen. Sie hatte nie ihres Sohnes oder des traurigen Augenblicks erwähnt, der sie mit ihm zusammenführte.

Ebenso verhielt sich Nadia lange Zeit fast stumm, vermied wenigstens jedes unnütze Wort. Erst als sie eines Tages immer deutlicher fühlte, daß sie eine hohe, edle Seele in ihrer Begleiterin vor sich hatte, ging ihr das Herz über und sie erzählte, ohne etwas zu verheimlichen, alles, was ihr seit der Abreise von Wladimir bis zum Tode Nicolaus Korpanoffs begegnet war. Was sie von ihrer jungen Begleiterin hörte, erregte die lebhafteste Teilnahme der alten Sibirierin.

»Nicolaus Korpanoff«, sagte sie, »erzähle mir noch mehr von diesem Nicolaus! Ich kenne nur einen Mann, nur einen einzigen unter der jetzigen Jugend, von dem mich ein solches Benehmen nicht Wunder genommen hätte! Nicolaus Korpanoff? War das auch sein Name? Bist Du dessen sicher, meine Tochter?«

»Warum sollte er mich hierin getäuscht haben«, erwiderte Nadia, »da er in allen andern Dingen die Wahrheit sprach?«

Dennoch trieb ein ungewisses Gefühl Marfa Strogoff, an Nadia immer weitere Fragen zu stellen.

»Du sagst mir, er sei unerschrocken gewesen, meine Tochter; du hast mir versichert, daß er es war«, sagte sie.

»Gewiß, unerschrocken«, bestätigte Nadia.

»So wäre mein Sohn auch gewesen«, murmelte Marfa Strogoff halb für sich.

Dann fuhr sie fort:

»Du sagst mir auch, daß nichts ihn aufhalten konnte, daß nichts ihn erschreckte, daß er so mild war, bei aller Kraft, daß du in ihm ebensogut eine Schwester wie einen Bruder hattest, daß er über dich wachte wie eine Mutter?«

»Ja, ja«, erwiderte Nadia, »Bruder, Schwester, Mutter, o, er war mir alles!«

»Und auch ein Löwe, dich zu verteidigen?«

»Wahrhaftig, ein Löwe!« antwortete Nadia; »ja ein Löwe, ein Held!«

»Mein Sohn, mein Sohn!« dachte die alte Sibirierin. »Du sagst auch, daß er im Posthofe zu Ichim sich eine so unwürdige Behandlung gefallen ließ?«

»Ja, er ertrug sie«, meinte Nadia und senkte das Haupt.

»Er hat sie ertragen?« murmelte zitternd Marfa Strogoff.

»Mutter, Mutter!« rief Nadia, »verdammt ihn nicht! Er trug ein Geheimnis mit sich, worüber heut nur Gott noch Richter sein kann.«

»Und damals«, fuhr Marfa Strogoff fort, den Kopf wieder aufrichtend und Nadia scharf ansehend, als wolle sie im tiefsten Grund ihrer Seele lesen, »in jener Stunde der Erniedrigung, hast du damals jenen Nicolaus Korpanoff verachtet?«

»Ich habe ihn bewundert, ohne ihn zu verstehen!« erwiderte das junge Mädchen. »Ich habe niemals mehr

Hochachtung für ihn gefühlt.«

Die alte Frau schwieg einen Augenblick.

»Er war groß?« fragte sie hierauf.

»Sehr groß.«

»Und sehr schön, nicht wahr? Sprich nur, meine Tochter.«

»Er war sehr schön, antwortete Nadia leicht errötend.

»Das war mein Sohn! Ich sage dir, das ist mein Sohn gewesen!« rief die alte Frau überwältigt und schloß Nadia in ihre Arme.

»Dein Sohn?« versetzte Nadia ganz erstaunt. »Dein Sohn!«

»Weiter«, drängte Marfa, »komme zum Ende, mein Kind. Dein Begleiter, dein Freund, dein Beschützer, er hatte doch eine Mutter. Hat er dir niemals von seiner Mutter gesprochen?«

»Von seiner Mutter? Er hat mir von seiner Mutter gesprochen, wie ich ihm von meinem Vater. O, er betete sie an, diese Mutter!«

»Nadia, Nadia! Du hast mir die Geschichte meines eigenen Sohnes erzählt«, schluchzte die alte Frau.

Dann fügte sie ruhiger hinzu:

»Schien es denn gar nicht in seiner Absicht zu liegen, diese Mutter, welche er, wie du sagst, so sehr liebte, bei seiner Durchreise in Omsk einmal zu sehen?«

»Nein«, erwiderte Nadia, »das wollte er nicht.«

»Wie«, rief Marfa, »du wagst mir nein zu sagen?«

»Ja gewiß, aber ich muß wohl noch hinzufügen, daß Nicolaus Korpanoff aus Gründen, die ihm über alles gingen und die ich auch selbst nicht kenne, gezwungen schien, das Land möglichst unerkannt zu durchziehen. Es war für ihn eine Frage auf Tod und Leben, und noch mehr eine Frage der Ehre und Gewissenspflicht.«

»Eine Frage der Pflicht, der gebieterischen Pflicht«, meinte die alte Sibirierin, »einer solchen Pflicht, der man alles aufopfert, für deren Erfüllung man alles andere aufgibt, sogar die Freude, sich einen Kuß, ach vielleicht den letzten, von seiner alten Mutter zu holen! Ich weiß jetzt alles, Nadia, was dir und mir bis zu dieser Stunde unbekannt blieb. Du hast es mir klargemacht. Dennoch darf ich dir das Licht, das du mir angezündet hast, nicht auch leuchten lassen. Da mein Sohn dir sein Geheimnis nicht mitteilte, so muß auch ich es ihm bewahren. Verzeihe mir, Nadia, ich kann die Wohltat, die du mir erwiesen, nicht ebenso vergelten.«

»Ich verlange keine Belohnung, Mutter«, antwortete Nadia.

Der alten Sibirierin war nun alles klargeworden, alles, bis auf das unerklärliche Benehmen ihres Sohnes bei ihrem Anblick in dem Gasthause zu Omsk, in Gegenwart der Zeugen ihres Zusammentreffens. Sie zweifelte keinen Augenblick mehr, daß der Begleiter des jungen Mädchens Michael Strogoff gewesen sei, daß eine geheime Mission, eine wichtige Depesche, die er durch das überfallene Gebiet zu besorgen hatte, ihn zwang, seine Eigenschaft als Kurier des Zaren zu verheimlichen.

»O mein braves Kind!« dachte Marfa Strogoff. »Nein, ich werde dich nicht verraten und keine Tortur soll mir das Geständnis ablocken, daß du es wirklich warst, den ich in Omsk gesehen habe!«

Marfa Strogoff hätte Nadia mit einem Worte für ihre erwiesene Ergebenheit belohnen können. Sie konnte ihr mitteilen, daß ihr Begleiter Nicolaus Korpanoff, oder vielmehr Michael Strogoff, nicht in den Wellen des Irtysch umgekommen sei, da sie selbst ihn mehrere Tage nachher gesehen und selbst gesprochen hatte!

Sie hielt aber an sich; sie schwieg und begnügte sich zu sagen:

»Gib die Hoffnung nicht auf, mein Kind! Das Unglück kann dich nicht für immer verfolgen. Du wirst deinen Vater wiedersehen, ich fühle es, und vielleicht ist auch der, der dich Schwester nannte, noch nicht tot! Gott kann es nicht gestatten, daß dein edler Gefährte umgekommen sei! Hoffe noch immer, meine Tochter! Mach' es wie ich! Die Trauerkleidung, welche ich trage, gilt meinem Sohne noch nicht!«

Drittes Kapitel

Schlag für Schlag

In dieser Weise gestaltete sich also das Verhältnis Marfa Strogoffs und Nadias zueinander. Die alte Sibirierin hatte alles durchschaut, und wenn dem jungen Mädchen auch nicht bekannt war, daß ihr so aufrichtig betrauerter Begleiter noch lebte, so wußte sie doch, was seiner kindlich verehrten Mutter geschah, und sie dankte Gott dafür, daß er ihr die Freude gewährte, der Gefangenen den verlorenen Sohn einigermaßen zu ersetzen.

Weder die eine noch die andere konnten aber wissen, daß der bei Kolyvan gefangene Michael Strogoff sich in demselben Zuge befinde und gleichzeitig mit ihnen nach Tomsk transportiert werde.

Die von Iwan Ogareff weiter zugeführten Gefangenen wurden mit denen, welche der Emir schon in dem tartarischen Lager bewachen ließ, vereinigt. Nach Tausenden zählten diese Unglücklichen, Russen oder Sibirier, Militärs oder Zivilpersonen, und bildeten einen Zug von mehreren Werst Länge. Diejenigen derselben, welche man für die gefährlichsten hielt, waren mittels Handschellen an eine lange Kette geschlossen. Frauen und Kinder band oder hängte man an die Sattelknöpfe, um sie ohne Erbarmen auf der Straße hinzuschleppen. Man trieb sie wie eine Herde Vieh vor sich her. Die begleitenden Reiter sahen auf die Einhaltung einer gewissen Ordnung, so daß es hier keine Nachzügler gab, außer denjenigen, welche zusammenbrachen, um nicht wieder aufzustehen.

Infolge dieser Ordnung kam es, daß Michael Strogoff, der sich in den ersten Reihen befand, die das Feldlager verließen, d.h. unter den Gefangenen von Kolyvan, nicht unter die zuletzt aus Omsk angelangten Gefangenen gemischt wurde. Er konnte also die Anwesenheit seiner Mutter und Nadias in demselben Gefangenenzuge ebensowenig ahnen, wie diese die seinige.

Dieser Zug vom Lager bis nach Tomsk, unter der Knute der Soldaten und solch traurigen Verhältnissen, wurde für nicht wenige tödlich, für alle furchtbar. Man marschierte quer durch die Steppe, auf einer Straße, die durch den mit seiner Avantgarde vorausziehenden Emir nur noch staubiger geworden war. Dazu war Befehl gegeben, möglichst schnell nachzurücken, so daß nur selten und dann nur kurze Zeit Halt gemacht wurde. Diese 150 Werst unter brennender Sonne zurückzulegen schien, trotz der Schnelligkeit der Bewegung, ein endloser Weg zu sein!

Es ist eine ganz unfruchtbare Gegend, die sich dort vom rechten Ufer des Obi bis zum Fuße der Vorberge erstreckt, welche zu dem von Norden nach Süden verlaufenden Sayanskgebirge gehören. Kaum unterbrechen einige magere, halb verbrannte Gebüsche die Einförmigkeit dieser grenzenlosen Ebene. Von Bodenkultur ist bei dem Wassermangel hier keine Rede, und auch den von dem anstrengenden Marsche erschöpften Gefangenen fehlte es vor allen Dingen an dem erquickenden Wasser. Um einen Fluß anzutreffen, hätte man sich etwa fünfzig Werst weiter nach Osten begeben müssen, bis zu dem Fuße jenes Landrückens, der die Wasserscheide zwischen dem Obi und Jeniseï darstellt. Dort läuft der Tom, ein kleiner Nebenfluß des Obi, der auch die Stadt Tomsk durchfließt, bevor er sich in einer der großen Wasseradern des Nordens verliert. Dort wäre Wasser in Überfluß, die Steppe minder dürr, die Hitze nicht so drückend gewesen. Die Führer des Zuges hatten aber die gemessensten Befehle erhalten, auf dem kürzesten Wege nach Tomsk zu marschieren, denn der Emir mußte jede Stunde fürchten, in der Flanke gefaßt und von einer aus den nördlichen Provinzen herabdringenden russischen Kolonne abgeschnitten zu werden. Die große sibirische Heerstraße berührte nun aber die Ufer des Tom nicht, wenigstens nicht mit dem Trakte zwischen Kolyvan und dem nächsten kleinen, Zabediero genannten Flecken – und von der Straße durfte nicht abgewichen werden.

Wir wollen uns nicht unnützerweise bei den Leiden so vieler unglücklicher Gefangener aufhalten. Mehrere hundert fielen auf der Steppe, wo ihre Leichen einfach liegenblieben, bis die vom Winter wieder hierhergetriebenen hungrigen Wölfe den Rest ihrer Gebeine verzehrten.

So wie Nadia jeden Augenblick bei der Hand war, der alten Sibirierin helfend beizuspringen, so erwies auch Michael Strogoff, da er sich frei bewegen konnte, seinen schwächlicheren Leidensgefährten alle unter diesen Verhältnissen möglichen Dienste. Er sprach den einen Mut zu, unterstützte die andern, schonte sich selbst nach keiner Seite, ging ab und zu, bis ihn die Lanze eines Reiters zwang, den ihm in seiner Reihe angewiesenen Platz wieder einzunehmen.

Weshalb versuchte er nicht zu fliehen? – Weil jetzt sein Entschluß feststand, sich nicht eher in die Steppe hinauszuwagen, als bis sie ihm die notwendige Sicherheit böte. Er hatte sich nun einmal vorgenommen, »auf Unkosten des Emirs« bis Tomsk zu gelangen, und wählte hiermit wohl auch den besten Teil. Wenn er die zahlreichen kleinen Abteilungen berücksichtigte, welche die Ebene auf beiden Seiten des Zuges, bald im Süden und bald im Norden umschwärmten, so mußte er zu der Überzeugung gelangen, daß er gewiß kaum zwei Werst vorwärtsgekommen wäre, ohne von diesen wieder aufgegriffen zu werden. Überall schwärmten die Tartarenreiter umher und schienen manchmal aus der Erde hervorzukommen, wie die lästigen Insekten, welche nach einem Platzregen den Boden bedecken. Übrigens erschien ein Fluchtversuch unter den obwaltenden Verhältnissen sehr schwer, wenn nicht ganz unausführbar. Die eskortierenden Soldaten wachten mit äußerster Strenge, denn für eine erwiesene Nachlässigkeit stand ihr eigener Kopf auf dem Spiele.

Am 15. August erreichte der Zug mit sinkendem Tage endlich den kleinen Flecken Zabediero, etwa dreißig

Werst von Tomsk. Hier vereinigte sich die Straße mit dem Laufe des Tom.

Gern wären die Gefangenen zuerst nach dem Wasser des Flusses geeilt, ihre Wächter gestatteten ihnen aber nicht eher aus den Reihen zu treten, als bis ein provisorisches Lager eingerichtet war. Trotz der zu jener Zeit gerade überaus heftigen Strömung des Tom hätte der Fluß doch die Flucht einiger Wagehälse oder Halbverzweifelter begünstigen können, weshalb die sorgsamsten Vorsichtsmaßregeln getroffen wurden. Auf den Fluß verlegte man eine Reihe aus Zabediero requirierter Boote, die eine Kette unmöglich zu durchbrechender Hindernisse bildeten. Die Außenlinie der an die ersten Häuser des Städtchens gelehnten Lagerstätte umschloß dagegen ein lückenlos dichter Kordon von Feldwachen.

Wenn Michael Strogoff auch einen Augenblick daran denken mochte, sich von hier aus in die Steppe zu flüchten, so sah er doch, nachdem er sich über die Sachlage unterrichtet, leicht ein, daß unter diesen Verhältnissen jeder Fluchtversuch unmöglich sei, und beschloß, sich in Geduld zu fassen, um nicht alles aufs Spiel zu setzen.

Die Gefangenen lagerten die ganze Nacht über an den Ufern des Tom. Der Emir hatte den Befehl erlassen, seine Truppen am folgenden Tage nach Tomsk hineinzuführen. Dort sollte die Verlegung des Hauptquartiers nach jener wichtigen Stadt durch ein großes militärisches Fest gefeiert werden. Feofar-Khan residierte schon in dem Fort derselben, während das Gros der Armee vor den Mauern biwakierte, um vereint mit der nachfolgenden Abteilung einen imposanten Einzug zu halten.

Iwan Ogareff hatte den Emir in Tomsk gelassen, woselbst beide am Tage vorher eingetroffen waren, und war nach dem Lager von Zabediero zurückgekehrt. Von dort wollte er am folgenden Tage mit der Arrièregarde des tartarischen Heeres aufbrechen. Zu seinem Nachtquartier fand er daselbst ein eigenes Haus vorgerichtet. Mit Sonnenaufgang setzte sich die Infanterie und Kavallerie der Truppe unter seinem Befehle nach Tomsk in Bewegung, wo der Emir alle mit dem bei den asiatischen Souveränen gebräuchlichen Pompe empfangen wollte.

Nach Organisierung des Lagers durften die von den drei Marschtagen aufs äußerste erschöpften Gefangenen endlich ihren quälenden Durst löschen und einige Ruhe genießen.

Schon war die Sonne untergegangen und der Horizont nur noch durch ein schwaches Dämmerlicht erhellt, als Nadia, am Arme Marfa Strogoff, am Ufer des Tom anlangte. Beide hatten vorher die dichten Massen der Verschmachteten, welche das Flußufer umdrängten, nicht zu durchbrechen vermocht und kamen jetzt erst dazu, sich einen erfrischenden Trank zu erobern.

Die alte Sibirierin beugte sich erschöpft über das Wasser; Nadia schöpfte daraus mit ihrer Hand und führte diese an Marfas Lippen. Dann erst erquickte sie sich auch selbst. Die bejahrte Frau und das junge Mädchen tranken ein neues Leben aus den wohltätigen Fluten.

Da wandte sich Nadia, eben als sie das Ufer wieder veranlassen wollten, plötzlich um. Ein unwillkürlicher Aufschrei entrang sich ihren Lippen.

Michael Strogoff war da, nur wenige Schritte von ihr!

Ja, er war es! Das letzte Tageslicht fiel auf ihn.

Michael Strogoff erzitterte wohl bei jenem Schrei ... Er gewann aber genug Herrschaft über sich, um nicht ein Wort hören zu lassen, das ihn hätte kompromittieren können.

Gleichzeitig mit Nadia hatte er auch seine Mutter erkannt!...

Tiefbewegt von diesem unerwarteten Zusammentreffen drückte Michael Strogoff, um seiner Herr zu bleiben, die Hand vor die Augen und entfernte sich.

Nadia wollte instinktiv auf ihn zueilen, die alte Sibirierin aber hielt sie zurück und raunte ihr ins Ohr:

»Bleib hier, meine Tochter!«

»Er ist es!« entgegnete Nadia mit vor Erregung unterdrückter Stimme. »Er lebt, Mutter! Er ist es!«

»Ja, es ist mein Sohn«, bestätigte Marfa Strogoff, »das ist Michael Strogoff, und du siehst, daß ich keinen Schritt zu ihm hin tue. Folge mir darin, meine Tochter!«

Michael Strogoff war eine Beute der tief innerlichsten Bewegung, die wohl je ein Mann empfinden kann. Er wußte seine Mutter und Nadia hier. Diese beiden Gefangenen, welche vereint in seinem Herzen wohnten, hatte der Himmel zu gemeinschaftlichem Unglück zusammengeführt. Wußte Nadia nun, wer er war? Nein, denn er hatte Marfa Strogoffs Handbewegung bemerkt, mit der sie jene zurückhielt, als sie auf ihn zueilen wollte. Marfa Strogoff hatte alles durchschaut und sein Geheimnis bewahrt.

Zwanzigmal während dieser Nacht stand Michael Strogoff auf dem Punkte, seine Mutter aufzusuchen, aber er sah immer wieder ein, daß er dem herzinnigen Wunsche widerstehen müsse, sie in seine Arme zu pressen und die Hand seiner jungen Gefährtin zu drücken. Die geringste Unklugheit konnte ihn ja verderben! Er hatte zudem geschworen, seine Mutter nicht zu sehen, und freiwillig wenigstens sollte es nicht geschehen. Einmal in Tomsk angekommen, wollte er, da es in dieser Nacht unmöglich war, hinausflüchten in die Steppe, ohne die beiden einzigen Wesen zu umarmen, an denen sein ganzes Leben hing und die er so vielen Gefahren ausgesetzt zurückließ.

Michael Strogoff durfte also hoffen, daß dieses neue Zusammentreffen im Lager zu Zabediero weder für seine Mutter noch für ihn nachteilige Folgen haben werde. Er wußte aber nicht, daß gewisse Einzelheiten dieser Szene, trotz ihres schnellen Verlaufes, von Sangarre, der Spionin Iwan Ogareffs, beobachtet wurden.

Auch die Zigeunerin befand sich nämlich am Ufer, wo sie wie immer die alte Sibirierin ohne deren Wissen argwöhnisch überwachte. Michael Strogoff, welcher schon verschwunden war, als sie sich umsah, konnte sie damals zwar nicht gewahr werden, die hastige Bewegung seiner Mutter aber, als sie Nadia zurückhielt, entging ihr nicht, und ein Aufleuchten in den Augen Marfas sagte ihr alles.

Es stand ihr nun außer Zweifel, daß der Sohn Marfa Strogoffs, der Kurier des Zaren, sich in dieser Stunde in Zabediero, unter den Gefangenen Iwan Ogareffs befinden müsse.

Sangarre kannte ihn nicht, aber sie wußte, daß er da war! Sie suchte ihn vorläufig also auch nicht zu entdecken, was bei der Dunkelheit und mitten in dieser zahlreichen Menschenmenge ohnehin unmöglich schien.

Auch eine weitere Beobachtung Nadias und Marfa Strogoffs hielt sie für nutzlos. Offenbar würden die beiden Frauen äußerst vorsichtig sein und alles strengstens vermeiden, was den Kurier des Zaren nur irgend kompromittieren könnte.

Die Zigeunerin bewegte nur ein Gedanke, der, Iwan Ogareff Bericht zu erstatten. Sie verließ also sofort das Lager.

Nach Verlauf einer Viertelstunde gelangte sie nach Zabediero und wurde in das von dem Oberbefehlshaber des Emirs bewohnte Haus eingelassen.

Sofort empfing Iwan Ogareff die Zigeunerin.

»Was willst du von mir, Sangarre?« fragte er.

»Der Sohn Marfa Strogoffs befindet sich im Lager«, antwortete das Weib.

»Als Gefangener?«

»Als Gefangener!«

»O«, rief Iwan Ogareff, »so werde ich wissen...«

»Du wirst nichts wissen, Iwan«, fiel ihm die Zigeunerin ins Wort, »denn du kennst ihn ja nicht.«

»Aber du kennst ihn, du! Du hast ihn gesehen, Sangarre!«

»Nein, noch sah ich ihn nicht, aber seine Mutter verriet sich durch eine Bewegung, die mir alles erklärte.«

»Täuschest du dich nicht?«

»Ich täusche mich nicht.«

»Du weißt, welches Gewicht ich auf die Einbringung

dieses Kuriers lege«, sagte Iwan Ogareff. »Wird das ihm in Moskau jedenfalls übergebene Kabinettsschreiben dem Großfürsten ausgehändigt, so wird dieser auf seiner Hut sein und ich werde mich ihm nicht zu nähern vermögen. Jenen Brief muß ich also um jeden Preis erlangen. Nun kommst du mit der Meldung, der Überbringer jener kaiserlichen Botschaft befinde sich schon in meiner Gewalt. Ich frage dich also noch einmal, Sangarre, täuschte dich deine Beobachtung nicht?«

Iwan Ogareff hatte sehr lebhaft gesprochen. Seine Erregung bewies, welchen Wert er auf den Besitz jenes Briefes legte. Sangarre wurde von der bestimmten Wiederholung jener Frage keineswegs betroffen oder wankend in ihrer Überzeugung.

»Ich täusche mich nicht, Iwan«, antwortete sie mit Nachdruck.

»Im Lager befinden sich aber mehrere tausend Gefangene, und du sagtest, daß dir Michael Strogoff von Person nicht bekannt sei.«

»Nein«, versetzte Sangarre, in deren Augen eine wilde Freude aufblitzte, »ich, ich kenne ihn nicht, aber seine Mutter kennt ihn doch. Nun, Iwan, man wird seine Mutter zum Sprechen zwingen müssen.«

»Morgen soll das geschehen!« erwiderte Iwan Ogareff.

Dann streckte er der Zigeunerin seine Hand hin und diese küßte sie, ohne daß diese bei den Völkerschaften des Nordens so gebräuchliche Achtungsbezeugung den Anschein der dienerhaften Unterwürfigkeit zeigte.

Sangarre kehrte nach dem Lager zurück. Sie spürte halb die Stelle aus, an der sich Nadia und Marfa Strogoff befanden, und ließ diese nun die ganze Nacht über nicht aus den Augen. Die bejahrte Frau und das junge Mädchen schliefen nicht, trotzdem daß die Erschöpfung sie fast übermannte. Eine fieberhafte Unruhe hielt sie munter. Michael Strogoff war am Leben, aber Gefangener gleich ihnen. Wußte das Iwan Ogareff, und wenn nicht, würde er es noch erfahren? Nadia beschäftigte sich nur mit dem einen Gedanken, daß ihr totgeglaubter Gefährte noch lebe. Marfa Strogoffs Blick reichte weiter in die Zukunft, und wenn sie auch um sich selbst nicht besorgt war, so hatte sie doch Grund genug, für ihren Sohn das Schlimmste zu befürchten.

Sangarre schlich sich im Dunkeln bis dicht an die beiden Frauen heran und verweilte so einige Stunden lang gespannt lauschend... Vergeblich. Wie durch ein geheimes Gebot der Klugheit vermieden es Marfa Strogoff und Nadia, überhaupt ein Wort zu wechseln.

Am folgenden Tage, dem 16. August, morgens gegen zehn Uhr, schmetterten helle Fanfaren am Rande des Lagers. Die tartarischen Soldaten traten augenblicklich unter die Waffen.

Aus Zabediero kam Iwan Ogareff, umgeben von einem zahlreichen Stabe tartarischer Offiziere, herangeritten. Sein Antlitz erschien noch finsterer als gewöhnlich, und die strengen Züge verrieten einen verhaltenen Zorn, der nur auf eine Gelegenheit zum Ausbruch harrte.

Unter einer Gruppe Gefangener verloren sah Michael Strogoff seinen Feind vorüberkommen. Er hatte das unbestimmte Vorgefühl, daß jetzt eine Katastrophe nahe sei, denn Iwan Ogareff wußte, daß Marfa Strogoff die Mutter Michael Strogoffs, des Offiziers im Korps der Zarenkuriere, sei.

Als Iwan Ogareff in der Mitte des Lagers anlangte, stieg er vom Pferde, und die Offiziere seiner Exkorte bildeten einen weiten Kreis rings um ihn.

Da näherte sich Sangarre wieder und sagte:

»Ich habe dir nichts Neues zu melden, Iwan!«

Iwan Ogareff antwortete nur durch Erteilung eines Befehles an einen der Offiziere.

Bald darauf drängten sich viele Soldaten mit roher Gewalt in die Reihen der Gefangenen. Von Peitschenschlägen getrieben oder von Lanzenschäften gestoßen, mußten die Armen sich eiligst erheben und an der Umfassung des Lagers Stellung nehmen. Ein vierfacher Kordon von Fußsoldaten, und hinter diesen von Reitern, machte jedes Entweichen unmöglich.

Bald herrschte Schweigen ringsum, und auf ein Zeichen Iwan Ogareffs begab sich Sangarre nach der Gruppe, in deren Mitte Marfa Strogoff sich befand.

Die alte Sibirierin sah sie herankommen. Sie erriet, was geschehen solle. Ein verächtliches Lächeln spielte um ihre Lippen. Dann neigte sie sich zu Nadia und sagte zu ihr mit gedämpfter Stimme:

»Du kennst mich nicht mehr, meine Tochter! Was auch kommen und wie hart diese Prüfung werden möge – kein Wort! Keine Bewegung! Es handelt sich hier um ihn, nicht um mich!«

Da legte, nachdem sie sie einen Augenblick angesehen, Sangarre die Hand auf die Schulter der alten Sibirierin.

»Was begehrst du?« fragte Marfa Strogoff.

»Komm mit mir!« erwiderte Sangarre.

Fortdrängend führte sie jene in die Mitte des freien Raumes vor Iwan Ogareff.

Michael Strogoff hielt die Lider halb geschlossen, um sich nicht durch das Aufflammen seiner Augen zu verraten.

Vor Iwan Ogareff angelangt, richtete Marfa Strogoff sich hoch und stolz empor, kreuzte die Arme und wartete.

»Du bist ja wohl Marfa Strogoff?« fragte sie Iwan Ogareff.

»Die bin ich«, antwortete ruhig die alte Sibirierin.

»Erinnerst du dich noch deiner Antwort, als ich dich vor drei Tagen in Omsk um etwas fragte?«

»Nein.«

»Du weißt also nicht, daß dein Sohn als Kurier des Zaren durch Omsk gekommen ist?«

»Das weiß ich nicht.«

»Und jener Mann, den du im Posthofe als deinen Sohn zu erkennen glaubtest, das war dein Sohn nicht?«

»Nein, das war er nicht.«

»Und seitdem ist er dir auch hier unter den Gefangenen nicht zu Gesicht gekommen?«

»Nein.«

»Und wenn ich dir ihn zeigte, würdest du ihn wiedererkennen?«

»Nein.«

Bei dieser Antwort, dem Beweise des unerschütterlichen Entschlusses, nichts zu gestehen, durchlief ein leises Murmeln die Umgebung.

Iwan Ogareff konnte sich einer drohenden Bewegung nicht enthalten.

»So höre: Dein Sohn ist hier und du wirst ihn mir sofort bezeichnen.«

»Nein!«

»Alle die bei Omsk und Kolyvan gefangenen Männer werden dir vorgeführt werden, und wenn du dann Michael Strogoff nicht bezeichnest, erwarten dich ebenso viele Knutenhiebe, als Gefangene vorübergekommen sind.«

Iwan Ogareff hatte wohl eingesehen, daß er die unbeugsame Sibirierin trotz aller Drohungen und Torturen nicht werde zum Reden bringen können. Um den Kurier des Zaren zu entdecken, rechnete er viel weniger auf jene, als auch Michael Strogoff selbst. Er hielt es für unmöglich, daß Mutter und Sohn, wenn sie einander gegenüberständen, sich nicht durch irgendeine Bewegung verraten sollten. Wäre es ihm nur allein um das kaiserliche Schreiben zu tun gewesen, so brauchte er ja nur einfach einen Befehl zur Durchsuchung aller Gefangenen zu erlassen. Michael Strogoff konnte das Schriftstück aber auch vernichtet haben, nachdem er seinen Inhalt durchlas; wurde er dann nicht erkannt und gelang es ihm vielleicht noch, nach Irkutsk zu flüchten, so waren Iwan Ogareffs Pläne durchkreuzt. Der Verräter mußte sich also nicht nur des Briefes, sondern auch des Überbringers desselben versichern.

Nadia hatte alles mitangehört; sie wußte nun, wer Michael Strogoff sei und warum er die von den Feinden überfallenen Provinzen Sibiriens unerkannt durchreisen wollte.

Auf Iwan Ogareffs Befehl defilierten die Gefangenen Mann für Mann vor Marfa Strogoff, welche unbeweglich blieb, wie eine Bildsäule, und deren Blicke die vollständigste Gleichgültigkeit heuchelten.

Ihr Sohn befand sich unter den letzten, welche herzutraten. Als er vor seiner Mutter vorüberschritt, schloß Nadia die Augen, um es nicht mitanzusehen.

Auch Michael Strogoff war scheinbar ruhig geblieben, aber seine hohle Hand blutete, so fest hatten sich die Nägel eingepreßt.

Iwan Ogareff war vorläufig besiegt durch die Mutter und den Sohn!

Sangarre, welche neben ihm stand, äußerte nur ein Wort.

»Die Knute herbei!« sagte sie.

»Ja!« rief Iwan Ogareff, der sich nicht mehr bemeistern konnte, »die Knute dieser alten Schurkin, bis sie den Geist aufgibt!«

Mit dem schrecklichen Zuchtinstrument in der Hand näherte sich ein tartarischer Soldat der Marfa Strogoff.

Die Knute besteht aus einer gewissen Anzahl Lederriemen, deren Enden in geflochtene Drahtstücke auslaufen. Man nimmt an, daß eine Verurteilung zu hundertzwanzig Knutenstreichen einem Todesurteil gleich zu achten ist. Marfa Strogoff wußte das wohl, aber sie wußte auch, daß keine Tortur sie zum Sprechen zwingen werde, und ihr Leben wollte sie gern zum Opfer bringen.

Marfa Strogoff ward von zwei Soldaten ergriffen und auf die Knie zu Boden geworfen. Man riß ihr das Kleid herunter und entblößte den Rücken. Nur wenige Zoll vor ihrer Brust wurde ein Säbel befestigt, so daß sie in dessen Spitze fallen mußte, wenn der Schmerz sie niederbeugte.

Der Tartar stand bereit.

Er wartete eines Zeichens.

»Tu deine Pflicht!« sagte Iwan Ogareff.

Die Geißel pfiff durch die Luft...

Aber bevor sie niederfiel, hatte eine kräftige Faust sie der Hand des Tartaren entrissen.

Michael Strogoff war am Platze, ihn hielt es nicht bei dieser entsetzlichen Szene. Wenn er sich auf dem Relais zu Ichim bezwungen hatte, als die Peitsche Iwan Ogareffs ihn selbst traf, hier, wo sie seiner Mutter zugedacht war, konnte er sich nicht bemeistern.

Iwan Ogareff hatte gesiegt.

»Michael Strogoff!« rief er.

Dann trat er näher.

»Ah«, sagte er höhnisch, »der Mann von Ichim?«

»Derselbe!« schrie Michael Strogoff.

Und schnell erhob er die Knute und schlug Iwan Ogareff wütend mehrmals ins Gesicht.

»Schlag für Schlag!« rief er.

»Brav zurückerstattet!« ließ sich die Stimme eines Zuschauers vernehmen, die sich glücklicherweise in dem allgemeinen Tumulte verlor.

Ein Haufen Soldaten stürzte sich auf Michael Strogoff, um ihn umzubringen...

Doch Iwan Ogareff, dem ein Schrei des Schmerzes und der Wut entfuhr, hielt sie durch eine Handbewegung zurück.

»Dieser Mann bleibe der Justiz des Emirs aufgespart«, sagte er. »Man durchsuche ihn!«

Das Schreiben mit dem kaiserlichen Siegel ward auf der Brust Michael Strogoffs gefunden, da dieser nicht Zeit gewonnen hatte, es zu vernichten. Man reichte es Iwan Ogareff.

Der Zuschauer, von dem der Ausruf: »Brav zurückerstattet!« herrührte, war kein anderer als Alcide Jolivet. Sein Gefährte und er wohnten, da sie sich noch in Zabediero aufhielten, dieser Szene bei.

»Alle Teufel!« sagte er zu Harry Blount, »diese Leute aus dem Norden sind doch handfeste Männer. Sie geben doch zu, daß wir unsrem Reisegefährten nun eine Ehrenerklärung schulden. Korpanoff und Strogoff halten sich die Waage! Eine schöne Revanche für die Schmach in Ichim!«

»Gewiß, eine gerechte Vergeltung«, erwiderte Harry Blount, »aber dieser Strogoff ist nun ein Mann des Todes. In seinem Interesse hätte er wohl besser getan, die Sache jetzt noch ruhen zu lassen.

»Um seine Mutter unter der Knute verenden zu sehen!«

»Glauben Sie, daß er dieser und seiner Schwester durch seinen Zornesausbruch ein besseres Los gesichert hat?«

»Ich glaube gar nichts«, erwiderte Alcide Jolivet, »ich weiß auch nichts, als daß ich an seiner Stelle schwerlich anders gehandelt hätte. O, zum Teufel, manchmal muß man wohl aufwallen im gerechten Zorn. Gott hätte Wasser in unsere Adern gegossen und kein Blut, wenn er wollte, daß wir stets und allezeit unerregt blieben.«

»Ein hübsches Thema für eine Erzählung!« meinte Harry Blount. »Nun sollte uns Iwan Ogareff nur den Inhalt jenes Briefes mitteilen...«

Nachdem er sich das Blut, das ihm über das Antlitz rann, abgewischt, hatte Iwan Ogareff das Siegel gebrochen. Er las den Brief lange und aufmerksam durch, so als wollte er seinem Gedächtnis jedes Wort des Inhaltes einprägen.

Endlich gab er noch Befehl, Michael Strogoff sorgsam zu fesseln und mit den übrigen Gefangenen nach Tomsk zu transportieren; dann übernahm er den Befehl über die Truppen des Lagers von Zabediero und wendete sich, unter betäubendem Trommelschlag und gellendem Trompetenschall, der Stadt zu, in der der Emir ihn erwartete.

Viertes Kapitel

Der siegreiche Einzug

Tomsk, 1604, fast im Herzen der sibirischen Provinzen gegründet, ist eine der bedeutendsten Städte des asiatischen Rußlands. Tobolsk, das schon über den 60. Breitengrad, und Irkutsk, das über den 100. Meridian hinausliegt, sahen Tomsk auf ihre Unkosten zunehmen und gedeihen.

Dennoch ist, wie schon erwähnt, Tomsk nicht die offizielle Hauptstadt dieser wichtigen Provinz. Der Generalgouverneur derselben residiert vielmehr mit den obersten Beamten in Omsk. Dennoch erhob sich Tomsk zur hervorragendsten Stadt jenes Landesteiles, der an die Altaïberge, d.h. an die chinesische Grenze des Landes der Khalkas, angrenzt. An den Abhängen dieses Gebirges verlaufen bis in das Tal des Tom herab ergiebige Adern von Platin, Gold, Silber, Kupfer und goldhaltigem Bleierz. Da das Land reich ist, ist es auch die Stadt, welche den Mittelpunkt der einträglichen Montanindustrie einnimmt. Hier kann der äußere und innere Luxus der Gebäude und ihrer Einrichtung, die Pracht der Equipagen, wohl mit den größten Hauptstädten Europas in die Schranken treten. Es ist eben eine Stadt der Millionäre vom Schlägel und der Spitzhaue, und wenn ihr die Ehre nicht zuteil ward, den Stellvertreter des Zaren in ihren Mauern zu beherbergen, so tröstet sie sich damit, daß der erste Kaufmann der Stadt, der Hauptkonzessinär der Minen der kaiserlichen Regierung, zum ersten Range der Notabeln des Reiches zählt.

Früher huldigte man der Anschauung, Tomsk liege einfach am Ende der Welt. Wer sich dahin begeben wollte, wagte eine große Reise. Jetzt ist das, vorausgesetzt, daß keine wilden Feindeshorden die Straße umschwärmen, durch einen einfachen Spaziergang abzumachen. Bald wird auch der Schienenweg hergestellt sein, der es mit Überschreitung der Uralkette mit Perm in Verbindung setzen soll.

Hält man Tomsk für eine schöne Stadt? Die Berichte der Reisenden stimmen in dieser Hinsicht nur wenig überein. Frau von Bourboulon, welche auf ihrer Reise von Shang-haï nach Moskau einige Tage daselbst verweilte, nennt es einen wenig malerischen Häuserhaufen. Ihrer Beschreibung nach ist es eine Stadt ohne besondere Physiognomie, mit allen Gebäuden aus Granit und Ziegelstein und engen, von den Gassen, wie man sie meist in sibirischen Städten findet, wenig abweichenden Straßen, mit schmutzigen Quartieren, den Hauptansiedelungsstellen der Tartaren, in welchen schweigsame Betrunkene umhertaumeln, »deren Trunkenheit ebenso apathisch erscheint wie bei allen Völkern des Nordens.«

Dagegen zollt der Reisende Henry Russel-Killough Tomsk seine ungeteilte Bewunderung. Sollte das nur daher rühren, daß er es mitten im Winter sah, wogegen Frau von Bourboulon es nur während des Sommers besuchte? Das ist wohl möglich und würde einen weiteren Beitrag zu der Behauptung liefern, daß man kalte Länder nur während der kalten Jahreszeit, warme nur während der heißen wirklich kennen und beurteilen lernt.

Wie dem auch sei, Russel-Killough sagt povitiv, daß Tomsk nicht nur die schönste Stadt Sibiriens, sondern vielleicht eine der hübschesten Städte überhaupt sei. Er lobt ebenso ihre mit Säulengängen und Peristylen geschmückten Häuser, die bequemen Holztrottoirs, wie überhaupt die breiten, regelmäßigen Straßen, samt den fünfzehn prächtigen Kirchen, die sich in den Wellen des Tom, eines hier schon sehr bedeutenden Flusses, widerspiegeln.

Die Wahrheit liegt wohl auch hier in der Mitte. Tomsk breitet sich, bei einer Einwohnerzahl von 25 000 Seelen, terrassenförmig über einen langgestreckten, aber steil abfallenden Hügel aus.

Die hübscheste Stadt der Welt wird aber zur häßlichsten, wenn Feinde in ihr hausen. Wer hätte sie jetzt auch bewundern wollen? Verteidigt von wenigen Bataillonen

Kosaken zu Fuß hatte sie dem Anprall der tartarischen Heersäulen nicht Widerstand zu leisten vermocht. Ein gewisser Teil der Stadtbevölkerung von verwandtem Ursprunge hatte diese Horden nicht eben ungern empfangen, und für den Augenblick erschien Tomsk so wenig russisch oder sibirisch, als ob es mitten in die Kanate von Khokhand oder Bukhara versetzt worden wäre.

In Tomsk wollte der Emir seine siegreichen Truppen empfangen. Diesen zu Ehren sollte ein Fest mit Gesängen, Tänzen und Schaugepränge abgehalten werden, dessen Ende wie gewöhnlich in eine lärmende, wilde Orgie auslief.

Der für diese nach asiatischem Geschmacke vorbereiteten Belustigungen ausgewählte Platz nahm eine geräumige Ebene auf einem Teile des Hügels ein, der sich etwa hundert Fuß hoch über den Tom erhebt. Den Rahmen dieser Fläche bildeten einerseits die langen eleganten Häuserreihen, die vielen Kirchen mit ihren bauchigen Kuppeln, andrerseits die vielfachen Windungen des Stromes und entfernte, in warmem Dufte verschwimmende Wälder, oder in der Nähe dichte Haine von Fichten und riesigen Zedern.

An der linken Seite des Festplatzes hatte man auf einer breiten Terrasse provisorisch eine blendende Dekoration, die Nachahmung eines wunderlichen Palastes – wahrscheinlich eine Probe der bukharischen, halb maurischen, halb tartarischen Baudenkmäler – in bizarrstem Stile errichtet. Über diesem Palaste und den Spitzen seiner zahlreichen Minarets, zwischen den höchsten Zweigen der Bäume, die das Plateau beschatteten, schwebten zu Hunderten gezähmte Störche, welche der Tartarenarmee aus Bukhara gefolgt waren.

Jene Terrasse blieb reserviert für den Hofstaat des Emirs, für die verbündeten Khans, die Großwürdenträger des Reiches und für die Harems eines jeden der turkomanischen Fürsten.

Unter den Sultaninnen, zum größten Teile übrigens nur auf den Märkten von Transkaukasien und Persien gekaufte Sklavinnen, trugen einige das Gesicht unverhüllt, während andere fast vollständig unter einem dichten Schleier verborgen waren. Alle erschienen in der prächtigsten Kleidung. Reizende Oberkleider, deren weite Ärmel auf der Rückseite aufgeschlagen, eine eigentümliche Faltenordnung zeigten, ließen ihre entblößten Arme sehen, deren kostbare Bracelets durch Ketten von Edelsteinen verbunden erschienen, und ihre kleinen Hände, an denen die Fingernägel mit dem Safte der »Henneh« gefärbt waren. Bei der geringsten Bewegung dieser Kleider, welche zum Teil aus Seide, so fein wie die Fäden des Spinnengewebes, zum Teil aus wundervoll weichem »Aladja« (ein schmalgestreifter, herrlicher Baumwollstoff) bestanden, ließ sich jenes vornehme Rascheln hören, das den Ohren der Orientalen so lieblich klingt. Unter diesem Überwurfe erglänzten brokatne kurze Röckchen über den seidenen Beinkleidern, welche letztere ein wenig oberhalb der feinen, graziös geschweiften und mit echten Perlen geschmückten Stiefeln befestigt waren. An den schleierlos erscheinenden Frauen bewunderte man die langen, schwarzen Flechten, die unter dem Turban hervorquollen, ebenso wie die schönen Augen, die prächtigen Zähne, den blendenden Teint, der noch mehr durch die tiefschwarzen, mittels eines feinen Striches verbundenen Augenbrauen und die mit Bleiglätte gefärbten Lider hervorgehoben wurde.

Am Fuße der mit Flaggen und Bannern bedeckten Terrasse standen die Leibgarden des Emirs Wache, mit ihren zwei gekrümmten Säbeln an der Seite, einem Dolch im Gürtel und der zehn Fuß langen Lanze in der Hand. Einige dieser Tartaren trugen weiße Stäbe, andere ungeheure Hellebarden mit mächtigen Troddeln aus Gold- und Silberfäden.

Ringsumher, bis zu den äußersten Enden dieses Plateaus, auf dem steilen Abhange, dessen Basis die Wellen des Tom badeten, drängte sich eine wahrhaft kosmopolitische Menge, zusammengewürfelt aus allen Eingeborenen Zentralasiens. Da sah man die Usbecks mit ihren ungeheuren schwarzen Schaffellmützen, dem roten Bart, grauen Augen und in dem »Arkaluk«, einer besonderen Art nach tartarischer Mode geschnittenem Überwurf. Dort zeigten sich Turkomanen in ihrem Nationalkostüm, langen Beinkleidern von schreiender Farbe, Westen und Mänteln aus Kamelhaar, roten entweder konisch oder auch oben erweiterten Mützen, hohen juchtenen Stiefeln, Seitengewehr und Messer an Riemen um die Taille geschnallt; in der Nähe ihrer Herren erschienen auch die turkomanischen Weiber, welche ihr von Natur üppiges Haar noch durch Schnurenschleifen aus Ziegenhaar zu verlängern pflegen, mit unter der »Tjuba« offnem, blauem, purpurnem oder grünem Hemd, die Beine in farbige Bänder eingeschnürt, die sich bis herab über den Lederstiefeln kreuzten. Endlich begegnete man auch – so als ob sich alle Völkerschaften der russisch-chinesischen Grenze auf den Ruf des Emirs erhoben hätten – an der Stirn und den Schläfen rasierten Mandschus mit geflochtenem Haar, langen Überröcken, einem Gürtel, der die Taille über einem seidnen Hemd umschloß, mit ovalen kirschroten Atlasmützen mit gleichfarbenen Fransen; neben ihnen auch jene herrlichen Typen von Frauen aus der Mandschurei, kokett mit künstlichen Blumen coiffiert, welche reizende Häubchen, durch goldene Nadeln befestigt, auf den pechschwarzen Haaren trugen. Außer diesen allen aber noch Mongolen, Bukharier, Perser, Chinesen aus Turkestan, welche sich unter die zu dem tartarischen Feste Geladenen mischten.

Nur die Sibirier fehlten unter diesem Schwarme von Feinden. Wer von ihnen nicht hatte fliehen können, hielt sich im Hause auf, aus Furcht, daß Feofar-Khan noch, zum würdigen Schluß dieser Siegesfestlichkeit, einen Befehl zum Plündern ergehen lassen könne.

Um vier Uhr erst hielt der Emir seinen Einzug auf den Festplatz, begleitet von lustigen Fanfaren, Tamtamschlägen, von Kanonen- und Gewehrsalven.

Feofar ritt sein Lieblingsroß, an dessen Kopfe eine Aigrette von Diamanten funkelte. Er erschien in seinem Kriegeranzuge. Ihm zur Seite marschierten die Khans von Khokhand und Kunduz, die Großwürdenträger des Khanates und als Gefolge ein zahlreicher Stab.

Zu derselben Zeit betrat auch die erste Frau Feofars die Terrasse, gewissermaßen die Königin, wenn man diesen Namen den Sultaninnen der bukharischen Staaten beilegen darf. Aber ob Königin oder Sklavin, jedenfalls war diese Frau, eine geborne Perserin, von bewunderungswürdiger Schönheit. Ganz entgegen der mohammedanischen Gewohnheit und wahrscheinlich nur infolge einer Laune des Emirs, erschien sie mit unverhülltem Gesichte. Ihr in vier Flechten verteiltes Haar schmiegte sich um die blendendweißen Schultern, welche nur leicht von einem golddurchwirkten Schleier bedeckt waren, der sich rückwärts an eine Art mit den wertvollsten Gemmen geschmückte Haube anschloß. Unter der Tunika von blauer Seide, mit breiten, dunkleren Streifen fiel der »Zir-djameh« von Seidengaze herab und über den Gürtel faltete sich der »Pirahn«, eine Art Hemd aus demselben Stoffe, welcher nach dem Halse zu graziös ausgeschnitten erschien. Vom Kopfe aber bis zu den persischen Pantoffeln an den Füßen glänzte eine solche verschwenderische Pracht von Geschmeide, goldenen Tomans an Silberschnüren, Kränze von Türkisen, Achate, Smaragde, Opale und Saphire, daß ihr ganzer Leib wie von kostbaren Steinen bedeckt erschien. Die Tausende von Diamanten, die farbenprächtig an ihrem Halse, den Armen, den Händen, am Gürtel und an den Füßen blitzten, wären mit Millionen von Rubeln wohl kaum bezahlt gewesen; ja, bei dem Strahlenkranze, den sie um sich verbreiteten, hätte man glauben können, daß sie untereinander durch einen aus Sonnenstrahlen gebildeten elektrischen Bogen verbunden seien.

Der Emir und die Khans stiegen von den Pferden, ebenso wie die hohen Staatsbeamten und militärischen Würdenträger des Gefolges. Alle nahmen Platz unter einem prachtvollen Zelte, das sich in der Mitte der Terrasse erhob. Vor dem Zelte lag wie gewöhnlich der geöffnete Koran auf dem heiligen Tische.

Feofars Befehlshaber ließ nicht lange auf sich warten, und noch vor fünf Uhr meldeten Trompetenstöße die Ankunft des Verbündeten.

Iwan Ogareff – »mit der Schmarre«, wie man ihn schon nannte – kam, jetzt in der Uniform eines Tartarenoffiziers, zu Pferde bis vor das Zelt des Emirs. Er war von einer Abteilung Soldaten aus dem Lager von Zabediero begleitet, die sich zu beiden Seiten des Platzes aufstellten, so daß in der Mitte nur der für die Vorstellungen und Spiele bestimmte Raum frei blieb. Quer über das Gesicht des Verräters zog sich eine blutig unterlaufene Strieme hin.

Iwan Ogareff stellte dem Emir seine ersten Offiziere vor, und Feofar-Khan empfing sie, wenn auch mit der seiner Würde entsprechenden Kälte, doch in einer sie scheinbar zufriedenstellenden Weise.

Das glaubten wenigstens Harry Blount und Alcide Jolivet, die beiden jetzt unzertrennlichen Neuigkeitsjäger, zu bemerken. Von Zabediero aus hatten sich diese schnellstens nach Tomsk begeben. Ihre Absicht ging zwar dahin, sich sobald als möglich aus der Gesellschaft der Tartaren wegzustehlen, sich einem russischen Truppenkorps anzuschließen und mit diesem Irkutsk zu erreichen. Was sie bis jetzt von dem feindlichen Einfalle, den Feuersbrünsten, Plünderungen, Mordtaten und dergleichen gesehen, konnte nur das Gefühl der Entrüstung in ihnen erwecken und trieb sie noch mehr, in der sibirischen Armee Aufnahme zu suchen.

Alcide Jolivet machte aber seinem Begleiter begreiflich, daß er Tomsk nicht wohl eher verlassen könne, als bis er eine Skizze des zu erwartenden Triumpheinzuges der tartarischen Truppen entworfen habe – und wäre es nur, um die Neugierde seiner Cousine zu befriedigen – und Harry Blount hatte zugestimmt, noch einige Stunden zu verweilen; noch an demselben Abend wollten die beiden jedoch den Weg nach Irkutsk schon wieder einschlagen, und hofften bei der Schnelligkeit ihrer guten Pferde auch den Plänklern des Emirs zuvorzukommen.

Alcide Jolivet und Harry Blount hatten sich also unter die Zuschauermenge gemischt und wandten den Festlichkeiten alle Aufmerksamkeit zu, um sich kein Detail des Bildes entgehen zu lassen, das ihnen einen hübschen Artikel für die Chronik ihrer Journale versprach. Sie bewunderten Feofar-Khan in seiner Herrscherpracht, seine Frauen, seine Offiziere, die Garden und allen diesen orientalischen Luxus, von dem die europäischen Zeremonien nicht die blasseste Vorstellung geben. Sie wendeten sich aber voll Abscheu ab, als Iwan Ogareff sich dem Emir nahte, und warteten nicht ohne einige Ungeduld auf den Beginn des eigentlichen Festes.

»Sehen Sie, lieber Blount«, sagte Alcide Jolivet, »wir sind zu zeitig erschienen, so wie der brave Bürger, der für sein Geld auch etwas Ordentliches haben will. Das ist alles nur ein Vorspiel und es wäre besser gewesen, erst zum Ballett zu kommen.«

»Zu welchem Ballett?« fragte Harry Blount.

»Ei nun, zu dem obligatorischen Ballett! Ah, ich glaube, der Vorhang hebt sich schon.«

Alcide Jolivet sprach, als befinde er sich im Opernhause, zog sein Perspektiv aus dem Etui und schickte sich an, »die ersten Kräfte der Truppe Feofar-Khans« möglichst genau kennenzulernen.

Den lustigen Tänzen sollte aber noch eine höchst peinliche Szene vorhergehen.

Der Triumph der Sieger konnte ja ohne eine qualvolle Erniedrigung der Besiegten kein vollständiger sein. Es wurden also einige hundert Gefangene unter den Knuten der Soldaten vorgeführt. Diese sollten vor Feofar-Khan und seinen Verbündeten defilieren, bevor man sie in den Gefängnissen der Stadt einkerkerte.

In erster Reihe unter diesen Armen befand sich auch Michael Strogoff. Dem Befehle Iwan Ogareffs entsprechend war eine besondere Abteilung Soldaten zu seiner Bewachung bestimmt. Seine Mutter und Nadia waren auch gegenwärtig.

Das Gesicht der alten Sibirierin, welche stets, wenn es sich nur um sie allein handelte, eine unbeugsame Energie bewahrte, erschien ungemein bleich. Sie machte sich wohl gefaßt auf eine schreckliche Szene. Ihr Sohn ward gewiß nicht ohne besondere Ursache dem Emir vorgeführt, und sie zitterte leise für ihn. Iwan Ogareff, den vor den Augen aller die schon für sie erhobene Knute getroffen, war sicherlich nicht der Mann dazu, solche Schmach zu verzeihen, und seine Rache würde wohl ohne Grenzen sein. Gewiß drohte Michael Strogoff ein entsetzliches Gericht, wie es die Barbaren Zentralasiens gern abzuhalten pflegen. Wenn ihn Iwan Ogareff damals, als seine Knechte sich über ihn stürzen wollten, geschont hatte, so wußte er gewiß, was er damit tat, ihn der Justiz des Emirs vorzubehalten.

Seit dem traurigen Auftritt auf dem Felde zu Zabediero war es Mutter und Sohn unmöglich gewesen, auch nur ein Wort zu wechseln. Man hatte sie unerbittlich voneinander getrennt. Welch harte Erschwerung ihrer Leiden, hier, wo es ihnen ein süßer Trost gewesen wäre, während einiger Tage der Gefangenschaft doch vereinigt zu sein. Wie gern hätte Marfa Strogoff ihren Sohn um Verzeihung wegen all des Übels gebeten, das sie ihm wider Willen zugefügt hatte, denn sie klagte sich an, ihre mütterlichen Gefühle nicht gehörig im Zaum gehalten zu haben. Hätte sie sich damals im Posthofe zu Omsk bezwungen, als sie ihm gegenüberstand, so kam Michael Strogoff unerkannt hindurch – und wieviel Unglück wäre dann verhütet worden!

Michael Strogoff seinerseits quälte sich mit dem Gedanken, daß man seine Mutter mit hierher schleppe, um sie für sein Vergehen büßen zu lassen, vielleicht daß sie dieselbe schreckliche Todesart erleiden sollte, wie er selbst.

Nadia endlich fragte sich, was sie tun könne, um den einen oder die andere zu retten, auf welche Weise sie der Mutter oder dem Sohne zu Hilfe kommen könne. Sie fand zwar kein Mittel, aber sie fühlte, daß es hier vor allem darauf ankam, keine besondere Aufmerksamkeit auf sich zu lenken, sondern sich mehr zu verstecken und unsichtbar zu machen. Vielleicht wäre sie doch noch imstande, die Gitter des Käfigs ihres Löwen zu zerbrechen. Jedenfalls wollte sie, wenn sich ihr eine Gelegenheit zum Handeln böte, gewiß nicht zögern, und nötigenfalls ihr Leben für den Sohn der Marfa Strogoff opfern.

Inzwischen zog der größte Teil der Gefangenen vor dem Emir vorüber, wobei jeder als Zeichen der Unterwerfung sich zu Boden beugen und den Sand mit der Stirn berühren mußte, das erniedrigende Merkmal für den Anfang der Sklaverei. Krümmten die Unglücklichen den Rücken zu langsam, so warf sie die rauhe Hand der Garden heftig zu Boden.

Alcide Jolivet und sein Begleiter vermochten einem solchen Schauspiel nicht ohne die Gefühle der tiefsten Indignation beizuwohnen.

»Dieser erbärmliche Kerl! Fort, fort von hier!« sagte Alcide Jolivet.

»Nein«, entgegnete Harry Blount, »nun wollen wir auch alles sehen!«

»Alles sehen!... Ah, dort!« rief plötzlich Alcide Jolivet und ergriff den Arm seines Gefährten.

»Was haben Sie?« fragte dieser.

»Sehen Sie dorthin, Blount! Da ist sie!«

»Sie? – Welche sie?«

»Die Schwester unseres Reisegefährten! Hilflos und gefangen. Wir müssen sie retten...«

»Geduld«, entgegnete frostig Harry Blount. »Unsere Intervention zugunsten des jungen Mädchens dürfte ihr eher schädlich als nützlich werden.«

Alcide Jolivet, der sich schon zu Nadia drängen wollte, ließ sich belehren, und letztere, welche die beiden Reporter nicht gesehen hatte, ging, von ihrem reichen Haar halb verschleiert, vor dem Emir vorüber, ohne dessen besondere Aufmerksamkeit zu erwecken.

Nach Nadia kam Marfa Strogoff an die Reihe, und da

sie sich nicht schnell genug in den Staub warf, drückten sie die Wachen mit rauher Faust nieder.

Marfa Strogoff fiel zu Boden.

Ihr Sohn schäumte auf vor Wut, so daß ihn die bewachenden Soldaten kaum zu bändigen vermochten.

Die alte Marfa erhob sich wieder und sollte eben fortgeführt werden, als Iwan Ogareff das verhinderte.

»Dieses Weib bleibt hier!« rief er.

Nadia ward in den Haufen der Gefangenen zurückgeführt. Iwan Ogareffs Blick hatte sie nicht erkannt.

Jetzt wurde Michael Strogoff vor den Emir gebracht und blieb, ohne auch nur die Augen zu senken, vor diesem stehen.

»Die Stirn auf die Erde!« herrschte ihn Iwan Ogareff an.

»Nein«, antwortete Michael Strogoff.

Zwei Soldaten wollten ihn zwingen, sich zu beugen, doch die kräftige Hand des jungen Mannes drückte sie an seiner Statt zu Boden.

Iwan Ogareff sprang auf Michael Strogoff zu.

»Du verwirkst dein Leben!« rief er.

»Ich werde ruhig sterben«, erwiderte stolz Michael Strogoff, »aber deine Verräterstirn, Iwan, wird für immer die schmachvolle Schramme von der Knute tragen!«

Iwan Ogareff erbleichte bei diesen Worten.

»Wer ist dieser Gefangene?« fragte der Emir, dessen ruhige Stimme nur um so drohender war.

»Ein russischer Spion«, antwortete Iwan Ogareff.

Als er Michael Strogoff für einen Spion ausgab, wußte er recht wohl, welches entsetzliche Los ihm bevorstand.

Michael Strogoff hatte sich Iwan Ogareff genähert.

Die Soldaten hielten ihn zurück.

Der Emir machte eine Handbewegung, auf welche sich die ganze große Menge niederbeugte. Dann zeigte er nach dem Koran, den man ihm brachte. Er öffnete das Buch und legte einen Finger auf ein Blatt.

Der Zufall, oder nach dem Glauben der Orientalen,

Gott selbst, sollte das Schicksal Michael Strogoffs entscheiden.

Die Völker Zentralasiens nennen dieses Gerichtsverfahren »Fal«. Nach der Auslegung des von dem Finger des Richters zufällig getroffenen Verses fällen sie das Urteil.

Der Emir ließ den Finger auf der einen Seite des Korans liegen.

Der erste der Ulemas trat hinzu und verlas mit lauter Stimme einen Vers, der mit den Worten schloß:

»Und er wird die Dinge der Erde nicht mehr sehen.«

»Spion der Russen«, sagte der Emir. »Du bist hierhergekommen, zu sehen, was im Tartarenlager vorgeht; nun sieh mit allen deinen Augen, sieh dich um!«

Fünftes Kapitel

Nun sieh dich um

Michael Strogoff mußte mit gefesselten Händen vor dem Thron des Emirs am Fuße der Terrasse stehenbleiben.

Überwältigt von physischen und moralischen Schmerzen war seine Mutter endlich zusammengesunken und wagte weder etwas zu sehen noch zu hören.

»Sieh mit allen deinen Augen, sieh dich um!« hatte Feofar-Khan mit einer drohenden Handbewegung gegen Michael Strogoff gesagt.

Ohne Zweifel verstand Iwan Ogareff bei seiner Kenntnis der tartarischen Sitte den Sinn dieser Worte genügend, denn um seine Lippen spielte einen Augenblick lang ein wahrhaft teuflisches Lächeln. Dann hatte er neben Feofar-Khan Platz genommen.

Jetzt erklangen lustige Trompetenstöße, das Signal zum Beginn der Festspiele.

»Da kommt ja das Ballett«, sagte Alcide Jolivet zu

Harry Blount, »diese Barbaren führen es aber entgegen unserer Sitte vor dem Drama auf, statt nachher.«

Michael Strogoff sollte sich alles anschauen. Er tat es. Eine Wolke von Tänzerinnen flog auf den Platz.

Eine fremdartige Musik ertönte von den verschiedensten tartarischen Instrumenten, der »Dutare«, einer langgebauten Mandoline aus dem Holze des Maulbeerbaumes, mit zwei in dem Intervall einer Quarte gestimmten Saiten aus fest gedrehter Seide; der »Kobiz«, eine Art offenes Violoncello, dessen Pferdehaarsaiten mittels eines Bogens in Schwingungen versetzt wurden; die »Tschibyzga«, eine lange Flöte aus Rosenholz; dazu Trompeten, Tambourins, Tamtams u. dgl., und das alles begleitet von den Kehltönen zahlreicher Sänger. Hierzu kam noch das dann und wann hörbare, leise Erklingen eines besonderen Konzertes in der Luft, das von einem Dutzend Papierdrachen herrührte, vor deren durchbrochenem Mittelteile Saiten gespannt waren, welche von dem Winde gleich Aeolsharfen erklangen.

Sofort begann nun der Tanz.

Die Teilnehmerinnen waren alle von persischer Abkunft, aber nicht etwa Sklavinnen, sondern trieben ihr Gewerbe freiwillig.

Früher fungierten sie offiziell bei den Festen am Hofen zu Teheran, wurden aber seit der Thronbesteigung der jetzigen Herrscherfamilie entlassen und aus dem Reiche verbannt, so daß sie ihr Glück in andern Ländern suchen mußten. Sie trugen ihr von Schmuck aller Art überladenes Nationalkostüm. Kleine goldene Dreiecke mit langen Gehängen schaukelten an ihren Ohren, Spangen von Niellosilber zierten ihren Hals, um die Arme und Beine schlangen sich Bracelets mit einer doppelten Gemmenreihe, während an den Enden ihrer langen Flechten eine Art Rosette von Perlen, Türkisen und Karneolen erglänzte. Den Taillengürtel schloß eine Art Diamant-Agraffe, in der Form des Großkreuzes eines europäischen Ordens.

Diese Tänzerinnen führten ihre Spiele, bald einzeln,

bald in Gruppen, mit vollendeter Grazie auf. Sie trugen das Gesicht unverhüllt, von Zeit zu Zeit aber zogen sie einen feinen Schleier vor das Antlitz, so daß es schien, als lege sich eine Wolke von Gaze über alle diese lächelnden Augen, wie eine zarte Wolke den sternbesäten Himmel bedeckt. Einzelne dieser Perserinnen trugen ferner als Schärpe eine Art Wehrgehänge aus perlengesticktem Leder, an welchem mit der Spitze nach unten eine dreikantige Tasche hing, welche sie zu bestimmter Zeit öffneten. Aus diesen von Goldfiligran gewebten Taschen holten sie lange schmale Bänder von scharlachroter Farbe hervor, auf welche Sprüche aus dem Koran gestickt waren.

Sie spannten diese Bänder zwischen sich aus und bildeten so einen Ring, unter welchem andere Tänzerinnen hindurchschlüpften und je nach dem Verse über ihnen sich entweder zur Erde warfen oder in leichten Sprüngen dahinflogen, so als wollten sie unter den Houris des Himmels Mohammeds verschwinden.

Auffallend erschien bei diesen Bewegungen, und vorzüglich fühlte sich Alcide Jolivet dadurch betroffen, daß sich diese Perserinnen weit eher ruhig als wild zeigten. Es mangelte ihnen alles berauschende Feuer, und sie erinnerten ebenso durch die Art ihrer Tänze, wie durch deren Ausführung, weit mehr an die stillen, dezenten Bajaderen Indiens, als etwa an die leidenschaftlichen Almes (Tänzerinnen) Ägyptens.

Nach Schluß dieses ersten Schauspieles ließ sich neben Michael Strogoff eine ernste Stimme vernehmen:

»Sieh mit allen deinen Augen, sieh dich um!«

Der Mann, welcher diese Worte wiederholte, ein hochgewachsener Tartar, war der Vollstrecker der peinlichen Befehle Feofar-Khans. Er hatte hinter dem Verurteilten Platz genommen und hielt einen langen, gekrümmten Säbel in der Faust, eine jener Damaszenerklingen, wie sie die berühmten Waffenschmiede von Karschi oder Hissar liefern.

An seiner Seite hatten einige Garden ein Kohlenbekken aufgestellt, in dem, ohne irgendwelchen Rauch zu verbreiten, ein Haufen Kohlen glühte. Der leichte, empor steigende Dampf rührte nur von der verbrennung einer harzigen, wohlriechenden Substanz, einer Mischung von Weihrauch und Bernstein, her, welche man zeitweilig daraufstreute.

Auf die Perserinnen war inzwischen eine andere von ihren Vorgängerinnen sehr verschiedene Gruppe Tänzerinnen gefolgt, die Michael Strogoff sehr bald erkannte.

Die beiden Journalisten zweifelten offenbar keinen Augenblick, wen sie vor sich hätten, denn Harry Blount sagte zu seinem Kollegen:

»Da, die Zigeunerinnen aus Nischny-Nowgorod!«

»Wahrhaftig«, bestätigte Alcide Jolivet; »ich meine aber, im Dienste als Spioninnen werden ihnen die Augen wohl mehr Geld einbringen, als hier ihre Beine!«

Wenn Alcide Jolivet vermutete, daß jene im Solde des Emirs standen, so täuschte er sich, wie wir wissen, nicht. In den ersten Reihen der Zigeunerinnen sah man Sangarre in einem wunderlichen, aber prächtigen Anzuge, der ihre Schönheit vorteilhaft hervorhob.

Sangarre selbst tanzte nicht, sondern setzte sich, einer Herrscherin vergleichbar, in die Mitte ihrer Balletteusen, deren phantastische Pas-Reminiszenzen an alle in Europa von ihnen durchzogenen Länder, an Böhmen, Italien, Spanien, sowie auch an Ägypten wachriefen.

Sie erregten sich gegenseitig durch das Lärmen der Cymbeln an ihren Armen und durch das Scharren der »Daïres«, eine Art baskischer Trommeln, welche sie mit den Fingern schlugen.

Sangarre hielt ebenfalls einen solchen Daïre in der Hand, durch dessen Schall sie diese Truppe wahrhaftiger Korybanten noch mehr anfeuerte.

Dann trat ein junger Zigeuner von kaum fünfzehn Jahren vor. Er trug eine Dutare, deren Saiten er durch das Anschlagen mit den Nägeln eine leise Melodie entlockte. Er sang. Eine Tänzerin nahm neben ihm Platz und verhielt sich ruhig, solange er einen Vers seines Liedes vortrug; nur wenn der Refrain desselben von den Lippen des jugendlichen Sängers erklang, sprang sie zum rasenden Tanze auf, schlug ihren Daïre und suchte jenen durch das Getöse ihrer Schellentrommel zu übertönen.

Nach dem letzten Refrain umschwärmten die Zigeunerinnen alle den Sänger und verflochten ihn gleichsam in die verworrenen Falten ihres Tanzes.

Als Belohnung fiel ein Regen von Goldstücken aus den Händen des Emirs, seiner Verbündeten und denen der Offiziere aller Grade nieder, und zu dem Klingen der Münzen, welche die Cymbeln der Tänzerinnen trafen, mischten sich noch die letzten Töne der Dutares und der Tambourins.

»Verschwenderisch, wie die Räuber gewöhnlich!« raunte Alcide Jolivet seinem Gefährten ins Ohr.

Und es war auch wirklich gestohlenes Geld, welches hier niederfiel, denn mit den tartarischen Tomans und Sequies regnete es auch Dukaten und russische Rubelstücke.

Dann ward es einen Augenblick still, und die Stimme des Henkers, der seine Hand auf Michael Strogoffs Schulter legte, sprach noch einmal die Worte, deren Wiederholung sie um so unheilvoller klingen ließ:

»Sieh mit allen deinen Augen, sieh dich um!«

Dieses Mal bemerkte Alcide Jolivet aber, daß der Henker nicht mehr seinen blanken Säbel in der Hand hatte.

Indes sank die Sonne langsam unter den Horizont. Ein sanftes Helldunkel verhüllte schon die entfernten Teile des Platzes. Der Zedern- und Pinienwald erschien schwärzer und die in der Ferne dunkel flutenden Wellen des Tom verschwanden in dem Abendnebel. Die Stadt ruhte im Schatten, der auch bald das Plateau erreichen mußte.

Jetzt drangen plötzlich mehrere hundert Sklavinnen mit Fackeln in den Händen auf den Platz. Von Sangarre geführt, traten die Zigeunerinnen und Perserinnen wieder vor dem Throne des Emirs auf und suchten durch den Kontrast gegen ihre früheren Tänze und Evolutionen noch mehr zu ergötzen. Alle musikalischen Instrumente des tartarischen Orchesters vereinigten sich zu wilderen Harmonien, begleitet von den rauhen Kehltönen der Sänger. Die Drachen, welche man vorher herabgezogen hatte, flogen, geschmückt mit einem ganzen Sternbild buntfarbiger Lampen, wieder auf, und ihre Saiten erklangen mitten in dieser Luftillumination heller und voller.

Dann schloß sich eine Eskadron Tartaren in Kriegsuniform dem Tanze an, der an Wildheit allmählich zunahm, und bald begann eine Vorstellung, die den fremdartigsten Eindruck hervorbrachte.

Während des Springens und Tanzens erfüllten diese Soldaten mit blanken Waffen die Luft durch das Knallen ihrer langen Pistolen, das Knattern der Musketen, das sich mit dem rollenden Ton der Tambourins, dem Schnarren der Daïres und dem Knirschen der Dutaren mischte. Ihre Schießwaffen waren dabei, nach chinesischer Art, mit einem durch gewisse metallische Zusätze farbig abbrennenden Pulver geladen und sprühten lange rote, grüne und blaue Feuerstrahlen in die Luft, so daß es schien, als wogten alle diese lebenden Gruppen in einem Meere von Feuer. Dieses Divertissement erinnerte gewissermaßen an die Cybistik (Springkünste) der Alten, eine Art militärischen Tanzes, bei dem die Teilnehmer sich mitten zwischen Säbel- und Dolchspitzen hindurchwanden, und es ist nicht unwahrscheinlich, daß die Berichte davon sich bis auf die Völker Zentralasiens fortgeerbt haben; diese tartarische Cybistik aber erschien noch weit märchenhafter durch die farbigen Flammen, welche über den Tänzerinnen loderten und die ganze Gruppe mit glitzernden Funken schmückten. Es war wie ein Kaleidoskop von Blitzen, das in seinen Zusammenstellungen mit jeder Bewegung der Tanzenden wechselte. So satt ein Pariser Journalist auch gegenüber derartigen Vorstellungen sein mag, in denen es die moderne Bühnentechnik ja so weit gebracht hat, so konnte Alcide Jolivet doch eine leichte Bewegung mit dem Kopfe nicht unterlassen, die zwischen dem Boulevard Montmartre und La Madelaine etwa: »Nicht übel, nicht übel!« bedeutet hätte.

Plötzlich verloschen wie auf ein Signal alle Flammen dieses Feuermeeres, die Tänze hörten auf, die Tänzerinnen verschwanden. Die Zeremonie war vorbei und nur die Fackeln leuchteten noch auf dem Plateau, das vorher in tausend Lichtern erglänzte.

Auf ein Zeichen des Emirs ward Michael Strogoff mitten auf den Platz geführt.

»Blount«, sagte Alcide Jolivet zu seinem Begleiter, »wollen Sie auch das Ende hiervon noch ansehen?«

»Nicht um alles in der Welt«, erwiderte Harry Blount. »Ihre Leser des Daily Telegraph werden nicht so sehr darauf erpicht sein, die Einzelheiten einer Gerichtsvollstreckung nach Sitte der Tartaren kennenzulernen.«

»Nicht mehr als Ihre Cousine.«

»Armer Kerl!« fügte Alcide Jolivet hinzu mit einem Blicke auf Michael Strogoff. »Dieser wackere Soldat hätte einen besseren Tod auf dem Felde der Ehre verdient!«

»Können wir etwas zu seiner Rettung tun?« sagte Harry Blount.

»Nein, leider gar nichts.«

Die beiden Journalisten erinnerten sich des uneigennützigen Entgegenkommens Michael Strogoffs, sie wußten nun, welche Prüfung er, ein Sklave seiner Pflicht, hatte über sich ergehen lassen, und nichts konnten sie für den Gefangenen in der grausamen Hand der Tartaren, gar nichts für ihn tun!

Da sie keineswegs begierig waren, der Vollstreckung des Urteils an dem Unglücklichen beizuwohnen, so kehrten sie nach der Stadt zurück.

Eine Stunde später trabten sie schon auf der Straße nach Irkutsk, um unter dem russischen Heere »den Revanchekrieg«, wie Alcide Jolivet schon zu sagen beliebte, weiterzuverfolgen.

Inzwischen stand Michael Strogoff aufrecht da, mit einem Blicke voll männlichen Stolzes auf den Emir, voll Verachtung gegen Iwan Ogareff. Er erwartete sterben zu müssen, und doch hätte man vergeblich ein Zeichen der Schwäche an ihm zu entdecken gesucht.

Die Zuschauer am Rande des Platzes ebenso wie der Generalstab Feofar-Khans, für welche diese Hinrichtung nur ein Lockmittel zum Ausharren war, erwarteten die Vollstreckung des Urteils. Nach Stillung ihrer Neugier brannte diese wilde Horde vor Verlangen, sich tierisch zu berauschen.

Der Emir gab ein Zeichen. Von Garden gedrängt näherte sich Michael Strogoff mehr der Terrasse, und Feofar-Khan sprach zu ihm in der auch ihm verständlichen tartarischen Mundart:

»Du kamst, um zu sehen, Spion der Russen. Du hast zum letzten Mal gesehen. Nach Verlauf einer Minute werden deine Augen dem Lichte für immer verschlossen sein!«

Nicht den Tod sollte Michael Strogoff also erleiden, aber von ewiger Blindheit geschlagen werden. Ist der Verlust des Gesichts vielleicht nicht noch schrecklicher, als der des Lebens? Der Unglückliche war verdammt, geblendet zu werden.

Auch als Michael Strogoff das über ihn gefällte Urteil aus dem Munde des Emirs vernahm, erbleichte er nicht. Er blieb unerschüttert, die Augen weit geöffnet, stehen, als wollte er sein ganzes Leben in diesen letzten Blick zusammendrängen. Diese Unmenschen um Gnade anzuflehen erschien nicht nur unnütz, sondern auch seiner unwürdig. Er dachte überhaupt gar nicht daran. Alle seine Geistestätigkeit kondensierte sich, sozusagen, in seiner unwiderruflich verfehlten Mission, in seiner Mutter und Nadia, die er nie wiedersehen sollte. Dennoch ließ er äußerlich nichts von der tiefen Erregung seines Innern blicken.

Sein ganzes Wesen durchzuckte der Gedanke, sich

noch einmal auf irgend eine Weise zu rächen. Er kehrte sich zu Iwan Ogareff um.

»Iwan«, begann er mit drohender Stimme, »Iwan, elender Verräter, die letzte Drohung meiner Augen wird für dich sein!«

Iwan Ogareff zuckte mit den Achseln.

Aber Michael Strogoff täuschte sich. Nicht mit einem Blicke der Wut auf Iwan Ogareff sollten sich seine Augen für immer schließen.

Marfa Strogoff näherte sich ihm.

»Meine Mutter!« rief er. »Dir, ja dir sollen meine letzten Blicke noch gelten, nicht jenem Schurken dort!«

»O bleibe vor mir stehen! Laß mich Dein geliebtes Angesicht noch sehen! Mögen sich meine Augen mit diesem letzten Bilde schließen!...«

Die alte Sibirierin schritt ohne ein Wort auf ihn zu.

»Fort mit diesem Weibe!« befahl Iwan Ogareff.

Zwei Soldaten suchten Marfa Strogoff fortzureißen. Sie wich zurück, blieb aber wenige Schritte vor ihrem Sohne stehen.

Der Henker erschien. Jetzt trug er wieder den bloßen Säbel in der Hand, aber dieser leuchtete in heller Weißglut, wie er ihn aus dem Becken mit wohlriechenden Kohlen gezogen hatte.

Michael Strogoff sollte nach der gewöhnlichen Sitte der Tartaren geblendet werden, indem man eine weißglühende Klinge dicht vor seinen Augen vorbeiführte.

Michael Strogoff leistete keinen Widerstand. Für seinen Blick war nichts vorhanden, als seine Mutter, die er mit den Augen zu verzehren suchte! All sein Leben drängte sich in diesem letzten Liebesblick zusammen!

Mit weit geöffneten Augen, die Arme nach ihm ausbreitend, sah Marfa Strogoff ihn an...

Die glühende Klinge streifte die Augen Michael Strogoffs.

Ein Schrei der Verzweiflung. Leblos sank die alte Marfa zu Boden.

Michael Strogoff war blind.

Nach Ausführung seines Befehls zog sich der Emir mit seinem ganzen Hofe zurück. Bald waren nur noch Iwan Ogareff und die Fackelträger auf dem Platze.

Iwan Ogareff zog das kaiserliche Schreiben aus der Tasche, öffnete es und hielt dasselbe in grausamem Spott dem Kurier des Zaren vor die Augen.

»Lies doch nun, Michael Strogoff, lies, und gehe nach Irkutsk, zu melden, was du gesehen hast! Der wahrhafte Kurier des Zaren, das bin ich, das ist Iwan Ogareff!« Mit diesen Worten verbarg der Verräter den Brief wieder an seiner Brust. Dann verließ er, ohne sich umzuwenden, den Platz, und lautlos folgten ihm die Fackelträger.

Michael Strogoff war allein, wenige Schritte von seiner Mutter, welche noch leblos, vielleicht wirklich tot, auf der Erde lag.

In der Ferne hörte man das Schreien und Singen, das Lärmen der Orgie. Festlich erleuchtet prangte die unglückliche Stadt.

Michael Strogoff lauschte; der Platz schien ihm still und verlassen.

Tastend suchte er die Stelle zu erreichen, auf der seine Mutter niedersank. Seine Hand fand sie, er neigte sich über sie, er legte sein Antlitz auf das ihre, er hörte die Schläge ihres Herzens. Dann schien es, als flüsterte er ihr einige Worte zu.

Lebte die alte Marfa noch, und hörte sie, was ihr Sohn zu ihr sagte?

Jedenfalls machte sie nicht die geringste Bewegung.

Michael Strogoff küßte ihr die Stirn und das weiße Haar. Dann erhob er sich, tastete mit den Füßen, suchte seine Hand auszustrecken, um den Weg zu finden, und schritt langsam nach dem Ende des Platzes.

Plötzlich erschien Nadia.

Sie ging gerade auf ihren Gefährten zu. Ein Dolch, den sie bei sich trug, diente ihr, die Fesseln zu durchschneiden, welche Michael Strogoffs Arme drückten.

Bei seiner Blindheit wußte dieser nicht, wer ihn befreite, denn Nadia hatte noch kein Wort gesprochen.

Nachher erst flüsterte sie:
»Bruder, mein Bruder!«
»Nadia«, erwiderte Michael Strogoff, »du, Nadia!«
»Komm, Bruder!« antwortete sie. »Meine Augen werden nun die deinigen sein, ich werde dich nach Irkutsk führen!«

Sechstes Kapitel

Ein Freund unterwegs

Nach Verlauf einer halben Stunde hatten Michael Strogoff und Nadia Tomsk verlassen.

Überhaupt gelang es im Laufe dieser Nacht einer ganzen Anzahl Gefangener zu entweichen, da Soldaten und Offiziere im Taumel der wilden Festlichkeiten die bisher gewohnte strenge Überwachung jenes Menschenknäuels vernachlässigten. Nadia vermochte also, nachdem man sie erst mit den anderen Gefangenen weggeführt hatte, zu entfliehen und nach dem Plateau zurückzukehren, gerade als Michael Strogoff vor den Emir geschleppt wurde.

Unter der Zuschauermenge verloren, hatte sie alles mitangesehen. Nicht ein Schrei entfuhr ihr, als die weißglühende Säbelklinge die Augen ihres Begleiters streifte. Sie erzwang sich die Kraft, unbeweglich und lautlos zu verharren. Eine providentielle Ahnung gab ihr den Rat ein, sich zurückzuhalten, um ihre Freiheit zu sichern und den Sohn Marfa Strogoffs nach dem Ziele zu geleiten, das er zu erreichen geschworen hatte. Einen Augenblick wohl stand das Herz ihr still, als sie die alte Sibirierin ohnmächtig niedersinken sah, aber ein Gedanke reichte hin, ihr all die frühere Entschlossenheit zurückzugeben.

»Ich werde der treue Hund des Blinden sein!« sagte sie sich.

Als Iwan Ogareff sich entfernte, suchte Nadia sich im

Dunkel zu verbergen. Sie wartete gelassen, bis die Menge sich vom Plateau verlief. Verlassen, wie ein elendes Geschöpf, das man nicht weiter zu fürchten hatte, war Michael Strogoff allein gelassen worden. Sie sah, wie er sich zu seiner Mutter hintastete, sich über sie beugte, ihre Stirn voll heißer Liebe küßte und dann zu entfliehen suchte...

Einige Minuten später verließen beide Hand in Hand den Abhang des Hügels, folgten bis zum Ende der Stadt den Ufern des Tom und gelangten unbemerkt durch eine Öffnung des Umfassungswalles.

Nur die eine Straße nach Irkutsk verlief dort in östlicher Richtung. Nadia führte Michael Strogoff möglichst schnell mit sich fort, in der Besorgnis, es möchten die Plänkler des Emirs nach Schluß der tierischen Orgie, die sie jetzt feierten, wieder ausschwärmen und jeden Weg verlegen. Ihr galt es also, jenen zuvorzukommen, und Krasnojarsk, das übrigens 500 Werst von Tomsk entfernt liegt, eher als sie zu erreichen. Sich seitwärts von der Straße zu wagen, das hieß dem Ungewissen, Unbekannten, wahrscheinlich aber dem drohenden Verderben entgegenzugehen.

Wie Nadia die Anstrengungen der Nacht vom 16. zum 17. August zu ertragen vermochte; woher sie die Kräfte nahm, eine so lange Tagesreise auszuhalten; wie ihre von dem anstrengenden Marsche der vorhergehenden Tage noch blutenden Füße sie bis dahin tragen konnten – wohl ist das kaum begreiflich. Aber trotzdem erreichte sie am nächsten Tage, zwölf Stunden nach dem Aufbruch aus Tomsk, mit Michael Strogoff den Flecken Semilowskoë – nach einem Wege von fünfzig Werst Länge.

Michael Strogoff hatte noch keine Silbe gesprochen. Nicht Nadia hielt seine Hand, sondern er schloß sich die ganze Nacht über an die seiner Begleiterin; aber dank dieser treuen Hand, die ihn, wenn auch leise zitternd, leitete, war er gewohnten schnellen Schrittes gegangen.

Semilowskoë erwies sich fast vollständig verlassen. Aus Furcht vor den Tartaren waren die Einwohner nach der Provinz Yeniseïsk entflohen und nur zwei oder drei Häuser bewohnt geblieben. Allen Reichtum der Stadt an nützlichen und wertvollen Gegenständen hatte man auf Karren fortgeschafft.

Dennoch konnte Nadia nicht umhin, hier einige Stunden haltzumachen. Beide bedurften notwendig der Nahrung und der Ruhe.

Das junge Mädchen führte seinen Begleiter also nach dem Ende des Marktfleckens. Dort fand sich ein Haus mit offenstehender Tür. Sie traten ein. Neben dem in sibirischen Häusern gebräuchlichen ungeheuren Ofen stand mitten in der Stube eine einfache hölzerne Bank. Beide setzten sich dort nieder.

Jetzt erst schaute Nadia ihrem geblendeten Gefährten ins Gesicht, wie sie ihn wohl noch nie angesehen hatte. Aus ihrem Blicke sprach noch mehr als Dankbarkeit, mehr als Mitleid mit dem Unglück. Hätte nur Michael Strogoff sie sehen können, er hätte in ihrem verzweifelten Blick den Ausdruck der Ergebenheit ohne Grenzen, der innigsten Zärtlichkeit lesen müssen.

Die von der hellglühenden Klinge geröteten Lider bedeckten zur Hälfte die trockenen Augen des Blinden. Die Sklerotika (die weiße Augenhaut) erschien leicht gefaltet, wie verhornt, die Pupille auffallend vergrößert; die Iris (Regenbogenhaut) zeigte ein dunkleres Blau als vordem; Wimpern und Augenbrauen waren zum Teil verbrannt und versengt – scheinbar aber hatte der so durchdringende Blick des jungen Mannes sich keineswegs verändert. Wenn er nicht sehen konnte, wenn seine Blindheit vollständig war, so rührte das von der totalen Zerstörung der Lichtempfindlichkeit der Netzhäute und Sehnerven durch die Hitze des glühenden Stahles her.

Jetzt streckte Michael Strogoff seine hilflosen Hände aus.

»Du bist hier, Nadia?« fragte er.

»Ja, ich bin bei dir«, erwiderte das junge Mädchen, »ich werde dich niemals verlassen, Michael.«

Michael Strogoff erzitterte im Innern, als Nadia zum

ersten Male seinen wahren Namen aussprach. Er begriff, daß seine Gefährtin alles wußte, wer er sei und welche Bande ihn mit der alten Marfa verknüpften.

»Nadia«, fuhr er fort, »wir werden uns trennen müssen.«

»Uns trennen? Und warum, Michael?«

»Ich will dir kein Hindernis deiner Reise sein. Dein Vater erwartet dich in Irkutsk. Du mußt zu ihm eilen.«

»Mein Vater würde mir fluchen, Michael, wenn ich dich, nach dem, was du für mich getan, verlassen wollte.«

»Nadia, Nadia«, erwiderte Michael Strogoff und drückte die Hand, welche das junge Mädchen in die seinige gelegt hatte, »du hast an niemand als an deinen Vater zu denken.«

»Michael«, antwortete Nadia fast bitter, »du bedarfst meiner jetzt mehr als mein Vater! Willst du denn darauf verzichten, nach Irkutsk zu kommen?«

»Niemals!« sagte Michael Strogoff schnell und in einem Tone, der seine ganze frühere Energie durchklingen ließ.

»Du besitzest aber jenen Brief nicht mehr...«

»Den Brief, den Iwan Ogareff mir raubte!...« Jawohl, doch auch das soll mich nicht abhalten, Nadia! – Sie haben mich als Spion verurteilt – gut, so werde ich handeln wie ein Spion. In Irkutsk will ich alles sagen, was ich gesehen, was ich gehört habe, und, beim allmächtigen Gott, ich schwöre es, daß der Verräter mich noch einmal zu Gesicht bekommen soll; nur muß ich vor ihm in Irkutsk ankommen.«

»Und doch sprichst du von Trennung, Michael!«

»Die Nichtswürdigen haben mir alles gestohlen, Nadia.«

»Mir blieben noch einige Rubel und meine Augen. Ich kann für dich mit ihnen sehen und dich dahin führen, wohin du allein niemals gelangen würdest.«

»Und wie sollen wir weiterreisen?«

»Zu Fuß.«

»Und wovon leben?«

»Wir betteln.«

»Nun denn, mit Gott!«

»Komm, Michael.«

Die beiden jungen Leute nannten sich nicht mehr Bruder und Schwester, das gemeinsame Unglück kettete sie noch inniger aneinander. Beide verließen das Haus, nachdem sie eine Stunde geruht hatten. Nadia durcheilte vorher die Straßen des kleinen Ortes, und es war ihr geglückt, einige Stücke »Tschornekhleb«, d.i. eine Art Gerstenbrot, und etwas Met, der in Rußland mit dem Namen »Meed« bezeichnet wird, zu erlangen. Beides kostete sie nichts, denn sie hatte sich bezwungen, als Bettlerin anzuklopfen. Das Brot und der Met sättigten notdürftig Michael Strogoffs Hunger und Durst. Nadia hatte ihm den größeren Teil des kärglichen Mahles aufgenötigt. Er aß die Brotbissen, die ihm seine Gefährtin einen nach dem andern reichte; er trank aus der Kürbisflasche, die sie an seine Lippen setzte.

»Ißt Du auch, Nadia?« fragte er wiederholt.

»Jawohl, Michael«, beruhigte ihn das junge Mädchen, während es sich doch mit den Überresten begnügte.

Michael Strogoff und Nadia verließen Semilowskoë und begaben sich wieder auf den mühseligen Weg nach Irkutsk. Energisch widerstand das junge Mädchen jeder Ermüdung. Hätte Michael Strogoff sie gesehen, es wäre ihm wohl der Mut gesunken, weiterzuziehen. Nadia aber beklagte sich nicht, und da Michael Strogoff keinen leisen Seufzer hörte, so ging er mit einer Hast, die er selbst nicht zu zügeln vermochte. Und warum? Durfte er hoffen, den Tartaren zuvorzukommen? Er war zu Fuß, ohne Geld und – blind, und wenn Nadia, seine einzige Führerin, ihm entrissen werden sollte, blieb ihm ja nichts anderes übrig, als sich an die Seite der Straße zu legen und elend zu verderben. Konnte er dagegen durch ungebeugte Energie nach Krasnojarsk gelangen, so war vielleicht noch nicht alles verloren, da der Gouverneur, dem er sich zu entdecken gedachte, ihm ohne Zweifel die nötigen Mittel gewähren würde, um Irkutsk zu erreichen.

Michael Strogoff wanderte also karg an Worten und versunken in Gedanken weiter. Er hielt Nadias Hand. Beide blieben ununterbrochen vereinigt. Es schien, als bedürften sie der Sprache zum Austausch ihrer Gedanken gar nicht mehr. Von Zeit zu Zeit unterbrach Michael Strogoff wohl das Schweigen.

»Sprich doch zu mir, Nadia«, sagte er.

»Wozu das, Michael? Wir denken ja zusammen!« antwortete die junge Liefländerin und bemühte sich, ihre Erschöpfung nicht durch ihre Stimme zu verraten.

Manchmal aber sanken ihre Füße zusammen, als stände ihr Puls schon still, ihr Schritt verlangsamte sich und mit flehend geöffneten Armen blieb sie ein wenig zurück, dann hemmte auch Michael Strogoff seine Schritte und richtete die Augen auf das junge Mädchen, so als könne er es in der Dunkelheit, die ihn umgab, erkennen. Seine Brust hob sich; er suchte seine Begleiterin noch besser zu unterstützen und nahm den ermüdenden Weg wieder auf.

Diese ununterbrochenen Anstrengungen sollten aber heute eine überaus glückliche Wendung erfahren, welche beiden für die Zukunft eine große Erleichterung versprach.

Seit zwei Stunden hatten sie Semilowskoë verlassen, als Michael Strogoff stehenblieb und fragte:

»Ist die Straße menschenleer?«

»Vollständig verlassen«, antwortete Nadia.

»Hörst du nicht hinter uns irgend ein Geräusch?«

»Ja, wirklich.«

»Das könnten Tartaren sein; wir werden uns verbergen müssen. Passe wohl auf!«

»Warte ein wenig, Michael!« erwiderte Nadia und ging die Straße einige Schritte bis zu einer nahen Biegung rückwärts.

Michael Strogoff blieb, angestrengt lauschend, einige

Augenblicke allein.

Nadia kehrte sehr bald zurück und meldete:

»Es ist ein Wagen hinter uns, den ein junger Mann führt.«

»Ist er allein?«

»So viel ich sehen kann, ja.«

Michael Strogoff zögerte einen Moment. Sollte er sich verbergen? – oder sollte er im Gegenteil bei der sich bietenden Gelegenheit versuchen, auf diesem Wagen, wenn auch nicht für sich selbst, so doch vielleicht für sie, einen Platz zu erhalten? Er würde sich damit begnügen, eine Hand auf den Wagen zu stützen; ja, er würde diesen selbst mit schieben, denn seine Füße versagten ihm voraussichtlich niemals den Dienst, aber er fühlte wohl, daß Nadia durch die lange, achttägige Wanderung vom Obi bis hierher am Ende ihrer Kräfte sein müsse.

Er wartete.

Der Wagen zeigte sich bald an dem Knie der Straße.

Es war ein sehr verfallenes, für höchstens drei Personen eingerichtetes Fuhrwerk, eine in der dortigen Gegend sogenannte Kibitka.

Gewöhnlich bilden drei Pferde die Bespannung einer solchen Kibitka; diese wurde aber nur von einem Pferde mit langer Behaarung und dickbuschiger Mähne und Schweif gezogen, dessen offenbar mongolische Abstammung seine Stärke und Ausdauer verriet.

Als Führer saß ein junger Mann auf dem Wagen, neben welchem ein Hund neugierig hervorguckte.

Nadia erkannte bald, daß der junge Mann ein Russe sei. Er hatte ein freundliches, ruhiges, vertrauenerweckendes Gesicht. Besondere Eile schien er auch nicht zu haben. Er trottete ruhigen Schrittes dahin, um sein Pferd nicht überanzustrengen, und wer ihn so sah, hätte gewiß nie geglaubt, daß er auf einem Wege fahre, den die wilden Horden der Tartaren jederzeit abschneiden konnten.

Nadia faßte Michael Strogoffs Hand sicherer und trat zur Seite.

Die Kibitka hielt; lächelnd sah deren Führer das junge Mädchen an.

»Ei, wo wandert ihr denn hin?« fragte er mit freundlich teilnehmendem Blicke.

Der Ton dieser Stimme belehrte Michael Strogoff, daß er dieselbe irgendwo schon einmal gehört habe. Ohne Zweifel genügte ihm dieser Anhaltspunkt, um den Führer der Kibitka wiederzuerkennen, denn seine sorgenvolle Stirn heiterte sich plötzlich auf.

»Nun, wohin wollt ihr denn?« wiederholte der junge Mann, indem er sich direkt an Michael Strogoff wandte.

»Wir gehen nach Irkutsk«, antwortete dieser.

»Aber, Väterchen, du weißt wohl gar nicht, daß es noch viele, viele Werst bis Irkutsk ist.«

»O ja, das weiß ich.«

»Und du reisest zu Fuß?«

»Wie du siehst.«

»Für dich mag das angehen, aber die junge Dame...«

»Das ist meine Schwester«, fiel Michael Strogoff ein, der es für geratener hielt, ihr diese Bezeichnung wieder beizulegen.

»Ja, das ist ganz gut, Väterchen. Aber traue meinem Worte, sie wird zu Fuß niemals nach Irkutsk kommen.«

»Guter Freund«, begann Michael Strogoff und näherte sich dem Wagen, »die Tartaren haben uns geplündert und ich besitze keine Kopeke, sie dir anzubieten; doch wenn du nur meine Schwester mit auf den Wagen nehmen willst, so werd' ich dir gern zu Fuß folgen, nötigenfalls laufen, um dich keine Stunde aufzuhalten...«

»Aber, Bruder«, fiel ihm Nadia ins Wort, »...ich will das nicht, nein, ich...! Mein Bruder ist blind, mein Herr!«

»Blind!« rief der junge Mann mit bewegter Stimme.

»Die Tartaren blendeten ihm die Augen durch Feuer!« setzte Nadia dazu, während sie die Hände ausstreckte, um sein Mitleid anzurufen.

»Die Augen haben sie dir ausgebrannt? – O, du armes Väterchen! – Nun, ich will nach Krasnojarsk. Warum willst du nicht mit deiner Schwester auf meinem Wagen Platz nehmen? Wenn wir uns etwas einrichten, werden alle drei Platz finden. Mein Hund wird nichts dagegen haben, weiter zu Fuß zu gehen. Nur fahre ich nicht sehr schnell, um mein Pferd zu schonen.«

»Wie ist dein Name, Freund?« fragte Michael Strogoff.

»Ich heiße Nicolaus Pigassof.«

»Diesen Namen werd' ich niemals vergessen«, beteuerte Michael Strogoff.

»Nun komm, steig auf, blindes Väterchen. Hinten im Wagen mag deine Schwester neben dir sitzen; ich werde davor Platz finden, um das Pferd zu führen. Im Wagen liegt schöne Birkenrinde und Gerstenstroh – es ist wie ein warmes Nest darin. Allons, Gersko, mach Platz!«

Der Hund sprang, ohne sich bitten zu lassen, herab. Er war von sibirischer Rasse mit grauem Fell, von mittlerer Größe, mit großem, gutmütigem Kopfe, und schien sehr an seinem Herrn zu hängen.

Michael Strogoff und Nadia richteten sich schnell in der Kibitka ein. Michael Strogoff hatte die Hände ausgestreckt, um die Nicolaus Pigassofs zu suchen.

»Meine Hand willst du drücken, Väterchen?« sagte Nicolaus. »Hier ist sie! Drücke sie, soviel es dir Vergnügen macht.«

Die Kibitka setzte sich wieder in Bewegung. Das Pferd, welches Nicolaus Pigassof nie mit der Peitsche antrieb, war ein Paßgänger. Wenn Michael Strogoff auch an Schnelligkeit nicht viel gewann, so bleiben ihm und Nadia doch weitere Körperanstrengungen erspart.

Die Erschöpfung des jungen Mädchens war auch so groß, daß es, geschaukelt von dem gleichmäßigen Schwanken der Kibitka, bald in tiefen, fast totenähnlichen Schlaf verfiel. Michael Strogoff und Nicolaus Pigassof betteten die müde Schläferin so gut es ging auf Birkenlaub und Stroh. Der mitleidige junge Mann war innig bewegt, und wenn sich aus Michael Strogoffs Lidern keine Träne drängte, so lag es daran, daß das glühende Eisen deren Quelle versiegen gemacht hatte.

»Es ist ein nettes Mädchen«, sagte Nicolaus.

»O ja«, erwiderte Michael Strogoff.«

»Die Püppchen wollen immer stark sein, Väterchen, immer mutig, und im Grunde sind sie doch nur schwach. – Kommt ihr von weit her?«

»Von sehr weit.«

»Arme Leutchen – das mußte dir sehr weh tun, als sie deine Augen verbrannten.«

»Ja gewiß«, erwiderte Michael Strogoff sich umwendend, als hätte er Nicolaus sehen können.

»Und du weintest dabei nicht?«

»Doch.«

»O, ich hätte wohl auch geweint. Zu denken, daß man seine Lieben niemals wiedersehen soll! Aber, sie können euch doch sehen, darin liegt ja wenigstens ein Trost.«

»Ja, vielleicht. – Sage mir, Freund«, fragte Michael Strogoff, »solltest du mich noch niemals gesehen haben?«

»Dich, Väterchen? Daß ich nicht wüßte.«

»Mir kommt der Ton deiner Stimme so bekannt vor.«

»Sieh da!« versetzte Nicolaus lächelnd. »Er kennt den Klang meiner Stimme. Du fragst mich das vielleicht, um zu erfahren, woher ich komme. O, das will ich dir sagen. Ich komme von Kolyvan.«

»Von Kolyvan?« wiederholte Michael Strogoff. »Dann bin ich dir aber doch begegnet. Du warst dort im Telegrafenamte?«

»Das trifft«, bestätigte Nicolaus. »Ich wohnte daselbst als Beamter.«

»Und bliebst dort bis zum letzten Augenblick?«

»Nun, ich war wohl verpflichtet, bis zum äußersten auszuharren.«

»Das geschah an dem Tage, da ein Engländer und ein Franzose, die Hände voller Rubelstücke, sich um den Platz an deinem Schalter stritten und der Engländer die ersten Verse der Bibel abtelegrafieren ließ?«

»Das mag sein, Väterchen, doch ich entsinne mich

dessen nicht.«

»Wie? Daran erinnerst du dich nicht?«

»Ich lese die abzusendenden Depeschen niemals. Es ist meine Pflicht, sie zu vergessen, und das Kürzeste, gar keine Kenntnis von ihnen zu nehmen.«

Diese Antwort schloß Michael Strogoff den Mund.

Inzwischen bewegte sich die Kibitka in ihrem mäßigen Tempo weiter, das Michael Strogoff so gern etwas beschleunigt hätte. Doch Nicolaus und sein Pferd erschienen an jenes so gewöhnt, daß weder der eine noch der andere je davon abgingen. Drei Stunden lang zog das Pferd in gleichem Schritte weiter, dann ruhte es während einer Stunde – und das Tag und Nacht. An den Haltestellen weidete das Tier und die Insassen der Kibitka nahmen in Gesellschaft des treuen Sersko einen Imbiß ein. Die Kibitka war mindestens für zwanzig Personen verproviantiert, und Nicolaus stellte opferwillig seine Vorräte den beiden Gästen, die er für Bruder und Schwester hielt, zur Verfügung.

Nach eintägiger Ruhe gewann Nadia ihre Kräfte so ziemlich wieder. Nicolaus sorgte nach Kräften für ihr Wohlergehen. Die Reise ging, wenn auch langsam, doch regelmäßig und unter ganz leidlichen Verhältnissen vonstatten. Es kam auch vor, daß Nicolaus während der Nacht, die Zügel in den Händen, einschlief, wobei sein ungestörtes Schnarchen ein beredtes Zeugnis für sein ruhiges Gewissen ablegte. Dann hätte man beobachten können, daß Michael Strogoff die Zügel des Pferdes zu erlangen und dieses in schnelleren Gang zu bringen suchte, zum größten Erstaunen Serskos, der das indes schweigend geschehen ließ. Unwiderruflich verlangsamte sich dieser Trab aber sofort wieder zu dem alten Paßgang, sobald Nicolaus erwachte; nichtsdestoweniger hatte die Kibitka einige Werst über die reglementmäßige Geschwindigkeit gewonnen.

So kreuzte man den Ischimsk-Strom, durchzog die Flecken Ischimskoë, Berikylskoë, Kuskoë, den Marinsk-Fluß, die gleichnamige Ortschaft, Bogostowskoë und kam endlich über den Tschula, einen unbedeutenderen Wasserlauf, der Westsibirien von Ostsibirien scheidet. Die Straße durchschnitt hier bald ungeheure Heiden, welche einen ausgedehnten Überblick gestatteten, bald dichte Tannenwälder, die gar kein Ende zu nehmen schienen.

Alles war öde; die Wohnstätten der Menschen fast ausnahmslos verlassen. Die Landleute flüchteten sich über den Yeniseï, in der Meinung, daß dieser breite Strom den Tartaren Halt gebieten werde.

Am 22. August erreichte die Kibitka den Flecken Atschinsk, 380 Werst von Tomsk. Hundertzwanzig Werst trennten sie nun noch von Krasnojarsk. Kein Zwischenfall hatte die Fahrt gestört. Seit sechs Tagen vereinigt waren Nicolaus, Michael Strogoff und Nadia die nämlichen geblieben, jener bezüglich seiner unerschütterlichen Ruhe, diese unruhig und besorgt wegen der Stunde, in der sich ihr Gefährte von ihnen trennen würde.

Michael Strogoff sah wirklich die durchfahrenen Landstrecken durch die Augen Nicolaus' und des jungen Mädchens. Abwechselnd beschrieben ihm beide die Gegenden, durch welche die Kibitka fuhr. Er wußte, ob in der Umgebung ein Wald oder eine offene Ebene sei, ob sich ein verlorenes Häuschen in der Steppe oder ein Sibirier in der Ferne zeigte. Nicolaus' Zunge stand selten still. Er liebte es, zu plaudern, und bei seiner eigenen Anschauungsweise der Dinge hörte man ihm gern zu.

Eines Tages fragte ihn Michael Strogoff, wie die Witterung sei.

»O, recht schön, Väterchen«, antwortete er, »aber wir haben nun auch die letzten angenehmen Sommertage. Der Herbst ist in Sibirien kurz und bald genug werden sich die ersten Winterfröste melden. Vielleicht beschließen die Tartaren, während der schlechten Jahreszeit Kantonnements zu beziehen?«

Ungläubig schüttelte Michael Strogoff den Kopf.

»Du glaubst es nicht, Väterchen«, bemerkte Nicolaus.

»Du denkst, sie werden bis Irkutsk vordringen?«

»Ich fürchte es«, erwiderte Michael Strogoff.

»Ja... Du kannst recht haben. Sie haben da einen Schurken bei sich, der ihren Kriegseifer nicht auf halbem Wege erkalten lassen wird. – Hast du von Iwan Ogareff gehört?«

»Gewiß.«

»Weißt du, daß es sehr schlecht ist, sein Vaterland zu verraten?«

»Ja, das ist es...«, antwortete Michael Strogoff, der seine Ruhe mühsam zu bewahren suchte.

»Väterchen«, versetzte Nicolaus, »mir scheint, es empört dich gar nicht so sehr, von Iwan Ogareff sprechen zu hören. Jedes russische Herz zittert doch sonst vor Wut, wenn man diesen Namen ausspricht.«

»Glaube mir, Freund, ich hasse ihn mehr, als du ihn jemals hassen könntest.«

»Das ist unmöglich«, erklärte Nicolaus; »nein, das ist nicht möglich! Wenn ich an Iwan Ogareff denke, an das Böse, das er unserm heiligen Rußland zugefügt hat, so übermannt mich der Zorn und wenn ich ihn unter den Händen hätte...«

»Nun, wenn du ihn hättest, Freund?«

»Ich glaube, ich würde ihn umbringen.«

»Und ich, ich weiß das gewiß«, erklärte ruhig Michael Strogoff.

Siebentes Kapitel

Die Überschreitung des Jeniseï

Am 25. August kam die Kibitka mit sinkendem Tage in Sicht von Krasnojarsk an. Die Reise von Tomsk bis hierher hatte acht Tage in Anspruch genommen. Wenn sie trotz aller Bemühungen Michael Strogoffs nicht schneller vor sich ging, kam das daher, daß Nicolaus nur sehr wenig schlief. Daraus ergab sich die Unmöglichkeit, die Gangart seines Pferdes zu beschleunigen, das unter anderen Händen nur sechzig Stunden zu dieser Strecke gebraucht hätte.

Zum Glück war von den Tartaren noch gar nichts zu spüren. Kein Plänkler ließ sich bis jetzt auf der von der Kibitka verfolgten Straße sehen. Es erschien das ganz unbegreiflich, und offenbar mußte ein sehr gewichtiger Umstand die Truppen des Emirs verhindert haben, ohne Verzug nach Irkutsk zu weiterzumarschieren.

In der Tat war ein solches Hindernis eingetreten. Ein neues in aller Eile gesammeltes russisches Korps war aus dem Gouvernement Jeniseïsk auf Tomsk gezogen, um diese Stadt womöglich wiederzuerobern. Freilich erwies es sich der Heeresmacht Feofar-Khans gegenüber noch zu schwach und hatte sich wieder zurückziehen müssen. Nach Vereinigung seiner eigenen Truppen mit den Soldaten der Khanate von Khokhand und Kunduz verfügte Feofar-Khan über eine Gesamtzahl von 250 000 Mann, denen die russische Regierung noch keine hinreichende Truppenmacht entgegenzustellen mochte. So frühzeitig die Invasion zu ersticken, schien nicht ausführbar, und jedenfalls konnten die Tartarenhaufen versuchen, nach Irkutsk aufzubrechen.

Am 22. August kam es zu jenem Treffen bei Tomsk, von dem Michael Strogoff zunächst nichts wußte, das aber hinreichend erklärt, warum der Vortrab des Emirs Krasnojarsk noch am 25. unbelästigt gelassen hatte.

Kannte Michael Strogoff auch die jüngsten Ereignisse

nicht, so wußte er doch das eine, daß er den Tartaren um mehrere Tage voraus war und nicht daran zu verzweifeln brauchte, Irkutsk vor ihnen zu erreichen. Die Hauptstadt Ostsibiriens lag jetzt noch 850 Werst (=900 Kilometer) von ihm entfernt.

Er rechnete übrigens darauf, daß es ihm in Krasnojarsk, einer Stadt von etwa 12000 Seelen, an Transportmitteln nicht fehlen könne. Da Nicolaus Pigassof in dieser Stadt bleiben wollte, machte sich die Beschaffung eines Führers und eines anderen schnelleren Fuhrwerkes nötig. Michael Strogoff hoffte, es werde ihm, wenn er sich an den Gouverneur der Stadt wendete, seine Identität und seine Eigenschaft als Kurier des Zaren nachwies – was ihm nicht schwerfallen konnte – gewiß gelingen, mit dessen Hilfe Irkutsk in kürzester Zeit zu erreichen. Er hatte dann dem wackeren Nicolaus Pigassof nur noch seinen herzlichen Dank abzustatten und unverzüglich mit Nadia abzureisen, denn diese wollte er nicht eher verlassen, als bis er sie den Händen ihres Vaters übergeben hätte.

Nicolaus' Entschluß, in Krasnojarsk zu bleiben, galt freilich nur »unter der Bedingung, dort Verwendung zu finden.«

Dieses Muster eines Beamten strebte nur darnach, sich, nachdem er seinen Posten in Kolyvan bis zum letzten Augenblick behauptet, der Telegrafen-Verwaltung sofort wieder zur Verfügung zu stellen.

»Wie könnte ich ein Gehalt angreifen, das ich nicht verdient hätte?« wiederholte er mehrfach.

Für den Fall, daß man seiner Dienste auch in Krasnojarsk nicht benötigte, wollte er, da letztere Stadt mit Irkutsk noch immer in telegrafischer Verbindung stehen mußte, sich entweder nach Udinsk oder auch nach der Hauptstadt Sibiriens begeben. Dann setzte er aber seine Reise mit dem Bruder und der Schwester fort, und wo hätten diese einen sicherern Führer, einen ergebeneren Freund finden können?

Die Kibitka befand sich jetzt nur noch eine halbe

Werst von Krasnojarsk. Rechts und links bemerkte man jene zahlreichen Kreuze, wie sie sich hier an den Straßen in der Nähe der Stadt finden. Es war um sieben Uhr des Abends. An dem klaren Himmel zeichneten sich die Silhouetten der Kirchen und die Profile der an dem steilen Abhange des Jeniseï erbauten Häuser ab. Das Wasser des Flusses erglänzte in den letzten Lichtstrahlen der Atmosphäre.

Die Kibitka hielt an.

»Wo sind wir, Schwester?« fragte Michael Strogoff.

»Eine halbe Werst von den ersten Häusern der Stadt«, belehrte ihn Nadia.

»Ist die ganze Stadt eingeschlafen?« fuhr Michael Strogoff fort. »Kein Laut dringt zu meinen Ohren.«

»Und ich sehe auch kein Licht erglänzen, keinen Rauch in die Luft emporsteigen«, fügte Nadia hinzu.

»Eine eigentümliche Stadt!« sagte Nicolaus. »Hier macht man keinen Lärm und legt sich sehr zeitig nieder!«

In Michael Strogoff stieg eine böse Ahnung auf. Er hatte Nadia noch nicht mitgeteilt, welche Hoffnung er auf Krasnojarsk setzte, wo er die Mittel zur sicheren Fortsetzung ihrer Reise zu erlangen glaubte. Jetzt fürchtete er, seine Hoffnung werde noch einmal getäuscht werden. Aber Nadia hatte seine Gedanken erraten, obgleich sie nicht begriff, warum ihr Gefährte jetzt, nach Verlust des kaiserlichen Handschreibens, so sehr eilte, nach Irkutsk zu kommen. Eines Tages hatte sie mit Bezug hierauf auch einige Worte fallenlassen.

»Ich habe geschworen, nach Irkutsk zu gehen!« Darauf beschränkte sich seine ganze Antwort.

Um jedoch den Zweck seiner Sendung zu erfüllen, mußte er in Krasnojarsk noch ein schnelles Beförderungsmittel finden.

»Nun, Freund«, wandte er sich an Nicolaus, »weshalb fahren wir nicht weiter?«

»Ich befürchte, die Bewohner der Stadt durch das Geräusch unsres Wagens aus dem Schlafe zu stören.«

Durch einen leichten Streich mit der Peitsche setzte Nicolaus sein Pferd wieder in Bewegung. Sersko schlug einige Male an und die Kibitka rollte mäßig schnell die Straße hinab, die nach Krasnojarsk hineinführte.

Zehn Minuten später befand sie sich in der Hauptstraße.

Auch Krasnojarsk war verlassen! Kein Athener belebte »das nordische Athen«, wie Frau von Bourboulon die Stadt genannt hat. Keine jener so prächtig bespannten Equipagen rollte durch die breiten, reinlichen Straßen. Kein Fußgänger wandelte auf den Trottoirs der schönen, in monumentalem Stile erbauten Holzhäuser. Keine elegante, nach neuester Pariser Mode gekleidete Sibirierin, promenierte in jenem herrlichen Parke, der, in einem Birkenwalde angelegt, sich bis an das Ufer des Jeniseï fortsetzte. Die große Glocke der Kathedrale schwieg, die Glockenspiele der Kirchen blieben stumm, während sonst nur selten der Gesang derselben in den russischen Städten nicht ertönt. Doch hier war alles erstorben. Kein lebendes Wesen atmete mehr in der sonst so verkehrsreichen Stadt!

Das letzte Telegramm aus dem Kabinett des Zaren vor Unterbrechung der telegrafischen Verbindung befahl dem Gouverneur, der Garnison, den Einwohnern allen, Krasnojarsk zu verlassen, jeden wertvollen Gegenstand und alles, was den Tartaren hätte von Nutzen sein können, wegzuschaffen und nach Irkutsk zu flüchten. Dieselbe Verordnung traf die Einwohner aller kleineren Ortschaften der Provinz. Die russische Regierung suchte vor den Schritten der Feinde eine Wüste herzustellen. Solche eines Rostopschin würdigen Befehle wurden nicht einen Augenblick lang kritisiert. Man kam ihnen einfach nach, und deshalb blieb auch kein lebendes Wesen in Krasnojarsk zurück.

Michael Strogoff, Nadia und Nicolaus durchwanderten schweigend die Straßen der Stadt. Sie selbst verursachten das einzige Geräusch, das in dieser toten Stadt ertönte. Von den Empfindungen, die ihn marterten, ließ

Michael Strogoff zwar äußerlich nichts merken, aber es kochte doch manchmal auf in ihm über das unersättliche Mißgeschick, welches ihn verfolgte und seine Hoffnungen noch einmal so bitter täuschte.

»Großer Gott«, jammerte Nicolaus, »in dieser Wüstenei werde ich mein Gehalt nimmer ehrlich verdienen können.«

»Guter Freund«, redete ihm Nadia zu, »Sie werden mit uns den Weg nach Irkutsk einschlagen müssen.«

»Freilich muß ich das!« antwortete Nicolaus. »Zwischen Udinsk und Irkutsk muß die Leitung noch imstande sein und da... Wollen wir weiter, Väterchen?«

»Warten wir bis morgen«, erwiderte Michael Strogoff.

»Du hast recht«, bestätigte Nicolaus. »Wir müssen den Jeniseï passieren und dazu sehen können.«

»Sehen können!« murmelte Nadia mit einem Gedanken an ihren blinden Gefährten.

Nicolaus hatte doch ihre Bemerkung gehört und wendete sich an Michael Strogoff.

»Verzeihe, Väterchen«, sagte er. »Ach, Nacht und Tag, das ist für dich ja gleichgültig!«

»Mache dir keine Vorwürfe, Freund«, beruhigte ihn Michael Strogoff und strich dabei mit der Hand über seine Augen. »Mit dir als Führer kann ich auch noch etwas nützen. Ruhe jetzt einige Stunden aus. Auch Nadia mag sich durch den Schlummer stärken. Morgen wird es ja wieder Tag.«

Michael Strogoff, Nadia und Nicolaus hatten nicht lange zu suchen, um eine Ruhestätte zu finden. Das erste Haus, dessen Türe sie öffneten, war ja ebenso leer, wie alle die anderen. Nur einige Haufen Laubwerk fanden sich darin vor. In Ermangelung besseren Futters mußte das Pferd sich mit diesem begnügen. Von dem noch nicht erschöpften Proviant aus der Kibitka erhielt jeder seinen Teil. Nachdem sie dann vor einem bescheidenen, an der Wand hängenden Bilde der Panaghia, welches das letzte Flämmchen einer Lampe beleuchtete, ihre

Knie gebeugt, schliefen Nicolaus und das junge Mädchen bald ein, während Michael Strogoff, den der Schlaf noch floh, neben ihnen wachte.

Am folgenden Tage, dem 26. August, fuhr die wieder angeschirrte Kibitka durch den Birkenpark nach dem Ufer des Jeniseï.

Michael Strogoff war sehr besorgt. Auf welche Weise sollte der Fluß überschritten werden, wenn man, wie anzunehmen war, alle Boote und Fähren zerstört hatte, um das Vordringen der Tartaren zu verzögern! Er kannte den Jeniseï, den er schon manchmal passierte, sehr gut, ebenso die beträchtliche Breite desselben, wie die heftigen Stromschnellen zwischen den Inseln in seinem Bette. Unter gewöhnlichen Verhältnissen verlangt die Überschreitung des Jeniseï mittels besonderer für den Transport von Reisenden, Wagen und Pferden eingerichteter Fähren eine Zeit von drei Stunden, und dabei erreichen diese Fährboote das rechte Ufer nur unter dem Aufwande der größten Anstrengungen. Wie sollte nun, beim Mangel jedes Transportmittels, die Kibitka von einem Ufer zum andern gelangen?

»Und ich muß doch hinüberkommen!« sagte sich Michael Strogoff wiederholt.

Der Tag begann zu grauen, als die Kibitka an einer dort auslaufenden Allee des Parkes das linke Stromufer erreichte. An dieser Stelle erhebt sich das Uferland etwa hundert Fuß über der Wasserfläche, so daß diese bis auf weite Entfernung hin zu übersehen ist.

»Entdeckt ihr eine Fähre?« fragte Michael Strogoff, indem er seine Augen, eine Folge früher Gewohnheit, hier- und dorthin wendete, als könne er selbst noch sehen.

»Noch ist es kaum Tag«, antwortete Nadia. »Auf dem Strome liegt ein so dichter Dunst, daß man kaum das Wasser zu sehen vermag.«

»Doch ich höre das Rauschen der Wellen«, setzte Michael Strogoff noch hinzu.

Wirklich drang aus den tieferen Nebelschichten ein

Brausen von aufeinandertreffenden Strömungen und Gegenströmungen herauf. Das zu dieser Jahreszeit sehr angeschwollene Wasser rauschte mit furchtbarer Gewalt dahin. Alle drei horchten und warteten auf das Verschwinden des Nebelvorhanges. Rasch stieg nun die Sonne über den Horizont empor und ihre ersten warmen Strahlen tranken die angesammelten Dünste weg.

»Nun?« fragte Michael Strogoff.

»Der Nebel beginnt zu weichen, Bruder«, antwortete ihm Nadia; »schon durchdringt ihn allmählich das Licht des Tages.«

»Das Niveau des Flusses siehst du noch nicht?«

»Bis jetzt noch nicht.«

»Etwas Geduld, Väterchen«, sagte Nicolaus. »Es wird sich alles machen. Da, es erhebt sich schon ein frischer Wind; er wird die Nebel bald vertreiben. Schon zeigen die hohen Hügel des andern Ufers ihre dichten Baumreihen. Die dienstwilligen Sonnenstrahlen verzehren die angehäuften Wasserdünste. O, wie schön das ist, du armer Blinder, und welches Unglück für dich, dies prächtige Schauspiel nicht genießen zu können!«

»Siehst du ein Fahrzeug?« fragte Michael Strogoff.

»Ich sehe keines«, antwortete Nicolaus.

»Sieh scharf hinaus, Freund, längs dieses Ufers und längs des anderen, soweit deine Augen reichen. Ein Boot, eine Barke, nur ein Kanu aus Baumrinde!«

Nicolaus und Nadia, die sich an den äußersten Birkenstämmen des steilen Ufers anhielten, bogen sich fast bis über den Fluß hinaus. Ihr Gesichtskreis gewann dadurch noch mehr an Ausdehnung. Der Jeniseï ist an dieser Stelle nicht weniger als anderthalb Werst breit und bildet zwei ungleich große Arme, in welchen die Wellen mit erstaunlicher Schnelligkeit dahinschießen. Zwischen diesen Armen liegen mehrere Inseln zerstreut, die mit ihren Erlen, Weiden und Pappeln wie ebenso viele im Flusse verankerte Fahrzeuge aussehen. Über diesen erheben sich die Hügel des östlichen Ufers, gekrönt mit Wäldern, deren Baumgipfel jetzt in purpurnem Morgenlichte flammten. Stromaufwärts und stromabwärts erstreckte sich der Lauf des Jeniseï bis über Gesichtsweite hinaus. Das ganze wunderbar schöne Panorama entrollte sich in einem Umfange von mindestens fünfzig Werst.

Ein Boot aber zeigte sich weder am rechten noch am linken Ufer, noch auch an dem Rande der Inseln. Schafften die Tartaren also das Material zum Bau einer Schiffbrücke nicht selbst von Süden hierher, so mußte ihr Zug auf Irkutsk durch den schwer überschreitbaren Jeniseï eine nicht unbeträchtliche Verzögerung erfahren.

»Ich erinnere mich«, begann da Michael Strogoff, »eines kleinen Ausschiffungsplatzes, weiter oben, nahe der letzten Häuser von Krasnojarsk. Dort legten die Fähren an. Laß uns den Fluß hinaufziehen, Freund, und sieh dabei zu, ob nicht eine einzige Barke vergessen worden ist.«

Nicolaus wendete sich nach der angedeuteten Richtung. Nadia ergriff Michael Strogoffs Hand und führte ihn schnellen Schrittes dahin. Eine Barke, nur ein hinreichend großes Boot, um die leichte Kibitka zu tragen, und in Ermangelung dessen, nur ein Kahn, um die Insassen der letzteren überzuführen – und Michael Strogoff würde keinen Augenblick gezögert haben, die Überschreitung des Stromes zu wagen.

Zwanzig Minuten später hatten alle drei die beschränkte Landungsstelle erreicht, einen kleinen Hafen, dessen letzte Häuser bis an das Niveau des Flusses herabreichten, etwa wie ein sich an Krasnojarsk anschließender kleiner Vorort.

Auch hier fand sich jedoch kein Fahrzeug am Ufer, kein Kahn an der Pfahlwand, ja, nicht das geringste, aus dem sich ein für drei Personen hinreichendes Floß hätte herstellen lassen.

Michael Strogoff befragte Nadia über den Befund, und diese gab leider die wenig trostreiche Antwort, daß ihr unter den gegebenen Verhältnissen eine Überschreitung des Flusses schlechterdings unmöglich scheine.

»Wir kommen hinüber«, erklärte Michael Strogoff.

Die Nachsuchungen begannen aufs neue. Man durchstöberte die an dem Abhange gelegenen Gebäude, welche ebenso verlassen waren, wie die in der eigentlichen Stadt. Höchstens die Türen hätte man dort ausheben können. Es waren übrigens nur vollkommen leere Hütten ärmerer Leute. Nicolaus sah sich in der einen um, Nadia durchsuchte die andere. Selbst Michael Strogoff trat hier und da ein und tastete nach irgend einem Gegenstande, der ihm jetzt hätte von Nutzen sein können.

Nicolaus und das junge Mädchen hatten sich vergeblich in den Hütten umgesehen und wollten schon jede fernere Nachsuchung aufgeben, als sie ihre Namen rufen hörten.

Beide sahen sich auf dem Abhange um und gewahrten Michael Strogoff auf der Schwelle einer Haustür.

»Kommt hierher!« rief dieser.

Die beiden folgten sofort seinem Rufe und traten in das Hüttchen ein.

»Was ist das hier?« fragte Michael Strogoff und berührte mit der Hand verschiedene in einer Art Speisegewölbe liegende Gegenstände.

»Das sind Schläuche«, bedeutete ihm Nicolaus, »wahrhaftig, ein volles halbes Dutzend.«

»Sind sie gefüllt?«

»Jawohl, mit Kumiß, ein Fund zu sehr gelegener Zeit, um unseren Proviant zu erneuern.«

Der »Kumiß« ist ein aus Stuten- oder Kamelmilch bereitetes stärkendes, sogar berauschendes Getränk, und Nicolaus hatte alle Ursache, sich dieses Fundes zu freuen.

»Leg' einen beiseite«, sagte Michael Strogoff zu ihm, »aber entleere sofort alle übrigen.«

»Sogleich, Väterchen.«

»Diese sollen uns den Jeniseï überschreiten helfen.«

»Und das Floß?«

»Das stellt die Kibitka selbst vor, welche ja leicht genug ist, um selbst zu schwimmen. Übrigens werden wir und das Pferd sie vermittels dieser Schläuche halten.«

»Gut ausgedacht, Väterchen«, rief Nicolaus, »und mit Gottes Hilfe werden wir glücklich den Hafen erreichen... vielleicht nicht in gerader Linie, denn die Strömung ist sehr stark.«

»Das tut nichts«, versicherte Michael Strogoff. »Laß uns nur erst hinüberkommen, die Straße nach Irkutsk finden wir schon wieder.«

»Ans Werk also«, sagte Nicolaus, der sofort daranging, die Schläuche zu entleeren und sie nach der Kibitka zu schaffen.

Nur ein mit Kumiß gefüllter Schlauch ward reserviert, die andern, mit Luft aufgeblasen und sorgfältig verschlossen, sollten als schwimmende Träger dienen. Zwei derselben band man an die Seiten des Pferdes, um dieses über Wasser zu halten. Zwei andere wurden an dem Sitzkasten der Kibitka zwischen den Rädern angebracht, um diese zu tragen und sie als Floß benutzen zu können.

Diese Arbeit war bald vollendet.

»Du wirst dich doch nicht fürchten, Nadia?« fragte Michael Strogoff.

»Nein, Bruder«, erwiderte das junge Mädchen.

»Und ich«, rief Nicolaus, »ich erreiche endlich die Erfüllung meiner Träume, gleich in der Kutsche zu schwimmen.«

Das hier sanfter geneigte Ufer begünstigte den Stapellauf (wenn man so sagen darf) der Kibitka. Das Pferd zog sie bis zum Rande des Wassers, und bald schwamm der ganze Apparat samt dem Pferde auf den Wellen des Flusses. Sersko schwamm dabei munter nebenher.

Die drei in dem Sitzkasten stehenden Passagiere hatten aus Vorsicht die Fußbekleidung abgelegt, doch reichte ihnen, dank der Tragkraft jener Schläuche, das Wasser kaum bis an die Knöchel.

Michael Strogoff führte die Zügel des Pferdes und lenkte es, nach den Anweisungen, welche ihm Nicolaus gab, schief gegen den Strom, ohne das Tier im vorzeitigen Kampfe gegen das Wasser zu sehr anzustrengen. Solange die Kibitka sich direkt mit der Strömung bewegte, ging alles ganz gut vonstatten, und schon nach wenigen Minuten hatte sie die Quais von Krasnojarsk passiert. Sie wich dabei nach Norden zu ab, und es lag auf der Hand, daß sie das jenseitige Ufer nur weit stromabwärts von der Stadt erreichen werde. Doch hierauf legte man kein besonderes Gewicht.

Die Fahrt über den Jeniseï wäre nun, trotz der sehr mangelhaften Hilfsmittel, ohne zu große Schwierigkeit ausgeführt worden, wenn sich die Strömung in ihren gewöhnlichen, regelrechten Verhältnissen bewegt hätte. Unglücklicherweise kreuzten sich aber mehrere Wirbel auf der Oberfläche des schäumenden Wassers, und bald wurde die Kibitka, trotz aller Anstrengungen Michael Strogoffs, sie in einer andern Linie zu erhalten, unwiderstehlich in einen dieser Trichter hineingezogen.

Die Gefahr war groß. Die Kibitka hielt nicht mehr die Richtung nach dem östlichen Ufer ein, sie ging nicht ferner stromab, sondern drehte sich mit ungemeiner Schnelligkeit und nahm eine nach dem Mittelpunkte dieser Bewegung geneigte Stellung an, wie der Reiter auf der Bahn eines engen Zirkus. Ihre Schnelligkeit wuchs noch mehr. Das Pferd vermochte kaum noch den Kopf über dem Wasser zu halten und lief Gefahr, in dem Wirbel erstickt zu werden. Auch Sersko hatte einen Stützpunkt an der Kibitka suchen müssen.

Michael Strogoff begriff recht wohl, was hier vorging. Er fühlte sich in einer immer enger werdenden Spirale dahingezogen, der er nicht entgehen konnte. Er sprach kein Wort. Seine Augen schienen die Gefahr sehen zu wollen, um sie leichter zu vermeiden – sie konnten es nicht!

Auch Nadia schwieg. Ihre Hände klammerten sich krampfhaft an das Gerüst des Wagens, und so sicherte sie sich gegen die ungeordneten Bewegungen desselben, als er sich immer mehr dem Depressionszentrum zuneigte.

Begriff auch Nicolaus den ganzen Ernst der Lage?

Überwog in ihm das Phlegma oder die Verachtung der Gefahr, der Mut oder die Gleichgültigkeit? Hatte das Leben keinen Wert für ihn und galt es ihm, nach einem Ausdrucke der Orientalen, so viel, »wie eine Hotelwohnung für fünf Tage«, die man wohl oder übel am sechsten Tage räumen muß? Jedenfalls zeigte sein immer lächelndes Gesicht keine Spur einer Veränderung.

Die Kibitka verblieb also in dem reißenden Strudel und das Pferd stand am Ende seiner Kräfte. Plötzlich warf Michael Strogoff alle Kleidungsstücke, die ihm hinderlich sein konnten, ab und stürzte sich in das Wasser; dann ergriff er mit mächtigem Arme den Zügel des halb scheu gewordenen Pferdes und riß es so mächtig fort, daß es sich bis über den anziehenden Kreiswirbel hinausarbeitete, und sobald die Kibitka wieder in die geordnete Strömung kam, trieb sie mit erneuter Schnelligkeit weiter.

»Hurra!« rief Nicolaus.

Nur zwei Stunden nach dem Verlassen des Landungsplatzes hatte die Kibitka den größeren Arm des Stromes überschritten und landete, freilich sechs Werst stromab von der Abfahrtsstelle, an dem Ufer einer Insel.

Das Pferd zog nun den Wagen vollends hinauf auf das Land, wo dem wackeren Tiere gern eine Stunde Ruhe gegönnt wurde. Dann fuhr die Kibitka unter dem schützenden Dache prächtiger Birken quer über das ganze Eiland und langte an dem schmaleren Arme des Jeniseï an.

Hier vollzog sich die Überfahrt leichter. Kein Wasserwirbel unterbrach den Strom des zweiten Bettes, die Bewegung des Wassers war aber eine so schnelle, daß die Kibitka das rechte Ufer erst fünf Werst stromabwärts erreichte. Im ganzen war sie also um elf Werst verschlagen worden.

Diese großen Stromadern des sibirischen Gebietes, welche bis jetzt noch nirgends überbrückt sind, bilden überall sehr fühlbare Hindernisse der Kommunikation. Alle erwiesen sich auch Michael Strogoff mehr oder weniger verderblich. Auf dem Irtysch hatten die Tartaren die Fähre, welche ihn und Nadia trug, angefallen. Beim Obi war er, nachdem sein Pferd einer Kugel erlag, nur wie durch ein Wunder den ihn verfolgenden Reitern entkommen. Alles in allem lief diese Überschreitung des Jeniseï noch verhältnismäßig am glücklichsten ab.

»Das wäre gar nicht so amüsant gewesen«, äußerte Nicolaus, als er, sich die Hände reibend, das rechte Ufer hinaufstieg, »wenn es nicht solche Schwierigkeiten geboten hätte.«

»Und was für uns nur schwer durchzuführen war«, antwortete Michael Strogoff, »das, guter Freund, wird für die Tartaren nahezu unmöglich sein!«

Achtes Kapitel

Ein Hase, der über den Weg läuft

Michael Strogoff konnte nun endlich glauben, daß die Straße bis nach Irkutsk frei sei. Er hatte die bei Tomsk zurückgehaltenen Tartaren gewiß weit überholt, und wenn die Soldaten des Emirs nach Krasnojarsk kamen, fanden sie da nur eine verlassene Stadt und außerdem keinerlei Hilfsmittel zur Überschreitung des Jeniseï. Einige Tage Aufenthalt ergaben sich hieraus unzweifelhaft, da man erst eine hier noch dazu schwer anzubringende Schiffsbrücke schlagen mußte, um sich einen Übergang herzustellen.

Zum ersten Mal seit dem traurigen Zusammentreffen mit Iwan Ogareff in Omsk fühlte sich der Kurier des Zaren weniger beunruhigt und durfte hoffen, daß sich kein neues Hindernis zwischen ihm und seinem Ziel erheben werde.

Die Kibitka rollte nun schräg nach Südosten und traf nach einem Wege von etwa fünfzehn Werst wieder auf die lange Straße durch die Steppe.

Der Weg hier war gut, ja dieser Teil der Straße zwischen Krasnojarsk und Irkutsk wird sogar für den besten gehalten. Der Wagen erlitt keine Stöße durch unebenen Boden mehr, dichter Schatten schützte die Reisenden vor den Strahlen der Sonne, und manchmal erhoben sich hier Wälder von Fichten und Zedern, die sich wohl hundert Werst weit erstrecken. Hier dehnt sich nicht mehr die unendliche Steppe aus, deren Grenzlinie am Horizont mit der des Himmels verschmilzt. Doch dieses reiche Land war jetzt leer, alle Flecken und Dörfer verlassen. Hier gab es keine sibirischen Bauern mehr, die zum größten Teil einen slawischen Typus zeigen. Rings gähnte eine Wüste und, wie wir wissen, eine künstliche Wüste auf Befehl der Regierung.

Das Wetter hielt sich schön; bei den schon kühleren Nächten aber erwärmte sich die Luft nur schwer an den Strahlen der Sonne. Schon rückten die ersten Tage des Septembers heran, und in dieser in ziemlich hoher Breite gelegenen Gegend verkürzte sich zusehends der Bogen des Tagesgestirns über dem Horizont. Der Herbst währt hier nicht lange, obwohl dieser Teil des sibirischen Gebietes nicht über dem 55. Grade der Breite, also etwa so hoch wie Kopenhagen oder Edinburgh, liegt. Manchmal folgt sogar der Winter so gut wie unvermittelt auf den Sommer. Und hart treten diese Winter des asiatischen Rußlands auch auf, wenn man bedenkt, daß sie das Quecksilber im Thermometer nicht selten zum Gefrieren bringen (was ja erst bei ungefähr 42° unter Null geschieht) und man eine Temperatur von 29° für eine ganz erträgliche hält.

Die Witterung begünstigte also die Reisenden; sie war weder stürmisch noch regnerisch, die Hitze nur mäßig, die Nächte frisch. Nadias und Michael Strogoffs Gesundheit erhielt sich stets gut, ja seit der Abreise aus Tomsk hatten sie fast alle früheren Beschwerden vergessen.

Nicolaus Pigassof befand sich niemals besser als jetzt. Ihm galt diese Reise für einen Spazierweg, eine angenehme Exkursion, mit der er seine freie Zeit als dienstloser Beamter ausfüllte.

»Ganz entschieden«, behauptete er, »ist das weit besser, als zwölf Stunden des Tages auf dem Stuhle am Schalter zu sitzen oder mit dem Manipulator (der Handgriff an den Telegrafenapparaten, mit dem die elektrischen Zeichen gegeben werden) zu arbeiten.«

Inzwischen gelang es Michael Strogoff auch, Nicolaus zu vermögen, daß er das Pferd in etwas schnelleren Gang brachte. Um das zu erreichen, hatte er ihm anvertraut, daß Nadia und er im Begriffe seien, ihren nach Irkutsk verbannten Vater aufzusuchen, und daß sie große Eile hätten, dahin zu kommen. Natürlich durfte man dem Pferde nicht zu viel zumuten, denn wahrscheinlich traf man auf dem Wege kein anderes, um dasselbe zu ersetzen; wurde ihm aber nach etwa je fünfzehn Werst genügend Ruhe gegönnt, so konnte man in vierundzwanzig Stunden doch bequem sechzig Werst zurücklegen. Übrigens war das Pferd gut bei Kräften und schon seiner Rasse nach für längere Anstrengungen besonders geeignet. An reichlichem Futter fehlte es ihm längs der Straße nicht, überall sproßte fettes, frisches Gras fast im Überfluß. Also konnte man ihm ein solches Arbeitsquantum wohl zumuten.

Nicolaus fügte sich diesen Gründen. Ihm ging die Lage dieser jungen Leute, welche sich anschickten, das Exil ihres Vaters zu teilen, herzlich nahe. Nichts erschien ihm rührender. Mit zufriedenem Lächeln sagte er auch zu Nadia:

»Himmlische Güte, wie wird sich auch Herr Korpanoff freuen, wenn seine Augen euch wahrnehmen, seine Arme sich zum Empfange öffnen. Wenn ich bis Irkutsk mitgehe, und wie die Sachen liegen, wird mir das immer wahrscheinlicher, werdet ihr mir gestatten, Zeuge dieses Wiedersehens zu sein? Ja, nicht wahr?«

Dann schlug er sich vor die Stirn.

»Aber wenn ich an seinen Schmerz denke«, fuhr er fort, zu sehen, daß sein armer Sohn geblendet worden ist! O, in dieser Welt mischt sich Freude und Schmerz doch immer!«

Jedenfalls bewegte sich die Kibitka jetzt schneller vorwärts und legte, Michael Strogoffs Rechnung nach, zehn bis zwölf Werst in der Stunde zurück.

Am 28. August kamen die Reisenden durch den Flekken Balaïsk, achtzig Werst von Krasnojarsk, und am 29. durch Ribinsk, vierzig Werst von Balaïsk.

Am folgenden Tage erreichte die kleine Gesellschaft in einer Entfernung von fünfunddreißig Werst Kamsk, einen größeren Ort, den der gleichnamige Fluß, ein kleiner von den Sayanskbergen herabkommender Nebenarm des Jeniseï, bespült. Die Stadt bildet eigentlich nur eine ringsum einen großen Platz errichtete Gruppe von hölzernen Häusern; über diese hinaus ragt aber der hohe Glockenturm einer Kathedrale, deren goldenes Kreuz hell in der Sonne funkelte.

Die Häuser waren verlassen. Kein Relais war bedient, kein Gasthof bewohnt; kein Pferd in den Ställen, kein Haustier auf der Steppe. Man hatte die Befehle des moskowitischen Gouvernements mit peinlicher Strenge vollzogen. Was nicht fortgeschafft werden konnte, wurde zerstört.

Als sie Kamsk verließen, teilte Michael Strogoff seinen beiden Reisegefährten mit, daß sie nun bis Irkutsk nur noch ein kleines Städtchen, Nishny-Udinsk, antreffen würden. Nicolaus antwortete, daß er dasselbe um so besser kenne, weil sich daselbst eine Telegrafenstation befinde. Erwies sich also auch Nishny-Udinsk so menschenleer wie Kamsk, so blieb ihm gar nichts anderes übrig, als in der Hauptstadt Ostsibiriens Beschäftigung zu suchen.

Die Kibitka konnte den Fluß an einer seichten Stelle ohne viel Beschwerde passieren und gelangte wieder auf die Straße, auf welcher nun, zwischen Jeniseï und einem seiner größten Zuflüsse, der Angara die Irkutsk selbst berührt, wenigstens bezüglich der Wasserläufe, ein ernsthaftes Hindernis nicht mehr zu gewärtigen war, wenn nicht vielleicht die Dinka noch ein solches bot.

Die Reise konnte also aus diesen Gründen nicht mehr besonders verzögert werden.

Zwischen Kamsk und dem nächsten Dorfe lag eine große Strecke von etwa einhundertdreißig Werst. Natürlich wurden unterwegs die nötigen Pausen nicht versäumt, »ohne welche man sich«, wie Nicolaus sagte, »einen sehr gerechtfertigten Widerspruch des Pferdes zuziehen würde«. Nach stillschweigender Übereinkunft wußte das treue Tier, daß es nach je fünfzehn Werst ausruhen durfte, und wenn man, sei es auch mit einem Tiere, einen Vertrag abschließt, so muß er von beiden Teilen auch streng beobachtet werden.

Nach Überschreitung des kleinen Biriusaflusses erreichte die Kibitka Biriusinsk am Morgen des 4. September.

Dort entdeckte Nicolaus, als er sich nach Vervollständigung seines Mundvorrats umsah, glücklicherweise ein Dutzend »Pogatchas«, das ist eine Art Kuchen aus Hammelfett mit einer großen Menge in Wasser gekochtem Reis. Dieser Zuwachs paßte recht gut zu dem Vorrat an Kumiß, mit dem die Kibitka in Krasnojarsk hinreichend versehen worden war.

Hier wurde längere Zeit Station gemacht und die Reise erst am Nachmittag des 5. September fortgesetzt. Die Entfernung bis Irkutsk betrug nun fünfhundert Werst. Von dem Vortrab des Tartarenheeres zeigte sich keine Spur. Michael Strogoff glaubte also begründete Aussicht zu haben, seine Reise binnen acht, höchstens zehn Tagen zu vollenden und vor dem Großfürsten zu erscheinen.

Bei der Abfahrt aus Biriusinsk lief ein Hase, etwa dreißig Schritt vor der Kibitka, über den Weg.

»O weh!« rief Nicolaus.

»Was ist dir, Freund?« fragte Michael Strogoff, wie es Blinde tun, welche das geringste Geräusch erregt.

»Siehst du nicht...« antwortete Nicolaus, dessen heiteres Gesicht sich plötzlich verdüstert hatte.

Doch er unterbrach sich.

»Ach nein«, fuhr er fort, »du kannst ja nicht sehen; das ist gut für dich, Väterchen.«

»Ich sehe aber auch nichts«, sagte Nadia.

»Desto besser, desto besser! Aber ich... ich sah...«

»Nun was denn?« fragte Michael Strogoff dringender.

»Einen Hasen, der unsern Weg kreuzte!« antwortete Nicolaus.

Wenn ein Hase jemand über den Weg läuft, so hält das der Volksglaube in Rußland allgemein für das Vorzeichen eines drohenden Unglücks.

Abergläubisch wie alle Russen hatte Nicolaus die Kibitka angehalten.

Michael Strogoff verstand recht gut das Zögern seines Gefährten, obgleich er den Glauben an eine gewisse Vorbedeutung bezüglich des vorüberlaufenden Hasen keineswegs teilte. Er suchte also jenen zu beruhigen.

»O, deshalb ist nichts zu fürchten, Freund«, sagte er.

»Für dich nichts, für sie auch nicht, Väterchen, das weiß ich«, erwiderte Nicolaus, »wohl aber für mich!«

Dann fuhr er fort:

»Dem Schicksal kann man ja doch nicht entgehen!«

Er trieb das Pferd wieder an.

Trotz des unglücklichen Vorzeichens verlief der Tag doch ohne jede Störung.

Am nächsten Tage, dem 6. September, gegen Mittag, hielt die Kibitka in Alsalewsk, das ebenso verlassen war, wie die ganze Umgebung.

Hier fand Nadia auf der Schwelle eines Hauses zwei solche starke Messer, wie sie die sibirischen Jäger zu gebrauchen pflegen. Sie gab das eine Michael Strogoff, der es unter seinen Kleidern verbarg, und bewahrte selbst das andere.

Die Kibitka befand sich nun noch fünfundsiebzig Werst von Nishny-Udinsk entfernt.

Während dieser beiden Tage hatte Nicolaus niemals seine frühere gute Laune wiederfinden können. Das üble Vorzeichen hatte ihn tiefer berührt, als man hätte glauben sollen, und wenn er früher fast unaufhörlich plauderte, so verfiel er jetzt manchmal in so düsteres Schweigen, daß Nadia Mühe hatte, ihn zu erwecken. Sein ganzes Inneres erschien wie umgewandelt, was bei einem Bewohner des Nordens weniger auffallen darf, von dessen abergläubischen Vorfahren die düstere hyperboraische Mythologie herrührt.

Von Jekaterinenburg aus verläuft die Straße nach Irkutsk fast stets parallel dem 55. Breitengrade, hinter Biriusinsk aber wendet sie sich herab nach Südosten, so daß sie den 100. Meridian schief durchschneidet. Sie hält nun die kürzeste Linie nach der Hauptstadt Sibiriens ein und wendet sich über den letzten Auslauf der Sayanskberge. Dieses Gebirge stellt selbst nur einen Vorwall der großen Altaïkette dar, welche man hier schon in einer Entfernung von zweihundert Werst vor sich sieht.

Die Kibitka eilte also auf dieser Straße hin. Ja, sie eilte. Man fühlte recht wohl, daß Nicolaus jetzt nicht mehr daran dachte, sein Pferd zu schonen, und daß er selbst Eile hatte, anzukommen. Ein wenig Fatalist trotz seiner Resignation, hielt er sich nirgens mehr für sicher, als in den Mauern von Irkutsk. Gewiß hätten viele Russen dieselbe Empfindung gehabt, und nicht weniger von ihnen hätten wohl gar das Pferd gewendet, um die Stelle nicht zu überschreiten, an der ihnen ein Hase über den Weg gelaufen war!

Den Beobachtungen nach, welche jener machte und von deren Richtigkeit sich Nadia überzeugte, bevor sie dieselben Michael Strogoff mitteilte, schien es allerdings möglich, daß die Reihe der ihnen bevorstehenden Prüfungen noch immer nicht abgeschlossen sei.

Von Krasnojarsk bis hierher zeigte sich das Aussehen des Landes nicht sonderlich verändert, hier aber trugen die Wälder Spuren von Zerstörungen durch Feuer und Schwert, die Wiesen auf beiden Seiten der Straße waren verwüstet, und es lag auf der Hand, daß daselbst eine bedeutende Truppenmacht vorübergekommen sein mußte.

Dreißig Werst vor Nishny-Udinsk wurde die Spur einer erst neuerdings stattgefundenen Zerstörung immer deutlicher, die ihrer Natur nach nur von der Hand der Tartaren herrühren konnte.

Hier waren in der Tat die Felder nicht allein von den Hufen der Pferde zertreten, die Wälder von der Axt des Holzhauers gefällt. Die in weiten Zwischenräumen längs der Straße verstreuten Häuser standen nicht nur leer, nein, zum Teil sah man sie verheert, zum Teil durch Feuer zerstört. Die Wände verrieten noch durch ihre Vertiefungen das Anschlagen von Kugeln.

Michael Strogoffs Beunruhigung kann man sich leicht vorstellen. Es schwand ihm jeder Zweifel, daß ein Tartarenkorps vor nicht langer Zeit auf dieser Straße gehaust hatte, und doch konnten das unmöglich Soldaten des Emirs gewesen sein, denn sie hätten ihn, wenn sie den Wagen einholten, ganz bestimmt treffen müssen. Aber wer sollten diese neuen Eindringlinge sein, auf welchem Wege durch die Steppe waren sie bis zur Hauptstraße nach Irkutsk vorgedrungen? Welchen neuen Feinden ging der Kurier des Zaren noch entgegen?

Michael Strogoff teilte seine Befürchtungen weder Nadia, noch Nicolaus mit, um diese nicht vor der Zeit oder vielleicht überhaupt unnötig zu beunruhigen. Im übrigen war er ja entschlossen, seinen Weg fortzusetzen, solange ihn kein unbesiegbares Hindernis aufhielt. Dann wollte er sehen, was sich noch tun ließe.

Am folgenden Tage kennzeichnete sich ein neuerlicher Durchzug einer starken Reiterschar immer deutlicher. Über dem Horizonte lagerten verdächtige Rauchwolken. Die Kibitka bewegte sich nur vorsichtig weiter. Da und dort brannten in einem Dorfe wohl noch einige Häuser, die gewiß erst innerhalb der letzten vierundzwanzig Stunden angezündet worden waren.

Am 8. September endlich stand die Kibitka plötzlich still; das Pferd scheute zurück. Sersko bellte Klagelaute.

»Was gibt es«, fragte Michael Strogoff.

»Hier liegt ein Leichnam!« antwortete Nicolaus, der

sofort vom Wagen sprang.

Es war der Körper eines gräßlich verstümmelten Mujiks.

Nicolaus bekreuzte sich. Mit Michael Strogoffs Hilfe schleppte er den Toten nach der Böschung der Straße. Er gedachte ihn auch ordentlich zu begraben und wenigstens tief zu verscharren, um die Raubtiere der Steppe von den Resten dieses Körpers abzuhalten, doch Michael Strogoff ließ ihm nicht die Zeit dazu.

»Vorwärts, Freund«, rief er, »vorwärts, wir dürfen uns auch nicht eine Stunde aufhalten.«

Die Kibitka setzte ihren Weg fort.

Hätte Nicolaus übrigens allen Leichen, welchen sie weiterhin begegneten, die letzte Ehre erweisen wollen, er wäre nimmer fertig geworden. Mehr in der Nähe von Nishny-Udinsk fand man die Körper der Ermordeten zu Fünfzigen auf der Erde liegend.

Dennoch mußte man diesem Wege so lange folgen, als es ausführbar war, ohne den Feinden in die Hand zu fallen. Die Richtung wurde also unverändert beibehalten, obgleich sich die Zeichen einer entsetzlichen Zerstörung mit jedem Dorfe mehrten.

Alle diese Ortschaften, deren Namen auf ihre Gründung durch verbannte Polen hinwiesen, waren allen Schrecken der Verwüstung und Plünderung ausgesetzt gewesen. Noch war das Blut der armen Opfer nicht getrocknet. Wie es überhaupt zu diesem furchtbaren Ereignis gekommen war, das konnte niemand erklären, da sich keine lebende Seele fand, die es hätte sagen können.

An demselben Tage nachmittags gegen vier Uhr erkannte Nicolaus am Horizonte die hohen Türme der Kirchen von Nishny-Udinsk. Ringsum sie wälzten sich dichte Dunstmassen, welche von Wolken offenbar nicht herrührten.

Nicolaus und Nadia sahen sich aufmerksam um und teilten Michael Strogoff die Ergebnisse ihrer Beobachtungen mit. Ein Entschluß mußte gefaßt werden. War die Stadt verlassen, so konnte man sie wohl ohne Gefahr passieren, hielten sie aber die Tartaren unbegreiflicherweise besetzt, so galt es, sie um jeden Preis zu umgehen.

»Laßt uns vorsichtig weiterfahren«, empfahl Michael Strogoff, »aber jedenfalls vorsichtig.«

Noch eine Werst wurde zurückgelegt.

»Das sind keine Wolken, Bruder, das ist Rauch!« rief Nadia, »ach, Bruder, man zündet dort die Stadt an!«

Leider wurde das mit jedem Schritte deutlicher. Mitten durch die Dunstmassen züngelten rauchige Flammen. Immer dichter stieg der Qualm auf und wälzte sich gen Himmel. Einen Flüchtling sah man aber nicht. Wahrscheinlich fanden die Brandstifter die Stadt, welche sie der Zerstörung weihten, schon verlassen. Waren es aber Tartaren, die diese Verwüstung anrichteten, oder taten es Russen nur auf höheren Befehl? Lag es in der Absicht der Regierung des Zaren, daß keine Stadt, kein Flecken vom Jeniseï und von Krasnojarsk aus den Soldaten des Emirs eine Zuflucht bieten solle? Sollte Michael Strogoff, wenn er diese Fragen erwog, nun zurückbleiben oder seinen Weg fortsetzen?

Erst vermochte er sich nicht zu entscheiden. Nach gründlicher Erwägung des Für und Wider hielt er es aber doch für das Wichtigste, selbst um den Preis einer Reise durch die unwirtliche Steppe, nur den Tartaren nicht in die Hände zu fallen. Eben gedachte er Nicolaus vorzuschlagen, die Straße zu verlassen und erst nach Umgehung von Nishny-Udinsk nach derselben zurückzukehren, als von der rechten Seite her ein Schuß krachte. Eine Kugel pfiff herüber, und zu Tode getroffen stürzte das Pferd der Kibitka zusammen.

Gleichzeitig sprengten wohl ein Dutzend Reiter auf die Straße und umringten die Kibitka. Michael Strogoff, Nadia und Nicolaus waren, ehe sie recht zur Besinnung kommen konnten, gefangen und wurden eiligst nach Nishny-Udinsk abgeführt.

Auch bei diesem unerwarteten Angriff verlor Michael Strogoff seine Kaltblütigkeit nicht. Da er seine Feinde nicht sehen konnte, war es ihm auch unmöglich, sich irgendwie zu verteidigen. Hätte er seine Augen gebrauchen können, er würde es wohl versucht haben, obwohl das nur zu einem schrecklichen Blutvergießen geführt hätte. Doch wenn er nichts sah, so konnte er doch hören und verstehen, was jene sagten.

An ihrer Sprache erkannte er, daß diese Soldaten Tartaren waren, und an ihren Worten, daß sie der Armee der Feinde vorausschwärmten.

Aus den kurzen Reden, welche jene jetzt führten, und aus einigen Brocken ihrer späteren Unterhaltung erfuhr Michael Strogoff folgendes:

Diese Soldaten standen nicht unter dem direkten Befehl des Emirs, der noch immer hinter dem Jeniseï zurückgehalten war. Sie bildeten eine Abteilung einer dritten Kolonne, zusammengesetzt aus Tartaren der Khanate von Khokhand und Kunduz, mit welcher sich die Armee Feofar-Khans nächstens in der Nähe von Irkutsk zu vereinigen gedachte.

Auf Iwan Ogareffs Rat hatte sich diese Abteilung, um den Erfolg des Einfalls in die östlichen Provinzen zu sichern, nach Überschreitung der Grenze des Gouvernements Semipalatinsk längs der Südküste des Balkhachsees und dem Fuße des Altaïgebirges hingeschlichen. Geführt von einem Offizier des Khans von Kunduz erreichte sie sengend und brennend den oberen Lauf des Jeniseï. Dort hatte der Offizier in Voraussicht der durch den Zaren getroffenen Maßregeln zur Erleichterung des Übergangs der Armee des Emirs eine ganze Flotille von Barken angesammelt, welche entweder als solche oder als Brückenmaterial dienen sollten. Nach Umgehung des Gebirges war diese dritte Abteilung dann im Tale des Jeniseï herabgezogen und hatte die Straße nach Irkutsk erst in der Nähe von Alsalesk wieder betreten. Hieraus erklärte sich die Anhäufung von Ruinen jenseits dieser Stadt, das unzweifelhafte Merkmal der Kriegführung dieser Horden. Nishny-Udinsk verfiel eben demselben Schicksal, und die Tartaren, in einer Gesamtstärke von 50 000 Mann, hatten es schon verlassen, um sich einiger wichtiger Stellungen vor Irkutsk zu bemächtigen. In kurzer Zeit sollten sie mit den Truppen des Emirs zusammentreffen.

So lagen die Dinge zu jener Zeit – gewiß eine gefährliche Lage für den vollständig isolierten Teil des östlichen Sibiriens und für die verhältnismäßig wenigen Verteidiger seiner Hauptstadt.

Michael Strogoff erfuhr also von der Ankunft einer dritten Kolonne der Tartaren vor Irkutsk, sowie von der bevorstehenden Vereinigung des Emirs und Iwan Ogareffs mit der Hauptmacht ihrer Truppen. Ein Angriff auf Irkutsk und die Eroberung der Stadt erschien hiernach nur noch als eine Frage der Zeit.

Welche Gedanken bestürmten hierbei Michael Strogoff! Wer würde erstaunen, wenn er in dieser Lage endlich allen Mut, alle Hoffnung verlor? Und doch war das nicht der Fall, denn seine Lippen murmelten immer und immer wieder die Worte:

»Ich werde dennoch ankommen!«

Eine halbe Stunde nach jenem Überfall durch die Reiter betraten Michael Strogoff, Nicolaus und Nadia Nishny-Udinsk. In einiger Entfernung folgte der treue Hund ihnen nach. In dieser ringsum brennenden Stadt, welche eben die letzten Marodeure verließen, sollten sie nicht bleiben.

Die Gefangenen wurden auf Pferde geworfen und eiligst weitergeschleppt. Nicolaus verhielt sich resigniert, wie immer, Nadia unerschüttert in ihrem Glauben an Michael Strogoff, und dieser zwar äußerlich gleichgültig, aber immer bereit zu entfliehen, sobald sich eine Gelegenheit böte.

Den Tartaren entging es keineswegs, daß einer ihrer Gefangenen blind war, und ihre natürliche Roheit benutzte diesen Umstand, um mit dem armen Unglücklichen noch ihr Spiel zu treiben. Man ritt in schnellem Schritte. Michael Strogoffs Pferd, das nur von ihm geleitet wurde, machte öfters Seitensprünge, welche den Zug in Unordnung setzten. Dann regnete es Injurien und Roheiten, die das Herz des jungen Mädchens brachen und Nicolaus empörten. Aber was vermochten sie dagegen? Die Sprache der Tartaren war ihnen nicht geläufig und ihr Dazwischentreten wurde barsch zurückgewiesen.

Um ihrer Bosheit die Krone aufzusetzen, kamen die Soldaten auf den Gedanken, Michael Strogoffs Pferd zu wechseln und ihm auch noch ein blindes Tier zu geben. Die Ursache hierzu gab die Vermutung eines der Reiter, den Michael Strogoff sagen hörte:

»Vielleicht kann der verdammte Russe da aber doch sehen!«

Dieses geschah etwa sechzig Werst von Nishny-Udinsk, zwischen den Dörfern Tatan und Chibarlinskoë. Michael Strogoff wurde also auf dieses Pferd gesetzt, dessen Zügel man ihm in die Hand gab. Dann trieb man es durch Peitschenschläge, Steinwürfe und lautes Schreien in Galopp.

Das blinde Pferd stieß, da es von seinem ebenfalls blinden Reiter nicht in gerade Richtung erhalten werden konnte, einmal gegen einen Baum, das andere Mal kam es ganz vom Wege ab. Dann jagten sie es mit Hieben und Stößen wieder zurück.

Michael Strogoff widersprach nicht. Er ließ keine Klage hören. Stürzte sein Pferd, so wartete er, bis man es wieder auf die Füße brachte. Das geschah dann auch, und das grausame Spiel begann von neuem.

Bei dieser wahrhaft unmenschlichen Behandlung konnte Nicolaus sich nicht mehr zurückhalten. Er wollte seinem Begleiter zu Hilfe eilen. Man hielt ihn zurück und mißhandelte ihn.

Gewiß hätte dieses Spiel noch lange Zeit zum größten Ergötzen der Tartaren fortgedauert, als ihm ein ernster Zwischenfall ein Ende machte.

Im Laufe des 10. Septembers brach das blinde Pferd auch wieder aus und lief geradewegs auf eine etwa vierzig Fuß tiefe Schlucht neben der Straße zu.

Nicolaus wollte ihm nach – man hielt ihn zurück. Das führerlose blinde Pferd stürzte mit seinem Reiter in die

Tiefe.

Nadia und Nicolaus schrien voll Entsetzen auf; sie mußten glauben, daß ihr unglücklicher Gefährte bei diesem Fall zerschmettert sei.

Als endlich nachgesehen wurde, traf man Michael Strogoff außer dem Sattel und unverwundet, während das Pferd zwei Füße gebrochen hatte und völlig dienstuntauglich geworden war.

Man ließ es an der Stelle verenden, ohne ihm den Gnadenstoß zu geben, und band Michael Strogoff an den Sattel eines Tartaren fest, so daß er dem Detachement zu Fuße folgen mußte.

Ihm entlockte es keine Klage, keinen Widerspruch! Er wanderte schnellen Schrittes, so daß sich der Strick, der ihn mit dem Reiter verband, kaum anspannte. Er blieb immer »der Mann von Eisen«, von dem General Kissoff dem Zaren gesprochen hatte.

Am nächsten Tage, dem 11. September, erreichte der kleine Zug den Flecken Chibarlinskoë.

Hier trug sich ein Ereignis zu, das von sehr ernsten Folgen werden sollte.

Die Nacht war gekommen. Während einer Stunde der Rast hatten die tartarischen Reiter sich mehr oder weniger betrunken. Sie wollten jetzt wieder aufbrechen.

Da wurde Nadia, welche bis jetzt wie durch ein Wunder von den Soldaten achtungsvoll behandelt worden war, von einem derselben insultiert.

Michael Strogoff zwar sah weder die Beleidigung, noch den Beleidiger, aber Nicolaus hatte diesen für ihn gesehen.

Ganz ruhig, ohne es sich weiter zu überlegen und ohne sich von seiner Tat Rechenschaft zu geben, schritt Nicolaus gerade auf den frechen Burschen zu, und bevor dieser eine Bewegung machen konnte, ihn aufzuhalten, ergriff jener eine in der Satteltasche steckende Pistole und schoß sie dem Tartaren mitten auf die Brust ab.

Der die Abteilung kommandierende Offizier kam auf

den Knall des Schusses herzugelaufen.

Die Reiter wollten den unglücklichen Nicolaus erwürgen, doch auf ein Zeichen des Offiziers begnügte man sich, ihn zu fesseln, band ihn quer auf ein Pferd, und fort ging es wieder in tollem Galopp.

Der Strick, mit dem Michael Strogoff angebunden war und der schon halb durchnagt sein mochte, riß bei der unerwartet heftigen Bewegung des Pferdes, und sein halb betrunkener Reiter sprengte in wildem Laufe hinaus, ohne es nur gewahrzuwerden.

Michael Strogoff und Nadia befanden sich allein auf der Landstraße.

Neuntes Kapitel

In der Steppe

Noch einmal also waren Michael Strogoff und Nadia frei, so wie während ihrer Reise von Perm bis nach den Ufern des Irtysch. Wie sehr hatte sich aber alles verändert! Damals gewährleisteten ihnen ein bequemer Tarantaß, eine häufig gewechselte Bespannung und mit allem Notwendigen ausgestattete Poststationen eine gewisse Schnelligkeit der Fahrt. Jetzt zogen sie zu Fuß dahin, ohne die Möglichkeit, sich ein Beförderungsmittel zu verschaffen, ohne alle Hilfsmittel, ohne zu wissen, auf welche Weise sie nur die dringendsten Lebensbedürfnisse befrieden würden – und dabei trennten sie noch 400 Werst von ihrem endlichen Ziele. Hierzu kam noch, daß Michael Strogoff nur durch die Augen Nadias sah.

Den Freund, den ihnen ein glücklicher Zufall zuführte, hatten sie unter den traurigsten Umständen wieder verloren.

Michael Strogoff lagerte auf der Böschung der Straße; Nadia stand daneben und wartete auf ein Wort von ihm, um den Weg wieder fortzusetzen.

Es war um zehn Uhr abends. Vor drei und einer halben Stunde schon verschwand die Sonne unter dem Horizonte. Kein Haus, keine Hütte zeigte sich. In der Ferne verschwanden die letzten Tartaren. Michael Strogoff und Nadia standen ganz, ganz allein.

»Was werden sie mit unserm Freunde anfangen?« rief Nadia. »Armer Nicolaus! Das Zusammentreffen mit uns mußte dir so verhängnisvoll werden!«

Michael Strogoff erwiderte nichts.

»Michael«, fuhr Nadia fort, »weißt du es nicht, daß er dich zu schützen suchte, als du ein Spielball der Tartaren warst, daß er sein Leben für dich wagte?«

Michael Strogoff schwieg noch immer. Regungslos, den Kopf in die Hand gestützt, hing er seinen Gedanken nach. Hörte er überhaupt, da er keine Antwort gab, was das junge Mädchen zu ihm sprach?

Gewiß, denn als Nadia hinzufügte:

»Wohin soll ich dich führen, Michael?« antwortete er:

»Nach Irkutsk.«

»Auf der großen Landstraße?«

»Ja, Nadia.«

Michael Strogoff vermochte nichts von dem eidlich bekräftigten Vorhaben, sein Ziel unter allen Umständen zu erreichen, abzubringen. Auf der Landstraße gelangte er auf kürzestem Wege dahin. Wenn sich die Avantgarde von Feofar-Khans Heere zeigte, würde es noch Zeit sein, den Hauptweg zu verlassen.

Nadia faßte Michael Strogoff an der Hand und beide brachen auf.

Am folgenden Morgen, dem 12. September, gönnten sie sich nach einem Marsche von zwanzig Werst in dem Flecken Tulunowskoë eine kurze Rast. Die ganze Nacht hindurch hatte Nadia aufmerksam nachgesehen, ob Nicolaus' Leichnam vielleicht an der Straße liegengeblieben sei; doch vergeblich durchsuchte sie die Ruinen und musterte die da und dort angetroffenen Toten. Bis jetzt schien Nicolaus verschont geblieben zu sein. Gewiß sparte man ihn für eine grausame Hinrichtung nach Erreichung des Lagers bei Irkutsk auf.

Erschöpft vom Hunger, der ihren Gefährten ebenso schrecklich quälte, war Nadia so glücklich, in einem Hause des halbabgebrannten Fleckens etwas trockenes Fleisch und mehrere »Sukharis« (d. s. Brote, welche durch Verdunstung ausgetrocknet ihre Nährfähigkeit auf unbegrenzte Zeit bewahren) aufzufinden. Michael Strogoff und Nadia beluden sich mit einem so großen Vorrat hiervon, als sie eben zu tragen vermochten. Ihre Nahrung war also für mehrere Tage gesichert, und Wasser konnte ja in einer Gegend, welche tausend kleine Zuflüsse zur Angara durchrieselten, nicht leicht fehlen.

Sie begaben sich wieder auf den Weg. Michael Strogoff ging sicheren Schrittes weiter und verlangsamte diesen höchstens ein wenig mit Rücksicht auf seine Begleiterin, während diese sich eifrig bemühte, nicht zurückzubleiben. Glücklicherweise konnte ihr Gefährte ja nicht sehen, in welch beklagenswerten Zustand die Anstrengung sie versetzt hatte.

Michael Strogoff schien es jedoch zu fühlen.

»Deine Kräfte gehen zu Ende, armes Kind«, sagte er manchmal.

»O nein«, antwortete sie.

»Wenn du nicht mehr gehen kannst, werde ich dich tragen, Nadia.«

»Jawohl, Michael.«

Im Laufe dieses Tages mußten sie einen kleinen Fluß, die Oka, überschreiten. Dieser bot aber eine passierbare Furt, so daß sie ohne Schwierigkeiten ans andere Ufer kamen.

Der Himmel war bedeckt, die Temperatur erträglich; freilich drohte die Witterung mit Regen, der die Beschwerden der Fußreise sicher nur vermehrte. Einige Regenschauer stellten sich auch schon ein, gingen aber ziemlich schnell vorüber.

So zogen sie rastlos weiter, treulich Hand in Hand,

ohne viele Worte zu wechseln, wobei Nadia stets nach vor- und nach rückwärts sorgsam auslugte. Zweimal des Tages machten sie Halt und ruhten sechs Stunden lang während der Nacht. In einigen Hütten entdeckte Nadia auch noch einiges Schaffleisch, welches hier so gewöhnlich ist, daß ein Pfund desselben nur zwei und eine halbe Kopeke kostet.

Aber ganz wider Michael Strogoffs noch immer genährte Hoffnung fand sich kein Zug- oder Saumtier in der ganzen Umgegend. Pferde und Kamele waren alle getötet oder geraubt. Zu Fuß mußten sie die Reise durch die grenzenlose Steppe fortsetzen.

Spuren von jener dritten tartarischen Heeresabteilung, welche schon auf Irkutsk zu marschierte, fehlten nirgends. Hier lag ein totes Pferd, dort stand ein verlassener Wagen. Die Körper der unglücklichen Sibirier bezeichneten die Straße und häuften sich in der Nähe der Dörfer. Nadia kämpfte ihren Widerwillen nieder und musterte alle diese Leichen.

Alles in allem drohte ihnen Gefahr nicht von vorn, sondern vom Rücken her. Die von Iwan Ogareff geführte Avantgarde der Hauptarmee des Emirs konnte jeden Augenblick erscheinen. Jedenfalls lagen die den Jeniseï hinunter gesendeten Barken bei Krasnojarsk längst bereit, um den Übergang über den Strom zu bewerkstelligen. Dann war der Weg für die Eindringlinge frei. Zwischen Krasnojarsk und dem Baikalsee konnte sich ihnen kein russisches Korps entgegen werfen. Michael Strogoff fürchtete also stündlich das Auftauchen der tartarischen Plänkler.

Bei jedem Ruhepunkte bestieg Nadia auch stets eine höhergelegene Stelle und blickte aufmerksam über die Gegend nach Westen hin, doch bis jetzt verriet keine Staubwolke die Ankunft eines Reiterschwarmes.

Dann nahmen beide ihren Weg wieder auf, und wenn Michael Strogoff bemerkte, daß er die arme Nadia zog, so verzögerte er seine Schritte. Sie sprachen nur wenig, und dann nur von Nicolaus. Das junge Mädchen erinnerte an alles, was ihnen jener Begleiter während weniger Tage gewesen war.

Michael Strogoff suchte dem jungen Mädchen durch seine Antworten immer einige Hoffnung einzuflößen, obwohl er selbst keine mehr hatte, denn er wußte recht gut, daß der Arme dem Tode gewiß nicht entgehen würde.

Eines Tages wandte sich Michael Strogoff an seine Begleiterin:

»Du sprichst mir niemals von meiner Mutter, Nadia?«

Von seiner Mutter! Nadia hatte das ängstlich vermieden. Warum sollte sie seine Schmerzen erneuern? War die alte Sibirierin nicht tot? Drückte der Sohn damals nicht den letzten Kuß auf die stummen Lippen, als ihre Leiche auf dem Plateau bei Tomsk lag?

»Rede von ihr, Nadia«, bat Michael Strogoff, »rede nur! Du bereitest mir dadurch ein Vergnügen.«

Dann wagte Nadia, was sie bis jetzt unterlassen hatte. Sie erzählte alles, was zwischen Marfa und ihr selbst seit dem zufälligen Zusammentreffen in Omsk geschehen war, als sie sich gegenseitig zum ersten Male sahen. Sie gestand, wie ein unerklärlicher Instinkt sie zu der unbekannten, bejahrten Gefangenen hingezogen und wie gern sie für jene gesorgt, aber auch, wie sehr sie selbst dadurch an Mut und Vertrauen gewonnen habe. Zu jener Zeit hielt sie Michael Strogoff ja noch für Nicolaus Korpanoff.

»Der ich immer hätte bleiben sollen«, fiel da der Blinde ein, um dessen Stirn sich düstere Wolken lagerten.

Nach einer Pause fügte er dann hinzu:

»Ich habe meinen Eid gebrochen, Nadia. Ich hatte geschworen, meine Mutter nicht zu sehen.«

»Du hast das auch nicht gewollt, Michael«, suchte ihn Nadia zu beruhigen, »der Zufall nur hat dich ihr zugeführt.«

»Ich hatte geschworen, mich auf keinen Fall zu verraten!«

»Michael, Michael! Konntest du dich bezwingen, als die Geißel über Marfa Strogoff geschwungen ward? Nein, Nein! – Es gibt keinen Eid, der einen Sohn hindern könnte, seiner Mutter zu Hilfe zu eilen.«

»Ich habe meinen Eid verletzt, Nadia«, wiederholte Michael Strogoff traurig. »Gott und der Vater (d.i. der Zar) mögen es mir vergeben.«

»Michael«, sagte das junge Mädchen, »ich habe eine Frage an dich. Antworte mir nicht, wenn du glaubst, es nicht zu dürfen. Von dir beleidigt mich nichts.«

»Sprich, Nadia!«

»Warum eilst du, nachdem dir der Brief des Zaren geraubt wurde, noch immer so dringend nach Irkutsk?«

Michael Strogoff drückte die Hand seiner Führerin wärmer, aber er gab keine weitere Antwort.

»Kanntest du den Inhalt des Briefes schon vor deiner Abreise aus Moskau?«

»Nein, er war mir unbekannt.«

»Soll ich annehmen, Michael, daß nur das Verlangen, mich meinem Vater zuzuführen, dich jetzt nach Irkutsk treibt?«

»Nein, Nadia, ich würde dich täuschen, wenn ich diesen Glauben in dir erweckte. Ich gehe nur dahin, wohin meine Pflicht mir befiehlt! Wie kann ich dich nach Irkutsk führen, bist du es nicht, Nadia, die im Gegenteil mich jetzt leitet? Sehe ich nicht durch deine Augen, hält mich nicht deine Hand auf dem Wege? Hast du mir nicht hundertfach die kleinen Dienste vergolten, die ich dir vielleicht vorher leisten konnte? Ich weiß nicht, wann das Unglück müde sein wird, uns zu prüfen, aber ich weiß, daß ich an dem Tage, da du mir danken willst, dich in die Hände deines Vaters geführt zu haben, dir innig danken werden für deine treue Leitung auf meinem Wege!«

»Armer Michael!« sagte Nadia tief bewegt. »Sprich nicht solche Worte! Das ist keine Antwort auf meine Frage. Warum, Michael, drängst du jetzt so, in Irkutsk einzutreffen?«

»Weil ich vor Iwan Ogareff dort sein muß!« gestand ihr Michael Strogoff.

»Auch jetzt noch?«

»Auch jetzt, und es wird mir gelingen!«

Diese letzten Worte betonte Michael Strogoff nicht nur aus Haß gegen den Verräter. Aber Nadia merkte es, daß ihr Begleiter ihr nicht alles sagte, nicht alles sagen durfte.

Drei Tage später, am 15. September, erreichten beide den Flecken Kuitunsköë, siebzig Werst von Tulunowskoë.

Das junge Mädchen hielt sich nur mit äußerster Anstrengung noch aufrecht. Ihre wunden Füße versagten ihr fast den Dienst. Aber sie widerstand dem Schmerze, sie bekämpfte die Ermüdung; ihr einziger Gedanke war:

»Da er mich nicht sehen kann, will ich gehen, bis ich zusammenbreche!«

Übrigens bot dieser Teil des Weges kein besonderes Hindernis, keine Gefahren mehr, seit die Tartaren ihnen vorauszogen; nur die entsetzlichste Erschöpfung fühlten sie.

So ging es wieder drei Tage lang fort. Offenbar gewannen die Tartaren nach Osten zu schnell an Terrain. Das bewiesen die Ruinen längs des Weges, die Brandstätten, welche nicht mehr rauchten, die schon in Verwesung übergehenden Leichname an den Seiten der Straße.

Auch im Westen zeigte sich nichts. Der Vortrab des Emirs erschien nicht. Michael Strogoff erschöpfte sich in den unwahrscheinlichsten Vermutungen, diese Verzögerung zu erklären. Bedrohten schon hinreichende russische Streitkräfte unmittelbar Tomsk oder Krasnojarsk? Dann liefe die dritte isolierte Abteilung aber Gefahr, abgeschnitten zu werden. In diesem Falle mußte es dem Großfürsten leicht werden, Irkutsk wirksam zu verteidigen, und jeder Gewinn an Zeit galt diesem feindlichen Einfall gegenüber als ein Fortschritt zu seiner Abwehr.

Manchmal gab sich Michael Strogoff wohl solchen

Hoffnungen hin, bald aber trat ihm das Trügerische derselben wieder desto deutlicher vor die Seele, und er rechnete dann nur noch auf sich selbst, als läge die Rettung des Großfürsten nur allein in seinen Händen.

Sechzig Werst trennen Kuitunskoë von Kimilteïskoë, einem kleinen Flecken unweit der Dinka, welche der Angara zuströmt. Nicht ohne Besorgnis dachte Michael Strogoff an das Hindernis, welches dieser nicht so unbedeutende Wasserlauf ihnen in den Weg legte. Fähren oder Boote zu finden, darauf durfte er gar nicht rechnen, und er erinnerte sich recht gut von seinen Reisen in günstigeren Jahreszeiten, daß dieser Fluß nur mit Gefahr zu durchwaten war. Dafür unterbrach nach Überschreitung desselben kein weiterer Strom oder Fluß die Straße, welche in einer Länge von noch 230 Werst nach Irkutsk führte.

Um Kimilteïskoë zu erreichen, brauchten sie nicht weniger als drei Tage. Nadia schleppte sich nur noch hin. Trotz ihrer moralischen Energie verließen sie die physischen Kräfte. Michael Strogoff wußte das nur zu gut.

Wäre er nicht blind gewesen, Nadia hätte gewiß zu ihm gesagt:

»Geh, Michael, laß mich in einer Hütte zurück. Geh nach Irkutsk! Richte deinen Auftrag aus! Suche meinen Vater auf. Sage ihm, wo ich bin. Sag ihm, daß ich ihn erwarte, ihr beide werdet mich schon wieder zu finden wissen! Reise in Gottes Namen weiter! Ich fürchte mich nicht. Vor den Tartaren werde ich mich zu verbergen wissen. Ich erhalte mich für ihn, für dich! Geh du, Michael – ich kann es nicht mehr...!«

Wiederholt war Nadia gezwungen, stehenzubleiben. Dann hob sie Michael Strogoff auf seine Arme, und da er, wenn er sie trug, an die Ermüdung des jungen Mädchens nicht mehr zu denken brauchte, ging er dann um so schneller.

Endlich am 18. September, abends gegen zehn Uhr, erreichten beide Kimilteïskoë. Von dem Gipfel eines Hügels bemerkte Nadia eine minder dunkle Linie am

Horizonte. Das war die Dinka. In ihrem Wasser spiegelten sich einige Blitze, denen kein Donner folgte, die aber doch den Umkreis erhellten.

Nadia führte ihren Begleiter quer durch die verwüstete Ortschaft. Die Asche der Ruinen war kalt. Die letzten Tartaren mochten wohl vor fünf bis sechs Tagen hier durchpassiert sein.

Bei den letzten Häusern sank Nadia auf eine steinerne Bank.

»Machen wir halt?« fragte sie Michael Strogoff.

»Die Nacht ist gekommen, Michael«, antwortete Nadia. »Willst du nicht auch einige Stunden ruhen?«

»Ich wäre gern noch bis über die Dinka gekommen«, antwortete jener, »ich hätte den Fluß gern zwischen uns und dem Vortrab des Emirs gewußt. Aber du kannst dich nicht mehr fortschleppen, meine arme Nadia?«

»Komm, Michael!« lautete Nadias Antwort, mit der sie die Hand ihres Gefährten ergriff und ihn weiter führte.

In der Entfernung von zwei bis drei Werst kreuzte die Dinka die Straße nach Irkutsk. Die letzte Anstrengung, welche ihr Begleiter forderte, wollte das junge Mädchen noch auszuhalten versuchen. Beide gingen beim Scheine des Wetterleuchtens weiter. Sie durchschritten nun eine grenzenlose Wüste, in der sich der kleine Fluß verlor. Kein Baum, kein Hügel erhob sich auf dieser ungeheuren Ebene, mit welcher die sibirische Steppe wieder begann. Kein Lufthauch bewegte die Atmosphäre, durch deren ruhige Schichten sich der geringste Ton unendlich weit fortgepflanzt hätte.

Plötzlich hielten Michael Strogoff und Nadia inne, als ob ihre Füße in eine Aushöhlung des Bodens gekommen wären.

Aus der Steppe her ertönte Gebell.

»Hörst du das?« fragte Nadia.

Dann folgte ein erbarmenswerter Schrei, wie ein verzweifelter, letzter Ruf eines Menschen, der dem Tode nahe ist.

»Nicolaus! Nicolaus!« rief das junge Mädchen, von einer düsteren Ahnung erfüllt.

Michael Strogoff horchte und schüttelte den Kopf.

»Komm, Michael, komm!« bat Nadia.

Und unter der Herrschaft einer heftigen Aufregung gewann sie, die sich eben noch kaum fortzubewegen vermochte, ihre Kräfte wieder.

»Wir sind von der Straße abgekommen«, sagte Michael Strogoff, der nicht mehr den feinsandigen Fußboden, sondern ein dürres Gras unter seinen Füßen fühlte.

»Ja, es muß sein!« erwiderte Nadia; »dort von rechts her erklang jener Hilferuf.«

Einige Minuten später befanden sich beide nur noch eine halbe Werst vom Fluße entfernt.

Ein zweites Bellen ließ sich hören, das zwar schwächer, aber unzweifelhaft näher erscholl.

Nadia blieb stehen.

»Ja«, sagte Michael, »das war Serskos Bellen. Er ist seinem Herrn gefolgt.«

»Nicolaus!« rief das junge Mädchen.

Keine Antwort ließ sich vernehmen.

Nur einige Raubvögel flatterten auf und verschwanden in den Tiefen des Himmels.

Michael Strogoff lauschte. Nadia suchte die auf Augenblicke erleuchtete Ebene zu überschauen, sah aber nichts.

Doch noch einmal erklang eine Stimme in kläglichem Tone.

»Michael!« verstanden sie deutlich.

Dann sprang ein Hund, über und über blutig, an Nadia heran. Es war Sersko.

Nicolaus konnte nicht fern sein. Er allein hatte den Namen Michael stammeln können. Wo war er? Nadia fand kaum noch die Kraft, ihm zuzurufen.

Michael Strogoff kroch auf der Erde hin und suchte mit den Händen.

Da erhob Sersko ein neues Gebell und stürzte auf einen ungeheuren Raubvogel zu, der tief auf der Erde hinstrich.

Es war ein Geier. Als Sersko auf ihn zusprang, flog er ein Stück auf, kehrte aber zurück und stieß auf den Hund.

Noch einmal stürzte sich dieser gegen den Geier, da traf ihn der furchtbare Schnabel auf den Kopf und leblos brach das treue Tier zusammen.

Zu gleicher Zeit entfuhr Nadia ein Schrei des Entsetzens.

»Da... da!« rief sie.

Aus der Erde ragte ein Kopf hervor. Ohne das Leuchten am Himmel, das die Steppe erhellte, hätte sie mit dem Fuße daran gestoßen.

Nadia fiel neben diesem Kopfe auf die Knie.

Nicolaus war, nach der schrecklichen Sitte der Tartaren, bis an den Hals eingescharrt in der Steppe verlassen worden, um hier elend Hungers zu sterben oder unter dem Zahne der Wölfe oder den Schnäbeln der Raubvögel umzukommen. Eine schreckliche Todesart für das Opfer, welches der Boden gefangenhält, welches die Erde halb erdrückt, die der Verurteilte nicht von sich zu stoßen vermag, da ihm die Arme am Körper befestigt werden, wie die einer Leiche im Sarge. So lebt, so verschmachtet der Verurteilte in der tonigen Erde und kann nur den Tod herbeirufen, der ihm doch so langsam naht!

Hier hatten die Tartaren seit drei Tagen ihren Gefangenen eingescharrt!

...Seit drei martervollen Tagen wartete Nicolaus auf Hilfe, die ihm nun leider zu spät werden sollte.

Die Geier hatten schon das aus dem Boden hervorstehende Haupt gewittert, und seit mehreren Stunden verteidigte der Hund seinen Herrn gegen die gefräßigen Vögel.

Michael Strogoff brach mit seinem Messer die Erde auf, um den Lebenden aus dem Grabe zu befreien.

Nicolaus' schon geschlossene Augen öffneten sich noch einmal.

Er erkannte Michael und Nadia.

»Lebt wohl, meine Freunde«, flüsterte er. »O, wie wohl ist mir, euch noch einmal gesehen zu haben... Betet für mich!«

Das waren seine letzten Worte.

Michael Strogoff fuhr fort, die Erde aufzureißen, welche durch festes Zusammentreten fast felsenhart geworden war, und es gelang ihm endlich, den Körper des Armen herauszuziehen. Er horchte, ob sein Herz noch schlüge. – Es schlug nicht mehr.

Er wollte ihn nun noch beerdigen, um die Leiche des Freundes nicht auf der Steppe liegenzulassen, und erweiterte und vergrößerte das Loch, Nicolaus Pigassofs Sarg bei seinen Lebzeiten, zum Grabe für den Entseelten. Der treue Sersko sollte neben ihm seinen Platz finden.

Da entstand auf der eine halbe Werst entfernten Landstraße ein lauter Tumult.

Michael Strogoff horchte.

Aus dem Geräusch erkannte er, daß sich eine Abteilung Berittener nach der Dinka zu bewege.

»Nadia, Nadia!« sagte er heimlich.

Bei seiner Stimme erhob sich die noch immer im Gebet versunkene junge Liefländerin.

»Dort, sieh dort!« raunte er ihr zu.

»Ah, die Tartaren!« flüsterte sie.

Jene Reiter gehörten in der Tat zur Avantgarde des Emirs, welche schnell auf dem Wege nach Irkutsk dahintrabte.

»Sie werden mich nicht abhalten, ihn zu beerdigen«, sagte Michael Strogoff.

Schweigend setzte er seine Arbeit fort.

Bald ward der Körper des armen Nicolaus mit über der Brust gekreuzten Händen in die Grube gelegt. Auf die Knie geworfen, sprachen Michael Strogoff und Nadia ein letztes Gebet für das harmlose und gute Geschöpf, das die Ergebenheit gegen sie mit seinem Leben bezahlt hatte.

»Und nun«, sagte Michael Strogoff, indem er die Leiche mit Erde überfüllte, »nun sollen die Steppenwölfe dich nicht verzehren!«

Dann streckte er drohend die Hand aus gegen den vorüberziehenden Reiterschwarm.

»Vorwärts, Nadia!« sagte er.

Michael Strogoff durfte nun die von den Tartaren betretene Hauptstraße nicht mehr einhalten, sondern mußte sich quer durch die Steppe schlagen, um Irkutsk zu umgehen. Jetzt hatte es demnach mit der Überschreitung der Dinka keine besondere Eile.

Nadia konnte nicht weiterwandern, aber sie konnte doch für ihn sehen. Er nahm sie auf die Arme und wandte sich nach dem Südwesten der Provinz.

Mehr als 200 Werst lagen noch vor ihnen. Wie legte er sie zurück? Wie kam es, daß ihn die Anstrengung nicht überwältigte? Wie konnte er sich unterwegs ernähren? Welch übermenschliche Energie half ihm, die ersten Abhänge der Sayanskberge zu überklettern? – Weder Nadia noch er hätten auf diese Fragen die Antwort gewußt.

Und doch – zwölf Tage später, am 2. Oktober, breitete sich eine ungeheure Wasserfläche vor Michael Strogoffs Füßen aus.

Er stand am Baikalsee.

Zehntes Kapitel

Baikal und Angara

Der Baikalsee liegt 1700 Fuß über dem Meere. Seine Länge beträgt gegen 900 Werst und etwa 100 seine Breite. Seine Tiefe ist nicht bekannt. Frau von Bourboulon berichtet, nach den Sagen der Schiffer, daß derselbe »Frau Meer« genannt sein will und in Wut gerät, wenn man ihn »Herr See« tituliert. Nach der Legende ist indessen noch niemals ein Russe in demselben ertrunken.

Dieses gewaltige, von mehr als 300 Zuflüssen ernährte

Süßwasserbecken wird von einem prächtigen Rahmen vulkanischer Berge umschlossen. Es hat keinen anderen Abfluß als die Angara, welche bei Irkutsk vorüberströmt und sich etwas oberhalb der Stadt in den Jeniseï ergießt. Die Berge, welche den See einrahmen, bilden einen Arm der Tunzugen, einer Unterabteilung des orographischen Systems des Altaïgebirges.

In der jetzigen Jahreszeit machte sich die Kälte schon bemerkbar. Der Herbst schien wirklich, wie es in diesem, ganz eigentümlichen klimatischen Bedingungen unterworfenen Landstriche dann und wann vorzukommen pflegt, in einem vorzeitigen Winter zu verschwinden. Man schrieb jetzt die ersten Tages des Oktobers. Die Sonne verschwand schon um fünf Uhr vom Himmel, und die Temperatur sank während der langen Nacht wohl bis auf den Gefrierpunkt herab. Schon deckte der erste Schnee, der nun bis Anfang des nächsten Sommers dauern sollte, die benachbarten Gipfel des Baikal. Während des sibirischen Winters wird dieses leicht mehrere Fuß tief mit Eis bedeckte Binnenmeer von Schlitten und Karawanen vielfach belebt.

Geschehe es nun wegen des Verstoßes gegen die gute Lebensart, wenn man ihn »Herr See« nennt, oder aus irgend einem anderen meteorologischen Grunde, jedenfalls ist der Baikal oft von heftigen Stürmen bewegt. Seine, gleich denen aller Binnenmeere, nur kurzen Wellen werden von den Flößen, den Prahmen und Dampfern, die ihn im Sommer durchpflügen, nicht wenig gefürchtet.

An der Südwestspitze des Sees langte Michael Strogoff an, auf den Armen Nadia, deren ganze Lebensenergie sich in ihren Augen konzentrierte. Was konnten die beiden in diesem wilden Teile der Provinz anderes erwarten, als hier erschöpft und hilflos zu sterben? Und doch, wie wenig war noch übrig von der 6000 Werst langen Strecke, die der Kurier des Zaren zurücklegen mußte, um sein Ziel zu erreichen? Nur noch sechzig Werst längs der Südküste bis zum Abfluß der Angara, und achtzig Werst von diesem Punkte aus bis nach Irkutsk, zusammen einhundertvierzig Werst, d.h. eine Reise von drei Tagen für einen kräftigen, gesunden Mann, wenn er sie auch zu Fuße zurücklegen sollte.

Konnte aber Michael Strogoff noch für einen solchen Mann gelten?

Der Himmel schien ihm diese letzte Prüfung ersparen zu wollen. Das Unglück, sein hartnäckiger Begleiter, verschonte ihn einmal. Dieses Ende des Baikal, dieser Teil der Steppe, welchen er öde und verlassen glaubte und der es auch sonst immer ist – heut' war er es nicht.

Etwa fünfzig Personen standen an dem Winkel, der die südöstliche Spitze des Sees bildet.

Nadia bemerkte diese Gruppe erst, als Michael Strogoff sie tragend die letzten Abhänge eines Berges herunterstieg.

Einen Augenblick konnte das junge Mädchen wohl fürchten, hier wieder nur eine Abteilung Tartaren vor sich zu haben, welche entsendet wäre, an den Ufern des Baikal zu streifen, in welchem Falle ihnen beiden jetzt jedes Entfliehen unmöglich sein mußte.

Aber Nadia ward in dieser Hinsicht sehr bald beruhigt.

»Das sind Russen!« rief sie erfreut. Nach dieser letzten Anstrengung aber fielen ihre Augenlider zu und ihr Haupt sank an die Brust Michael Strogoffs nieder.

Doch auch sie waren bemerkt worden, und einige jener Leute, welche auf sie zukamen, führten den Blinden und das junge Mädchen nach einer Stelle des Ufers, an der ein Floß befestigt lag.

Das Floß schien zur Abfahrt bereit.

Diese Russen, Leute aus allen Ständen, waren Flüchtlinge, welche die nämliche Absicht hier an der Küste des Baikal vereinigt hatte. Von den tartarischen Plänklern vertrieben, suchten sie nach Irkutsk zu entkommen, und da das zu Lande ziemlich unmöglich war, seitdem die Feinde sich auf beiden Ufern der Angara festgesetzt hatten, so hofften sie ihr Ziel dadurch zu erreichen, daß sie den Weg auf dem Flusse benutzten, der die Stadt durchströmt.

Wie hüpfte Michael Strogoffs Herz vor Freude, als er diese Absicht vernahm! Noch einmal heiterten sich die Aussichten für ihn auf. Er hatte aber Selbstbeherrschung genug, diese Empfindung zu verbergen, da er für angezeigt hielt, sein Inkognito mehr als je zu bewahren.

Der Plan der Flüchtlinge war sehr einfach. Nahe dem nördlichen Ufer des Sees zeigte sich eine Strömung bis zum Abfluß der Angara hin, und diese wollten sie zunächst benutzen, um nach jenem Ausgußtore des Baikal zu gelangen. Von hier aus trugen sie die Wellen des Flusses bis Irkutsk mit einer Schnelligkeit von zehn bis zwölf Werst die Stunde dahin. Binnen anderthalb Tagen konnten sie in Sicht der Stadt sein.

Am Seeufer fehlte es natürlich an jedem Schiff oder Boot. Man mußte diese zu ersetzen suchen und zimmerte ein Floß, wie man deren häufig auf den sibirischen Strömen begegnet. Das nötige Holz lieferte ein Tannenwald in der Nähe. Die mittels Weidenzweigen so gut als möglich verbundenen Stämme bildeten eine Plattform, auf der hundert Menschen bequem Platz gefunden hätten.

Auf dieses Floß führte man auch Michael Strogoff und Nadia. Das junge Mädchen war wieder zu sich gekommen. Man reichte ihr sowie ihrem Begleiter etwas Nahrung. Dann ward ihr ein Lager aus Laubwerk zurecht gemacht, auf dem sie bald in tiefen Schlaf verfiel.

Denen, welche ihn ausfragten, sagte Michael Strogoff nichts von den ihm bekannten Ereignissen bei Tomsk. Er gab sich für einen Bewohner von Krasnojarsk aus, dem es nicht gelungen sei, vor dem Eintreffen der Truppen des Emirs auf dem linken Dinka-Ufer zu entkommen, und er fügte nur hinzu, daß die Hauptmacht des Tartarenheeres wahrscheinlich schon vor der Hauptstadt Sibiriens Stellung genommen haben werde.

Es galt also keinen Augenblick zu verlieren. Übrigens nahm die Kälte empfindlich zu. In der Nacht sank das

Thermometer bis unter Null. Auf der Oberfläche des Baikal bildeten sich schon schwache Eisschollen. Fand das Floß auch auf dem See keine besonderen Schwierigkeiten, so drohte sich das doch zwischen den Ufern der Angara mißlicher zu gestalten, wenn sich die Schollen dort in dem engeren Fahrwasser anhäuften.

Alle Umstände drängten also darauf hin, daß die Flüchtlinge baldmöglichst abreisten.

Um acht Uhr abends löste man die Seile, und von der Strömung geführt, folgte das Floß dem Ufer des Sees. Einige lange, von mehreren Mujiks regierte Stangen reichten hin, dasselbe in bestimmter Richtung zu halten.

Ein alter Schiffer vom Baikal hatte das Kommando übernommen. Es war ein Mann von sechzig Jahren, mit wettergebräuntem Gesicht. Ein dichter weißer Bart fiel auf seine Brust herab. Eine Pelzmütze trug er auf dem Kopfe und zeigte im ganzen ein ernstes und strenges Aussehen. Der lange, durch einen Gürtel zusammengehaltene Überrock reichte ihm bis zu den Füßen. Schweigend saß er auf dem Hinterteile und erteilte seine Weisungen durch Gesten, ohne binnen zehn Stunden zehn Worte zu sprechen. Übrigens reduzierten sich die ganzen Schiffsmanöver darauf, das Floß in der Strömung zu erhalten, welche dem Ufer folgte, und es an einer Abweichung nach der offenen See zu hindern.

Wir erwähnten schon, daß Russen der verschiedensten Art auf dem Floße Platz gefunden hatten. Neben Landleuten aus der Umgegend, einer Anzahl Männer, Frauen und Kinder, fanden sich zwei oder drei von dem feindlichen Einfalle auf der Reise überraschte Pilger, einige Mönche und ein Pope. Die Pilger trugen den Reisestab, die Kürbisflasche im Gürtel und sangen mit klagender Stimme Psalmen. Der eine kam aus der Ukraine, der andere vom Toten Meere, ein dritter aus den finnischen Provinzen. Der letztere, ein schon bejahrter Mann, trug am Gürtel eine kleine Sammelbüchse mit Vorlegeschloß, wie man sie an den Eingängen der Kirchen trifft. Alles, was er auf seiner langen und anstrengenden Reise einsammelte, gehörte nicht ihm, und er besaß nicht einmal den Schlüssel zu der Büchse, welche erst bei seiner Rückkehr geöffnet werden sollte.

Die Mönche kamen aus dem hohen Norden. Vor drei Monaten schon hatten sie die Stadt Archangel verlassen, von der manche Reisende berichten, daß sie einen auffallend orientalischen Typus habe. Sie hatten die heiligen Inseln nahe der Küste Kareliens besucht, den Konvent von Solowetsk, den von Troïtsa, die des heiligen Antonius und des heiligen Theodosius in Kiew, der Lieblingsstadt der Jagellonen, das Kloster des Simeonof in Moskau, das von Kasan, sowie die dortige Kirche der Altgläubigen, und begaben sich nun, bekleidet mit einer Kutte mit Capuchon aus Sarsche, endlich nach Irkutsk.

Der Pope war ein einfacher Dorfpriester, einer der 600000 Pastoren, welche das russische Reich zählt. Seine Kleidung sah erbärmlicher aus, als die der Mujiks, deren gesellschaftliche Stellung die seinige auch wirklich nicht überragte, da er in der Kirche weder Rang noch Macht besitzt, und sein Stück Land ebensogut bebaut, wie er tauft, Ehen schließt und Beerdigungen leitet. Sein Weib und seine Kinder hatte er den Gewalttaten der Tartaren dadurch zu entziehen gewußt, daß er sie nach den nördlichen Provinzen schaffte, während er in seiner Parochie bis zum letzten Augenblick aushielt. Dann hatte er jedenfalls fliehen müssen, und da die Straße nach Irkutsk versperrt war, den Baikalsee zu erreichen gesucht.

Diese verschiedenen kirchlichen Personen saßen auf dem Vorderteil des Floßes zusammen, beteten in regelmäßigen Zwischenräumen, erhoben ihre Stimmen mitten in der schweigenden Nacht, und am Ende jedes Verses ihres Gebets hörte man ihre Lippen ein »Slava Bogu«, das ist Ehre sei Gott, flüstern.

Kein Zwischenfall unterbrach diese Wasserfahrt. Nadia lag noch immer in tiefer Erschöpfung. Michael Strogoff wachte neben ihr. Der Schlaf kam nur sehr selten in seine Augen und seine Gedanken wachten dabei immer.

Bei Tagesanbruch befand sich das Boot infolge eines steifen Gegenwindes, der die Wirkung der Strömung hemmte, noch vierzig Werst von dem Ausflusse der Angara. Voraussichtlich konnte es dieselbe vor drei oder vier Uhr nachmittags nicht erreichen. Den Flüchtlingen kam das insofern zustatten, als sie den Fluß hinunter während der Nacht fuhren, deren Dunkel ihre Reise nach Irkutsk begünstigen mußte.

Die einzige Besorgnis des alten Schiffers betraf nur die Bildung von Eisschollen auf dem Wasser, da die Nacht ganz besonders kalt zu werden schien. Getrieben vom Winde, sah man zahlreiche Schollen schon jetzt nach Westen ziehen. Diese waren nicht zu fürchten, da sie in die Angara, deren Mündung sie schon passiert hatten, nicht gelangen konnten. Wohl aber wurden vielleicht diejenigen, welche aus dem Osten des Sees kamen, von der Strömung angezogen und preßten sich zwischen die Flußufer. Das brachte dann wohl Schwierigkeiten, Verzögerungen oder gar unübersteigliche Hindernisse hervor, die das Floß aufzuhalten drohten.

Michael Strogoff war es also vom höchsten Interesse, den Zustand des Sees zu kennen, für den Fall, daß Eisschollen in größerer Anzahl auftreten sollten. Er fragte Nadia nach deren Erwachen wiederholt, und ließ sich von ihr alles mitteilen, was auf der Wasserfläche vorging.

Während dieses Dahintreibens der Eisschollen beobachtete man auf dem Baikalsee noch mancherlei eigentümliche Erscheinungen, unter andern das Aufbrodeln siedender Quellen, welche aus mehreren im Bette des Sees gelegenen artesischen Brunnen aufsprangen. Diese Wassersäulen erhoben sich zu beträchtlicher Höhe und zerteilten sich in Dampfwolken, welche einen Augenblick lang in den Strahlen der Sonne irisierten und dann sofort von der Kälte verdichtet wurden. Gewiß hätte dieses Schauspiel das Auge jedes Touristen ergötzt, der in friedlichen Zeiten das sibirische Binnenmeer zum Vergnügen bereiste.

Gegen vier Uhr nachmittags signalisierte der alte Seemann den Abfluß der Angara zwischen den hohen Granitfelsen des Ufers. An der Küste zur Rechten erkannte man den kleinen Hafen Livenitchnaia, dessen Kirche und die wenigen am steilen Strande erbauten Häuser.

Leider wälzten sich schon die ersten von Osten gekommenen Eisschollen zwischen die Ufer der Angara und schwammen also nach Irkutsk hinab. Doch erschien ihre Anzahl noch nicht hinreichend, um den Fluß zu verstopfen, sowie die Kälte nicht intensiv genug, um sie wesentlich zu vermehren.

Das Floß erreichte den kleinen Hafen und hielt dort an. Der alte Seemann wollte hier eine Stunde verweilen, um einige unabweisliche Reparaturen vorzunehmen. Die Stämme drohten auseinanderzuweichen und mußten notwendig fester verbunden werden, um der sehr schnellen Strömung der Angara sicherer zu widerstehen.

Während der schönen Jahreszeit dient der Hafen von Livenitchnaia als Ein- und Ausschiffungspunkt der Reisenden auf dem Baikalsee, die sich von hier entweder nach Kiachta begeben, nach der letzten Stadt an der russisch-chinesischen Grenze, oder von dort aus kommen. Er ist dann sowohl durch Dampfboote, als auch durch Küstenfahrer aller Art sehr belebt.

Heute war auch Livenitchnaia verlassen. Seine Bewohner entflohen vor den Verwüstungen der Tartaren, welche beide Ufer der Angara unsicher machten. Die Flotille von Schiffen und Booten, welche sonst in ihrem Hafen überwinterte, hatten sie nach Irkutsk verlegt und sich noch rechtzeitig, reichlich mit allem Notwendigen versorgt, nach der Hauptstadt Ostsibiriens zurückgezogen.

Der alte Seemann erwartete also gewiß nicht, hier noch weitere Flüchtlinge aufnehmen zu sollen, und doch kamen, als das Floß nur anlegte, zwei Passagiere mit aller Hast aus einem verödeten Hause herabgelaufen.

Nadia sah von ihrem Platze auf dem Hinterteile nur

mit halbem Auge dahin.

Da entfuhr ihr ein leiser Schrei. Sie ergriff die Hand Michael Strogoffs, der verwundert den Kopf emporrichtete.

»Was hast du, Nadia?« fragte er.

»Unsere beiden Reisegefährten, Michael.«

»Jener Franzose und jener Engländer, denen wir in dem Engpasse des Ural begegneten?«

»Dieselben.«

Michael Strogoff erzitterte, denn jetzt lief das strenge Inkognito, aus dem er nicht heraustreten wollte, Gefahr, enthüllt zu werden.

Jetzt konnten ihn Alcide Jolivet und Harry Blount ja nicht mehr für den Kaufmann Nicolaus Korpanoff erkennen, sondern als den wahren Michael Strogoff, den Kurier des Zaren. Schon zweimal seit ihrer Trennung auf dem Relais zu Ichim sahen ihn ja die beiden Journalisten wieder, das eine Mal auf dem Felde bei Zabediero, als er Iwan Ogareff mit der Knute über das Gesicht schlug, das andere Mal in Tomsk, als er vom Emir verurteilt wurde. Sie wußten also, wer er war und in welcher Eigenschaft er reiste.

Michael Strogoff kam bald zu einem notwendigen Entschlusse.

»Nadia«, begann er, »sobald der Franzose und der Engländer sich eingeschifft haben, so bitte sie, zu mir zu kommen.«

Jene waren wirklich Harry Blount und Alcide Jolivet, welche nicht der Zufall, sondern die Gewalt der Umstände, ebenso wie Michael Strogoff, nach dem Hafen von Livenitchnaia geführt hatte.

Man erinnert sich, daß sie bei dem Einzuge der Tartaren in Tomsk kurz vor der gräßlichen Gerichtsvollstrekkung, welche jenes Fest schloß, abreisten. Sie zweifelten gar nicht daran, daß ihr alter Reisegefährte ums Leben gebracht worden sei, und wußten also nicht, daß er auf Befehl des Emirs damals nur gblendet wurde.

Noch an demselben Abend verließen sie damals,

nachdem sie Pferde erhalten, Tomsk, entschlossen, ihre weiteren Berichte über den Feldzug nur aus dem Lager der Russen zu entsenden.

Alcide Jolivet und Harry Blount wandten sich in größter Eile nach Irkutsk. Sie hofften Feofar-Khan zuvorzukommen und hätten das auch unzweifelhaft durchgesetzt, wenn sie nicht die dritte Abteilung des Tartarenheeres, welche durch das Tal des Jenifeï ganz unerwartet aus Süden heraufzog, aufgehalten hätte. Ebenso wie Michael Strogoff wurden sie vor Überschreitung der Dinka abgeschnitten und mußten infolgedessen nach dem Baikalsee herabziehen.

Bei ihrer Ankunft in Livenitchnaia fanden sie den Hafen schon verlassen. Von einer anderen Seite erwies es sich ihnen unmöglich, nach Irkutsk hineinzugelangen, da die Stadt schon von der Tartarenarmee belagert wurde. Sie hielten sich hier bereits drei Tage auf, als das Floß ankam.

Die Absicht der Flüchtlinge ward ihnen sofort mitgeteilt. Ohne Zweifel vermehrte der Umstand, daß es nun Nacht wurde, die Aussicht auf einen glücklichen Erfolg und auf die Möglichkeit, nach Irkutsk hineinzukommen. Sie beschlossen also, die Sache zu wagen.

Alcide Jolivet setzte sich sofort mit dem alten Seemann in Verbindung, um für sich und seinen Begleiter Erlaubnis mitzufahren zu erlangen, und bot ihm als Bezahlung jeden Preis, den er fordern würde, an.

»Hier bezahlt man nicht«, erwiderte ihm ernst der alte Seemann, »man wagt nur sein Leben, nichts weiter.« Die beiden Journalisten schifften sich ein und Nadia sah sie auf dem Vorderteile des Schiffes Platz nehmen.

Harry Blount war noch immer der steife, frostige Engländer, der während der ganzen Fahrt durch den Ural kaum ein Wort an sie gerichtet hatte.

Alcide Jolivet erschien etwas ernster als gewöhnlich, was unter den gegebenen Verhältnissen wohl nicht allzu sehr Wunder nehmen durfte.

Kaum hatte letzterer sich auf dem Vorderteile des

Schiffes eingerichtet, als er eine Hand auf seiner Schulter fühlte.

Er drehte sich um und erkannte Nadia, die Schwester jenes früheren Nicolaus Korpanoff, jetzt Michael Strogoff, des Kuriers des Zaren.

Fast hätte er vor Verwunderung einen Schrei ausgestoßen, als er das junge Mädchen einen Finger an ihre Lippen legen sah.

»Kommen Sie mit mir«, bat Nadia.

Mit gleichgültigem Gesicht und einem Zeichen gegen Harry Blount, ihm nachzufolgen, ging Alcide Jolivet mit ihr.

War das Erstaunen der beiden Journalisten aber schon groß genug, Nadia auf dem Floße zu begegnen, so überschritt es alle Grenzen, als sie auch Michael Strogoffs ansichtig wurden, den sie längst nicht mehr am Leben glaubten.

Michael Strogoff sprach bei ihrer Annäherung nicht.

Alcide Jolivet wendete sich an das junge Mädchen.

«Er sieht sie nicht, meine Herren«, sagte sie. »Die Tartaren haben ihm die Augen verbrannt! Mein armer Bruder ist blind!«

Das lebhafte Gefühl des Mitleids malte sich in Alcide Jolivets und seines Gefährten Zügen. Einen Augenblick später saßen beide neben Michael Strogoff, drückten ihm die Hand und erwarteten, was er ihnen zu sagen habe.

»Meine Herren«, begann dieser mit verhaltener Stimme, »Sie dürfen nicht wissen, wer ich bin, noch zu welchem Zwecke ich mich nach Sibirien begeben hatte. Ich ersuche Sie, mein Geheimnis zu bewahren. Versprechen Sie mir das?«

»Auf Ehre«, antwortete Alcide Jolivet.

»Auf Gentlemans Wort«, fügte Harry Blount hinzu.

»Ich danke, meine Herren.«

»Können wir Ihnen nach irgendwelcher Seite nützlich sein?« fragte Harry Blount. »Wünschen Sie, daß wir Sie bei der Ausführung Ihrer Aufträge unterstützen?«

»Ich ziehe es vor, allein zu handeln«, erwiderte Michael Strogoff.

»Aber jene Schurken haben Ihre Augen zerstört«, sagte Alcide Jolivet.

»Ich habe ja Nadia; ihre Augen sind für mich genug!«

Eine halbe Stunde später trieb das Floß, nachdem es den kleinen Hafen verlassen, in den Fluß hinein. Es war gegen fünf Uhr abends. Schon brach die Nacht herein. Sie versprach sehr dunkel und kalt zu werden, denn die Temperatur sank schon jetzt bis unter Null.

Wenn Alcide Jolivet und Harry Blount sich verpflichtet hatten, Michael Strogoffs Geheimnis zu bewahren, so verließen sie ihn doch nicht. Sie plauderten mit leiser Stimme, und durch ihre Mitteilungen erlangte der Blinde, mit Zuhilfenahme dessen, was er schon wußte, eine vollständige Vorstellung von dem tatsächlichen Zustande der Dinge.

Es lag außer Zweifel, daß die Tartaren Irkutsk bedrängten und die drei Kolonnen ihre Vereinigung vollzogen hatten. Höchstwahrscheinlich standen der Emir und Iwan Ogareff schon jetzt im Angesichte der Stadt.

Warum aber diese Eile, dorthin zu kommen, welche der Kurier des Zaren zeigte, jetzt wo er nicht imstande war, jenen kaiserlichen Brief dem Großfürsten noch zu übergeben, den Brief, dessen Inhalt ihm nicht einmal bekannt war? Weder Alcide Jolivet noch Harry Blount begriffen das, ebensowenig als früher Nadia.

Der Vergangenheit wurde zuerst mit keinem Worte gedacht, bis Alcide Jolivet zu Michael Strogoff folgendermaßen begann:

»Wir müssen uns wohl noch entschuldigen, Ihnen bei unserer Trennung auf dem Relais zu Ichim zum Abschiede nicht einmal die Hand geboten zu haben.

»Nein, Sie waren ganz berechtigt, mich für einen Feigling zu halten!«

»Jedenfalls haben Sie«, fuhr Alcide Jolivet fort, »das Gesicht jenes Schurken verdientermaßen mit der Knute bearbeitet, so daß er noch lange die Spuren davon tragen wird.«

»Nein, nicht mehr lange!« antwortete einfach Michael Strogoff.

Bald nach der Abfahrt aus Livenitchnaia erfuhren Alcide Jolivet und sein Gefährte alle die harten Prüfungen des Schicksals, welche Michael Strogoff nebst seiner Begleiterin durchgemacht hatte. Ohne Rückhalt bewunderten sie seine Energie, der nur die Ergebenheit des jungen Mädchens einigermaßen die Waage hielt. Über Michael Strogoff aber urteilten sie in demselben Sinne, wie sich schon der Zar in Moskau äußerte: »In der Tat, das ist ein Mann!«

Mitten in den dahintreibenden Eisschollen fuhr das Floß ungemein schnell mit der Strömung der Angara hinab. Ein wechselndes Panorama entrollte sich zu beiden Seiten des Flusses, und infolge einer optischen Täuschung schien es, als ruhe der schwimmende Apparat und jene Folge pittoresker Bilder ziehe unaufhörlich an ihm vorüber. Hier zeigten sich sonderbar gestaltete hohe Granitfelsen, dort wilde Schluchten, aus denen ein schäumender Bergstrom hervorsprang, manchmal öffnete sich ein weites Tal vor ihren Blicken, in dem ein zerstörtes Dorf noch rauchte, oder ein dichter Wald von Tannen, aus dem die Flammen emporwirbelten. Hinterließen auch die Tartaren überall hinreichend erkennbare Spuren, so sah man sie doch selbst noch nicht, da sie sich besonders in den näheren Umgebungen von Irkutsk zusammendrängten.

Indessen unterbrachen die frommen Pilger niemals ihre lauten Gebete, und der alte Seemann hielt das Floß, von dem er die zu nahe herantreibenden Eisschollen mit kräftiger Hand abstieß, immer streng in der Mitte der Strömung der Angara.

Elftes Kapitel

Zwischen zwei Ufern

Gegen acht Uhr abends hüllte, wie es der Zustand des Himmels schon voraussehen ließ, eine tiefe Finsternis die ganze Umgebung ein. Da es jetzt Neumond war, stieg auch dieser nicht über den Horizont empor. Von der Mitte des Flusses aus konnte man die Ufer nicht erkennen. Die schroffen Felsen an den Seiten verschwammen in mäßiger Höhe mit den schwarzen, tief herabhängenden Wolken, welche kaum ihre Stelle wechselten. Von Zeit zu Zeit rauschte ein Windstoß von Osten her und schien in dem engen Tale der Angara zu ersterben.

Die Dunkelheit begünstigte nach der einen Seite gewiß das Vorhaben der Flüchtlinge. Patrouillierten auch die Wachposten der Tartaren längs der Ufer, so ließ sich doch annehmen, daß das Floß ungesehen von ihnen vorübergleiten werde. Ebenso wenig stand zu befürchten, daß die Belagerer stromaufwärts von Irkutsk den Fluß gesperrt haben sollten, da sie recht gut wußten, daß die Russen aus dem Süden der Provinz keine Hilfe zu erwarten hatten. In kurzer Zeit mußte freilich die Natur schon allein diese Flußsperre herstellen, wenn die Kälte die einzelnen Schollen fest aneinanderlötete.

An Bord des Floßes herrschte jetzt das tiefste Schweigen. Als man weiter in den Fluß eindrang, ließen sich auch die Stimmen der Pilger nicht mehr vernehmen. Sie beteten zwar noch immer, aber nur mit solch leisem Gemurmel, daß dasselbe am Ufer unmöglich gehört werden konnte. Auf der Plattform ausgestreckt unterbrachen auch die Körper der Flüchtlinge kaum die ebene Fläche des Wassers. Der alte Seemann, der sich jetzt am Vorderteile neben seinen Leuten aufhielt, begnügte sich, nur die Eisschollen zu vermeiden, was ohne Geräusch zu erreichen war.

Der Eisgang auf dem Flusse durfte sogar als ein weiterer günstiger Umstand betrachtet werden, solange er dem Floße nicht zum unübersteigbaren Hindernis wurde. Wäre es überhaupt möglich gewesen, den Apparat auf dem freien Wasser des Flusses wahrzunehmen, so verdeckten ihn jetzt zum Teil die Schollen jeder Größe und Form und das Aneinanderprallen und Krachen derselben übertönte gleichzeitig jedes sonst vielleicht hörbare verdächtige Geräusch.

Nun wurde die Luft aber wirklich empfindlich kalt. Die Flüchtlinge, deren Schutz nur in wenigen Birkenzweigen bestand, litten sehr hart. Sie drängten sich dicht aneinander, um die Erniedrigung der äußeren Temperatur, welche während der Nacht bis auf 10° unter Null herabging, besser zu ertragen. Der schwache Wind, der über die schneebedeckten Berge im Osten herwehte, stach sie wie mit tausend Nadeln.

Michael Strogoff und Nadia ertrugen, auf dem Hinterteil des Floßes gelagert, diesen Zuwachs ihrer Leiden ohne jede Klage. Neben ihnen suchten Alcide Jolivet und Harry Blount dem ersten Angriff des sibirischen Winters nach Kräften Widerstand zu leisten. Weder die einen noch die anderen sprachen ein Wort, nicht einmal heimlich. Die gegenwärtige Situation beschäftigte vollständig ihren Geist. Jeden Augenblick konnte ein Zwischenfall, eine Gefahr eintreten, vielleicht eine Katastrophe, welche allen verderblich werden mußte.

Für einen Mann, der nun endlich so nahe daran ist, sein längst erstrebtes Ziel zu erreichen, verhielt sich Michael Strogoff auffallend ruhig. Auch in den schlimmsten Lagen hatte ihn seine Energie ja niemals verlassen. Er sah schon den Augenblick vor sich, wo es ihm endlich gestattet sein würde, an seine Mutter, an Nadia, an sich selbst zu denken! Er fürchtete nur noch eine einzige letzte Störung, das Floß möchte durch die Anhäufung von Schollen noch vor dem Eintreffen in Irkutsk aufgehalten werden. Er dachte nur hieran und war im übrigen vollkommen entschlossen, im Notfalle noch durch ein letztes kühnes Wagstück seine Absicht durchzusetzen.

Nach mehreren Stunden der Ruhe hatte Nadia ihre

physischen Kräfte wiedergewonnen, welche das Unglück wohl manchmal brechen konnte, ohne ihr jemals den Mut zu rauben. Sie dachte ebenfalls daran, daß Michael Strogoff nichts unversucht lassen werde, um seiner Pflicht nachzukommen, und daß sie bei der Hand sein müsse, ihn zu führen. Je mehr sie sich aber Irkutsk näherte, desto deutlicher trat ihr auch das Bild ihres Vaters vor das geistige Auge. Sie sah ihn in der belagerten Stadt, fern von denen, die er liebte, jedoch – woran sie niemals zweifelte – mit dem ganzen Feuer seines Patriotismus kämpfend gegen die feindlichen Angreifer. Half ihr jetzt der Himmel, so konnte sie in einigen Stunden in seinen Armen liegen, ihm die letzten Worte ihrer Mutter mitzuteilen, und dann sollte nichts sie wieder von ihm trennen. Endigte die Verbannung Wassili Fedors niemals, so wollte auch sie dieselbe mit ihm teilen. Doch gedachte sie ganz natürlich auch dessen, dem sie es verdankte, ihren Vater überhaupt wiederzusehen, ihres edelmütigen Reisegefährten, ihres »Bruders«, der nach Vertreibung der Tartaren den Weg nach Moskau wieder einschlagen würde, um sie vielleicht nie wieder zu sehen!...

Alcide Jolivet und Harry Blount endlich beschäftigten sich nur mit dem einen Gedanken, daß die Situation höchst dramatisch sei und, gut in Szene gesetzt, einen ungemein interessanten Bericht abgeben müsse. Der Engländer dachte dabei an die Leser des Daily-Telegraph, der Franzose an die seiner Cousine Madeleine. Übrigens konnten sie sich einer gewissen Erregtheit doch nicht ganz erwehren.

»Nun, desto besser«, dachte Alcide Jolivet, »man muß selbst bewegt sein, um andere zu bewegen! Ich glaube, dieser Gedanke ist auch in irgend einem berühmten Verse ausgesprochen, aber, zum Teufel, ich erinnere mich nicht...«

Dabei suchte er mit seinen berühmten Reporteraugen immer das Dunkel zur Seite des Flusses zu durchdringen.

Dann und wann unterbrach ein greller Lichtschein die Finsternis und zauberte ein phantastisches Bild der dunklen Wälder hervor. Hier stand ein ganzer Wald in Flammen, dort verheerte das Feuer ein Dorf, immer die traurigen Wiederholungen der Schreckensbilder des Tages, nur daß diese gegen das Dunkel der Nacht desto auffallender kontrastierten. Die Angara war dabei von einem Ufer bis zum andern erhellt. Die Eisschollen bildeten ebenso viele Spiegel, welche die Flammen in allen Winkeln und allen Farben wiedergaben, und deren Reflexe je nach der Bewegung der Strömung wechselten. Unter der Masse dieser schwimmenden Körper zog das Floß unbemerkt dahin.

Hier drohte also keine besondere Gefahr.

Aber eine ganz andere war im Anzuge. Diese konnten sie nicht vorhersehen und vorzüglich auf keine Weise abwenden. Alcide Jolivet erkannte sie ganz zufällig und zwar durch folgenden Umstand:

Auf der rechten Seite des Floßes liegend, ließ derselbe einmal seine Hand ins Wasser hängen. Plötzlich erhielt er einen Eindruck, als wenn eine klebrige Substanz, etwa ein Mineralöl, seine Haut benetzte.

Alcide Jolivet nahm auch noch den Geruch zu Hilfe – er konnte sich nicht täuschen. Das war eine Lage flüssiger Naphtha, welche auf der Oberfläche der Angara schwamm und mit der Strömung hinabtrieb.

Schwamm das Floß also wirklich ganz auf dieser Substanz, welche so ungemein leicht entzündlich ist? Woher rührte diese Naphtha? Hatte sie ein natürliches Phänomen an die Oberfläche der Angara geführt, oder sollte sie als Zerstörungsmittel dienen, durch das die Tartaren vielleicht Irkutsk in Brand zu setzen suchten? Eine Art der Kriegführung freilich, welche unter gesitteten Völkern nicht wohl vorkommen könnte.

Das waren die beiden Fragen, die Alcide Jolivet sich vorlegte, doch hielt er es für geraten, von seiner Entdekkung nur Harry Blount Mitteilung zu machen, und beide kamen auch überein, ihre Reisegefährten nicht unnötig durch diese neue Gefahr zu ängstigen.

Bekanntlich ist der Boden Zentralasiens wie ein Schwamm imprägniert von flüssigen Kohlenwasserstoffen. Im Hafen von Baku, an der persischen Grenze, an der Halbinsel Abcheron, am Kaspisee, in Kleinasien, in China, in Yug-Hyan, in Birma dringen die Ölquellen zu Tausenden an die Oberfläche. Dort ist das »Ölgebiet«, ein Pendant zu dem Teile Nordamerikas, der diesen Namen wirklich trägt.

Bei gewissen religiösen Festen gießen die Eingeborenen im Hafen zu Baku, welche Feueranbeter sind, flüssige Naphtha auf die Oberfläche des Meeres, die in Folge ihres geringeren spezifischen Gewichtes darauf schwimmt. Hat sich die brennbare Schicht dann über das Wasser verbreitet, so zünden sie dieselbe mit Anbruch der Nacht an und bereiten sich auf diese Weise das unvergleichliche Schauspiel eines Ozeans von Feuer, der sich mit dem Winde auf und niederbewegt.

Was aber in Baku eine Festlichkeit ist, das mußte zum Unheil auf den Wellen der Angara werden. Ob hier nun Feuer aus verbrecherischer Absicht oder aus Unvorsichtigkeit angezündet wurde, jedenfalls hätte es sich in einem Augenblicke bis über Irkutsk hinaus verbreitet.

Auf dem Floße selbst konnte man wohl vor jeder Unvorsichtigkeit sicher sein; desto mehr waren die verschiedenen Feuersbrünste an beiden Ufern der Angara zu fürchten, denn es genügte ja schon ein brennendes Holzstückchen, vielleicht ein bloßer Funke, den Naphthastrom in Flammen zu setzen.

Die Besorgnisse Harry Blounts und Alcide Jolivets gegenüber dieser neuen Gefahr lassen sich wohl eher empfinden als schildern. Erschien es nicht ratsamer, vorläufig an eines der Ufer zu gehen, dort sich auszuschiffen und eine Zeit lang zu warten? – Sie legten sich wohl diese Frage vor.

»Wie drohend die Gefahr auch sei«, sagte Alcide Jolivet, »jedenfalls weiß ich einen, der sich nicht mit ausschiffen würde.«

Er spielte hiermit auf Michael Strogoff an.

Inzwischen schwamm das Floß schnell zwischen den Eisschollen hinab, die sich immer enger und enger zusammendrängten.

Bisher hatte man an den Uferabhängen der Angara noch nirgends tartarische Abteilungen zu Gesicht bekommen, ein Beweis, daß das Floß deren Vorpostenkette noch nicht erreicht haben könne. Gegen zehn Uhr abends glaubte Harry Blount jedoch eine Menge dunkler Gestalten wahrzunehmen, die sich auf den Eisschollen bewegten, und indem sie von der einen nach der andern sprangen, schnell näher herankamen.

»Tartaren!« dachte er.

Er schlich sich in die Nähe des alten Seemanns auf dem vorderen Teile und lenkte dessen Aufmerksamkeit auf jene verdächtigen Bewegungen.

Der Alte richtete seine scharfen Augen darauf.

»Das sind nur Wölfe«, sagte er. »Die sind mir lieber als die Tartaren. Doch werden wir uns zu verteidigen suchen müssen, ohne dabei Geräusch zu machen.«

Wirklich mußten die Flüchtlinge nun auch noch einen Kampf aufnehmen gegen die wilden Bestien, welche der Hunger und die Kälte nach diesen Gegenden verschlagen hatte. Die Wölfe witterten das Floß, und bald fielen sie dasselbe an. Die Flüchtlinge mußten sich also, ohne von Feuerwaffen Gebrauch zu machen, zur Wehr setzen. Frauen und Kinder wurden in der Mitte des Floßes untergebracht, die Männer bewaffneten sich mit Stangen, Messern oder einfachen Stöcken und stellten sich bereit, die Angreifer heimzuschicken. Kein Ausruf ließ sich hören, nur das Geheul der Wölfe erschütterte die Luft.

Michael Strogoff hatte nicht untätig bleiben wollen. Er streckte sich an der von den Raubtieren angegriffenen Seite des Floßes nieder, ergriff sein furchtbares Messer, und wußte dieses allemal, wenn ein Wolf in erreichbarer Nähe vorüberkam, demselben in den Hals zu stoßen. Harry Blount und Alcide Jolivet feierten ebenso wenig wie ihre übrigen mutigen Begleiter. Das ganze

Blutbad ging in tiefstem Schweigen vor sich, obgleich mehrere der Flüchtlinge ernsthafte Bißwunden davontrugen.

Der Kampf schien auch nicht so bald sein Ende zu erreichen. Die Lücken in der Bande der Wölfe füllten sich immer von neuem und jedenfalls war die ganze Uferstrecke durch sie unsicher gemacht.

»Das hat auch gar kein Ende!« sagte Alcide Jolivet, während er den bluttriefenden Dolch schwang.

Eine halbe Stunde nach Beginn des Angriffs streiften die Wölfe noch immer in ganzen Banden über das Treibeis.

Die erschöpften Flüchtlinge erlahmten sichtlich. Der Kampf wendete sich zu ihrem Nachteil. Eben stürzten zehn ungeheure, vor Wut und Hunger rasende Wölfe mit feurigen Augen, die in der Dunkelheit wie glühende Kohlen leuchteten, auf die Plattform des Floßes. Ohne Zögern eilten Alcide Jolivet und Harry Blount auf diese zu, während Michael Strogoff sich denselben kriechend zu nähern suchte, als die Szene sich plötzlich veränderte.

Binnen wenigen Sekunden hatten die Wölfe nicht nur das Floß, sondern auch die Eisschollen im Strome eiligst verlassen. Alle die schwarzen Gestalten verschwanden und zerstreuten sich offenbar in der Umgebung des rechten Flußufers.

Es rührte das daher, daß Wölfe nur in der Dunkelheit einen Kampf wagen, und jetzt die ganze Fläche der Angara plötzlich in hellem Lichte glänzte.

Es war der Widerschein einer ausgedehnten Feuersbrunst. Der ganze Flecken Poschkafsk stand in hellen Flammen. Hier schwärmten also Tartaren umher, die ihr gewohntes Mordbrennerhandwerk trieben, und weiter flußabwärts die beiden Ufer besetzt hielten. Die Flüchtlinge traten jetzt in die gefährliche Zone ihrer nächtlichen Fahrt, und dabei lag die Hauptstadt noch dreißig Werst von ihnen entfernt.

Es war jetzt gegen halb zwölf Uhr nachts. Das Floß glitt wieder versteckt zwischen den Eisschollen, von denen es sich kaum unterschied, dahin. Nur dann und wann flog ein heller Lichtschein über dasselbe hin. Auf der Plattform hingestreckt wagte keiner der Insassen eine Bewegung zu machen, die sie hätte verraten können.

Die erwähnte Ortschaft brannte außerordentlich schnell nieder. Ihre aus Fichtenholz erbauten Häuser flackerten wie brennendes Harz empor. Gegen fünfzig derselben standen auf einmal in Flammen. Zu dem Knistern und Krachen der Feuersbrunst mischte sich das Gebrüll der Tartaren.

Der alte Seemann lenkte, indem er seine Stange an den größeren Eisschollen einsetzte, das Floß mehr nach der rechten Seite, so daß sie eine Entfernung von drei- bis vierhundert Fuß von dem durch den Brand erleuchteten Flußufer trennte.

Nichtsdestoweniger hätten die Flüchtlinge, auf die zuweilen ein greller Lichtschein fiel, wohl bemerkt werden müssen, wenn die Brandstifter nicht allzu eifrig mit der Zerstörung des Ortes beschäftigt gewesen wären. Jeder wird sich aber leicht die Besorgnis Alcide Jolivets und Harry Blounts vorstellen können, wenn diese an den so flüchtigen Brennstoff dachten, auf dem das Floß noch immer schwamm.

Ganze Funkengarben sprühten aus den Häusern auf, welche ebenso vielen brennenden Schmelzöfen glichen. Mitten in den Rauchwirbeln stiegen diese Funken fünf- bis sechshundert Fuß hoch in die Luft empor. Am rechten Ufer selbst schienen die Bäume, im Widerscheine des rötlichen Lichtes, selbst in Flammen zu stehen. Nun reichte ja schon ein Funken hin, der auf die Angara niederfiel, die Feuersbrunst auch dem Strome mitzuteilen und Verderben bis zum andern Ufer zu tragen. Die Zerstörung des Floßes und der Tod seiner Insassen mußte dann die notwendige Folge sein.

Zum Glück wehte der schwache Nachtwind nicht nach dieser Seite. Er blies fortwährend aus Osten und trieb die Flammen von dem linken Ufer ab. Möglicherweise konnten die Flüchtlinge also dieser entsetzlichen Gefahr entgehen.

Wirklich ließen sie die brennende Ortschaft bald hinter sich. Nach und nach erblaßte der Feuerschein, das Knistern und Krachen verstummte, und bald verschwand auch der letzte Schimmer hinter dem hohen Ufer der Angara, welche hier einen scharfen Bogen bildet.

So kam die Mitternacht heran. Die tiefe Finsternis schützte wieder das Floß. An beiden Ufern trieben sich da und dort Tartaren umher. Man sah sie zwar nicht, hörte sie aber, übrigens glänzten auch die Feuer der äußersten Vorposten hell durch die Nacht.

Inzwischen machte es sich bei den immer mehr zusammengedrängten Eisschollen nötig, mit größter Vorsicht weiterzufahren.

Der alte Seemann erhob sich und die Mujiks ergriffen ihre Stangen. Alle waren vollauf beschäftigt, da die Führung des Floßes immer schwieriger und das Bett des Flusses immer enger wurde.

Michael Strogoff war nach dem Vorderteile geschlichen.

Alcide Jolivet folgte ihm.

Beide vernahmen die zwischen dem alten Seemann und seinen Leuten gewechselten Worte.

»Achtung, dort rechts!«

»Links drängen ein paar Schollen heran!«

»Stoß' ab, fest mit der Stange!«

»Vor Verlauf einer Stunde sitzen wir fest...«

»Wenn Gott das will!« sagte der alte Seemann. »Gegen seinen Willen ist nichts zu tun.«

»Hören Sie jene?« fragte Alcide Jolivet.

»Ja«, erwiderte Michael Strogoff, »aber Gott ist mit uns!«

Inzwischen ward die Situation immer ernster. Wurde das Floß wirklich aufgehalten, so gelangten die Flüchtlinge nicht nur nicht nach Irkutsk, sondern mußten jedenfalls auch ihr schwimmendes Transportmittel verlassen, das von den Eisschollen gedrückt bald unter ihnen in Stücke gehen würde. Dann drohten ja die aus Weidenzweigen bestehenden Bänder zu reißen, die voneinanderweichenden Fichtenstämme unter das Eis zu geraten, und den Unglücklichen wäre nichts anderes als Zuflucht verblieben, als die schwankenden Schollen selbst. Nach Anbruch des Tages hätten sie dann die Tartaren ohne Zweifel entdecken müssen, von deren Hand keine Gnade zu hoffen war.

Michael Strogoff kehrte nach dem Hinterteile, wo Nadia sich aufhielt, zurück. Er näherte sich derselben, faßte ihre Hand und legte ihr die oft wiederholte Frage vor: »Bist Du bereit, Nadia?« – welche sie wie immer mit »Ich bin stets und zu allem bereit!« beantwortete.

Noch einige Werst drängte sich das Floß zwischen dem Schollengewirr dahin. Verengte sich die Angara noch mehr, so mußte sich ein Eisschutz bilden, der die Weiterbenutzung der Wasserstraße so gut wie unmöglich machte. Schon wurde die Bewegung offenbar eine langsamere. Jeden Augenblick fühlte man Stöße und sah, wie das Floß abwich. Hier mußte man sich vor dem vorspringenden Ufer in acht nehmen, dort eine enge Durchfahrt passieren. Immer wiederholten sich unerwünschte Verzögerungen.

Nun dauerte die Nacht ja auch nur noch wenige Stunden. Erreichten die Flüchtlinge Irkutsk nicht vor fünf Uhr des Morgens, so konnten sie auch alle Hoffnung aufgeben, jemals hineinzugelangen.

Gegen halb zwei Uhr stieß das Floß trotz aller Anstrengungen gegen einen kompakten Eisschutz und blieb hier fest stehen. Die nachrückenden Schollen drängten es noch mehr an jene an und machten es dadurch so unbeweglich fest, als ob es auf einer Klippe gescheitert wäre.

An dieser Stelle verengte sich die Angara ungemein, so daß die Breite ihres Bettes nur noch die Hälfte der gewöhnlichen betrug. Hieraus erklärte sich diese Anhäufung von Schollen, welche allmählich miteinander verlöteten, sowohl durch den ganz beträchtlichen Druck, unter dem sie standen, als auch durch die Kälte, welche fühlbar zunahm. Fünfhundert Schritt weiter unten dehnte sich das Flußbett wieder aus, und hier trieben einzelne Schollen, die sich von Zeit zu Zeit von der Eisbank lösten, in der Richtung nach Irkutsk hin. Ohne diese Annäherung der Ufer hätte sich die Schollenwand nicht bilden können und das Floß wäre nach wie vor von der Strömung fortgetragen worden. Gegen den unglücklichen Zufall war aber nicht das Geringste zu tun, und die Flüchtlinge mußten eben auf jede Hoffnung verzichten, ihr ersehntes Ziel zu erreichen.

Im Besitze solcher Werkzeuge, wie sie die Walfischfahrer gebrauchen, um sich Kanäle durch das Eisfeld zu brechen, hätten sie vielleicht gerade noch Zeit gehabt, das Hindernis bis zu der wieder erweiterten Stelle des Stromes zu befestigen. Aber keine Säge, keine Spitzhaue war zur Hand, um die von der Kälte granitartig verhärtete Kruste mit Aussicht auf Erfolg anzugreifen.

Was nun?

In diesem Augenblicke krachte eine Gewehrsalve am rechten Ufer der Angara. Ein ganzer Kugelregen war auf das Floß gerichtet. Man hatte die Armen also noch entdeckt. Diese Annahme fand dadurch ihre Bestätigung, daß es jetzt auch von dem linken Ufer her aufblitzte. Zwischen zwei Feuer gestellt, dienten die Flüchtlinge als Zielpunkte der tartarischen Tirailleurs. Einige wurden auch verwundet, obgleich die Kugeln bei der herrschenden Dunkelheit nur durch Zufall trafen.

»Komm, Nadia«, raunte Michael Strogoff dem jungen Mädchen ins Ohr.

Ohne den mindesten Einwand ergriff Nadia, bereit zu allem, Michael Strogoffs Hand.

»Wir müssen jetzt die Eisbank übersteigen«, flüsterte er, »aber keiner darf gewahr werden, daß wir das Floß verlassen!«

Nadia gehorchte. Michael Strogoff und sie glitten schnell, geschützt von der Finsternis, welche nur da und dort das Feuer der Gewehre unterbrach, auf die Eisfläche.

Nadia kroch Michael Strogoff voraus. Wie ein Hagel schlugen die Kugeln rings um sie ein oder prallten an den Schollen ab. Die unebene Eisdecke mit ihren hervorstehenden scharfen Kanten und Spitzen riß ihnen die Hände auf, aber sie kamen doch vorwärts.

Zehn Minuten später erreichten sie die untere Grenze der Eiswand. Hier ward das Wasser der Angara wieder frei. Einige Schollen rissen sich hier und da von derselben los und schwammen nach der Stadt hinunter.

Nadia verstand Michael Strogoffs Absichten. Sie fand eine Eisscholle, welche nur durch eine schmale Verbindung festhing. »Komm«, sagte Nadia.

Beide legten sich auf das Eisstück, das sich nach einigem Schwanken von der Bank ablöste.

Jetzt begann es, dahinzutreiben. Das Bett des Flusses erweiterte sich, der Weg stand offen.

Michael Strogoff und Nadia hörten noch das Knallen der Gewehre, die Ausrufe der Verzweiflung, das Brüllen der Tartaren... Dann verstummten langsam diese Ausbrüche der entsetzlichen Angst und der teuflischen Freude.

»Unsre armen Gefährten!« seufzte Nadia.

Während einer Stunde trug die Strömung jene Eisscholle mit Michael Strogoff und Nadia schnell dahin. Jeden Augenblick hatten diese zu befürchten, daß sie unter ihnen in Stücke gehen könne. Von der stärksten Strömung ward sie nahezu in der Mitte der Wasserfläche erhalten, und doch handelte es sich darum, sie mehr nach der Seite zu leiten, wenn sie an einem der Quais in Irkutsk landen sollte.

Michael Strogoff lauschte, ohne ein Wort zu sprechen, gespannten Ohres. Niemals winkte ihm so nahe das Ziel. Er fühlte jetzt, daß er es erreichen werde!...

Um zwei Uhr morgens schimmerte eine doppelte Reihe Lichter an dem dunklen Horizonte neben den beiden Ufern der Angara.

Zur Rechten rührte dieser Lichtschein von Irkutsk her, zur Linken von den Wachtfeuern des tartarischen Feldlagers.

Michael Strogoff war nur noch eine halbe Werst von der Stadt entfernt.

»Endlich!« murmelte er für sich.

Aber plötzlich stieß Nadia einen furchtbaren Schrei aus.

Bei diesem Aufschrei erhob sich Michael Strogoff auf der schwankenden Scholle. Seine Hand streckte sich nach der Angara hinauf. Sein von bläulichen Reflexen überstrahltes Gesicht nahm einen furchtbaren Ausdruck an, und dann rief er, als hätten sich seine Augen aufs neue dem Lichte erschlossen:

»Ach, also Gott selbst ist doch gegen uns!«

Zwölftes Kapitel

Irkutsk

Irkutsk, die Hauptstadt Ostsibiriens, zählt unter gewöhnlichen Verhältnissen etwa 30000 Einwohner. Ein ziemlich hohes, steiles Ufer an der rechten Seite der Angara trägt seine von einer hohen Kathedrale überragten Kirchen und die in pittoresker Unordnung daneben verstreuten Häuser.

Von einer gewissen Entfernung aus, etwa von der Höhe des Berges, über den in einer Entfernung von zwanzig Werst die große sibirische Heerstraße führt, bietet es mit seinen Kuppeln und Glockentürmen, seinen den Minarets ähnlichen, schlanken Turmspitzen, und vielen auf japanische Art ausgehöhlten Dächern, ein etwas orientalisches Aussehen. Diese Physiognomie verschwindet aber dem Auge des Reisenden, sobald er die Stadt selbst betritt. Zur Hälfte in byzantinischem, zur Hälfte in chinesischem Stile erbaut, wird sie doch zu einer europäischen durch die makadamisierten Straßen mit Trottoirs an den Seiten, durch die Kanäle in denselben, die reichlichen Baumanpflanzungen, durch ihre Gebäude aus Ziegelstein und Holz, von denen einzelne auch mehrere Stockwerke zeigen, durch die zahlreichen Fuhrwerke, welche sie beleben, und unter denen man nicht nur Telegs und Tarantasse, sondern auch moderne Wagen zu verstehen hat, endlich durch eine große Anzahl mit den jeweiligen Fortschritten der Zivilisation ganz vertrauter Einwohner, denen auch die neuesten Pariser Moden nichts Fremdes sind.

Zur jetzigen Zeit war Irkutsk, die Zufluchtsstätte der Bewohner einer ganzen Provinz, furchtbar überfüllt. Alle Bedürfnisse fanden hier dennoch reichlichste Befriedigung. Irkutsk bildet die Niederlage jener zahllosen Waren, welche zwischen China, Zentralasien und Europa ausgetauscht werden. Man brauchte also den Zuzug der Landbauern aus dem Angaratale, den der Mongel-Khalkas, der Tungunsen, der Burets nicht zu fürchten, und konnte zwischen den Feinden und der Stadt alles Land verwüsten lassen.

Irkutsk ist der Sitz des Generalgouverneurs von Ostsibirien. Unter ihm fungieren noch ein Zivilgouverneur, in dessen Händen die Verwaltungsgeschäfte der Provinz liegen, ein Polizeidirektor, der in einer Stadt mit so vielen Verbannten nicht allzuwenig zu tun hat, und endlich ein Maire, der Erste der Kaufleute, eine wegen ihres Reichtums und des unerklärlichen Einflusses auf die betreffenden Kreise sehr viel bedeutende Persönlichkeit.

Die Garnison von Irkutsk bestand aus einem Regiment Kosaken zu Fuß, in der Stärke von etwa 2000 Mann, und einem Korps einheimischer Gendarmen mit Helm und blauer, silberbesetzter Uniform.

Außerdem war, wie wir wissen, der Bruder des Zaren infolge eigentümlicher Verhältnisse seit Beginn des Tartareneinfalls in die Stadt eingeschlossen.

Über jene Verhältnisse nur einige Worte.

Eine wichtige politische Reise hatte den Großfürsten

in diese entlegenen Provinzen Ostasiens geführt.

Der Großfürst berührte die hauptsächlichsten Städte Sibiriens, reiste mehr als Soldat denn als Prinz, ohne jeden Hofstaat, nur begleitet von seinen Offizieren und einer Abteilung Kosaken, wobei er bis nach den transbaikalischen Landschaften vordrang. Nikolajowsk, die letzte russische Stadt am Ochotskischen Meere, wurde ebenfalls mit seinem Besuche beehrt.

An den Grenzen des ungeheuren Moskowitenreiches angelangt, kehrte der Großfürst nach Irkutsk zurück, von wo er den Weg nach Europa wieder einschlagen wollte, als er die ersten Nachrichten von der ebenso gefährlichen als urplötzlichen Invasion erhielt. Er beeilte sich, die Hauptstadt zu erreichen, bei seiner Ankunft daselbst war aber die Verbindung mit Rußland schon unterbrochen. Einige Telegramme von Petersburg und Moskau kamen in seine Hand, auf welche er auch noch Antwort zu geben vermochte. Dann war die Leitung unter den uns bekannten Umständen zerstört worden.

Isoliert lag Irkutsk am Ende der Welt.

Dem Großfürsten fiel nun bloß noch die Aufgabe zu, die Verteidigung zu organisieren, was er mit der Festigkeit und Ruhe durchführte, von der er bei anderer Gelegenheit hinlängliche Proben gegeben hat.

Die Nachrichten über die Einnahme von Ichim, Omsk und Tomsk gelangten eine nach der anderen nach Irkutsk. Die Wegnahme dieser Hauptstadt Sibiriens mußte auf jeden Fall verhindert werden. Auf baldige Hilfe durfte man nicht rechnen. Die wenigen in der Amurprovinz und dem Gouvernement Jakutsk zerstreuten Truppen reichten, auch wenn sie heranrückten, nicht aus, den tartarischen Heersäulen Halt zu gebieten. Da nun Irkutsk einem Angriffe offenbar nicht entgehen konnte, so mußte die Stadt vor allen Dingen in den Stand gesetzt werden, eine Belagerung von einiger Dauer auszuhalten.

Die Arbeiten hierzu nahmen an demselben Tage ihren Anfang, als Tomsk in die Hände der Tartaren fiel.

Gleichzeitig mit dieser Neuigkeit erfuhr der Großfürst, daß der Emir von Bukhara und die verbündeten Khans in Person die Bewegung leiteten; unbekannt blieb ihm aber, daß der zweite Führer dieser Barbarenhäuptlinge, Iwan Ogareff, ein früherer russischer Offizier war, den er selbst degradiert hatte und den er von Person nicht kannte.

Gleich zuerst wurden die Bewohner der Provinz Irkutsk, wie wir wissen, veranlaßt, alle Städte und Dörfer zu verlassen. Wer keine Zuflucht in der Hauptstadt suchte, mußte sich noch weiter hinaus, jenseits des Baikalsees, begeben, bis wohin der Schwarm der Feinde höchstwahrscheinlich nicht gelangen konnte. Die Vorräte an Getreide und Fourrage wurden für die Stadt requiriert und dieses letzte Bollwerk der moskowitischen Herrschaft in den Stand gesetzt, wenigstens eine Zeitlang Widerstand zu leisten.

Irkutsk, gegründet im Jahre 1611, liegt am Zusammenflusse des Irkut und der Angara, am rechten Ufer der letztgenannten. Zwei auf Pfeilern ruhende Holzbrücken, die sich zum Zwecke der Schiffahrt in der ganzen Breite des Fahrwassers öffnen lassen, verbinden die Stadt mit ihren Vorstädten am linken Stromufer. Nach dieser Seite bot die Verteidigung keine Schwierigkeiten. Die Vorstädte wurden geräumt, die Brücken abgebrochen. Eine Überschreitung der hier sehr breiten Angara wäre unter dem Feuer der Belagerten nicht leicht auszuführen gewesen.

Der Fluß konnte ja aber auch oberhalb oder unterhalb der Stadt überschritten werden, und folglich drohte Irkutsk auch die Gefahr eines Angriffs von der Ostseite, wo es keine Umfassungsmauer schützte.

Alle kräftigen Arme wurden nun zunächst zu Fortifikationsarbeiten verwendet. Man war Tag und Nacht tätig. Der Großfürst fand eine überaus eifrige Bevölkerung, die sich bei der eigentlichen Verteidigung auch ebenso mutvoll beweisen sollte. Soldaten, Kaufleute, Verbannte, Bauern – alle widmeten sich dem allgemeinen Besten. Acht Tage vor der Ankunft der Tartaren im Angaratale hatte man ringsum Erdwälle aufgeworfen. Außerdem war dadurch vor letzteren ein Wallgraben entstanden, den die Angara speiste. Durch einen Handstreich konnte die Stadt also nicht leicht weggenommen werden. Sie mußte belagert und gestürmt werden.

Das dritte tartarische Armeekorps – dasselbe, welches im Tale des Jeniseï hinaufgezogen war – erschien am 24. September vor Irkutsk. Es besetzte sofort die verlassenen Vorstädte, deren Häuser übrigens meist niedergelegt waren, um der leider unzureichenden Artillerie des Großfürsten keine Hindernisse zu bieten.

Die Tartaren suchten sich einzurichten und erwarteten die beiden anderen von dem Emir und seinen Verbündeten geführten Heerhaufen.

Die Verbindung dieser verschiedenen Korps ward am 25. September durch das Lager an der Angara bewerkstelligt und die ganze Armee, mit Ausnahme der in den größeren Städten zurückgelassenen Besatzungen unter dem Befehle Feofar-Khans vereinigt.

Da Iwan Ogareff eine Überschreitung der Angara in Irkutsk selbst für unausführbar erklärte, so setzte eine starke Heeresabteilung einige Werst stromabwärts mittels Schiffbrücken über den Fluß. Der Großfürst griff hiergegen nicht ein, da er dieses Vorhaben wohl etwas stören, aus Mangel an hinreichender Feldartillerie aber doch nicht verhindern konnte, und so blieb er, gewiß mit vollem Rechte, ruhig in Irkutsk.

Die Tartaren besetzten also auch die rechte Flußseite; dann marschierten sie gegen die Stadt heran, brannten unterwegs die Sommerwohnung des Generalgouverneurs in einem den Lauf der Angara beherrschenden Wäldchen nieder, und begannen nach völliger Einschließung der Stadt die regelrechte Belagerung.

Iwan Ogareff bemühte sich als geschickter Ingenieur diese bestens zu leiten, nur gingen ihm die nötigen Hilfsmittel ab, um rasche Erfolge zu erzielen. Übrigens hatte er darauf gerechnet, Irkutsk, das Ziel seines Verlangens, im ersten Anlauf zu nehmen.

Wie sich nun zeigte, hatte sich die Sachlage unerwartet geändert. Einesteils hielt die Schlacht bei Tomsk die tartarische Armee in ihrem Marsche auf, andernteils die Schnelligkeit, mit welcher der Großfürst die jetzigen Verteidigungswerke herzustellen wußte. An diesen beiden Ursachen scheiterte seine ursprüngliche Absicht und er sah sich zu einer regelrechten Belagerung genötigt.

Dennoch versuchte der Emir auf sein Anraten zweimal, ohne Rücksicht auf die zahlreichen Opfer an Mannschaften, die Stadt zu stürmen. Er warf seine Truppen auf die scheinbar schwächsten Punkte der Schanzen; beide Angriffe wurden aber mutig abgeschlagen. Der Großfürst und seine Offiziere setzten sich bei dieser Gelegenheit rücksichtslos jeder Gefahr aus. Sie traten mit ihrer eigenen Person ein und führten die Zivilbevölkerung mit auf die Wälle. Bürger und Mujiks erfüllten opferfreudig ihre Pflicht. Bei dem zweiten Sturmangriff war es den Tartaren gelungen, eines der Tore in den Wällen zu erobern. An dem einen Ende der großen, zwei Werst langen und oben und unten an der Angara ausmündenden Straße von Bolchaïa kam es zu einem Kampfe. Aber Kosaken, Gendarmen und Bürger setzten den Tartaren einen so hartnäckigen Widerstand entgegen, daß sich diese zuletzt in ihre früheren Stellungen zurückziehen mußten.

Nun gedachte Iwan Ogareff durch Verrat zu erreichen, was er durch Gewalt nicht erlangen konnte. Wir wissen, daß seine Absicht dahin ging, in die Stadt einzudringen, sich dem Großfürsten zu nähern, dessen Vertrauen zu erschleichen und zu seiner Zeit eines der Tore den Belagerern zu überliefern. Dann wollte er seinen eigenen Rachedurst an dem Bruder des Zaren stillen.

Die Zigeunerin Sangarre, seine Begleiterin bis in das Lager an der Angara, trieb ihn noch an, dieses Vorhaben auszuführen.

In der Tat war auch Gefahr im Verzuge. Schon marschierten die Truppen aus dem Gouvernement Jakutsk auf Irkutsk. Sie hatten sich am obern Laufe der Lena konzentriert, deren Tale sie folgten. In höchstens sechs Tagen mußten sie eintreffen, also wurde es nötig, Irkutsk vor diesem Zeitpunkte durch Verrat zu überwältigen.

Iwan Ogareff zögerte keinen Augenblick. –

Eines Abends, am 2. Oktober, wurde in dem großen Salon des Gouvernementspalastes, in dem der Großfürst residierte, ein Kriegsrat abgehalten.

Dieses am Ende der Bolchaïastraße gelegene Gebäude beherrscht weithin den Lauf des Flusses. Gegenüber den Fenstern seiner Hauptfassade sah man das Lager der Tartaren; hätten letztere weiter tragende Belagerungsgeschütze besessen, so wäre dieses Gebäude ganz unhaltbar gewesen.

Der Großfürst, der General Boranzoff, der Gouverneur der Stadt, der Chef der Kaufleute und eine Anzahl höhere Offiziere besprachen eben verschiedene notwendige Maßregeln.

»Meine Herren«, begann der Großfürst, »unsere dermalige Lage ist Ihnen hinlänglich bekannt. Ich habe die feste Überzeugung, daß wir Irkutsk bis zum Eintreffen von Ersatztruppen zu halten imstande sind. Dann werden wir leicht imstande sein, die Barbarenhorden in die Flucht zu jagen, und an mir soll es gewiß nicht liegen, wenn sie diesen frechen Einfall in unser Gebiet nicht sehr teuer bezahlen.«

»Eure kaiserliche Hoheit wissen«, erwiderte der General Boranzoff, »daß Sie auf die Bevölkerung von Irkutsk zählen können.«

»Gewiß, General«, antwortete der Großfürst, »und ich erkenne diesen eifrigen Patriotismus gern und unumwunden an. Gott sei Dank ist die Einwohnerschaft noch von den Schrecken einer Epidemie oder der Hungersnot verschont geblieben, und ich hoffe, das soll nicht anders werden; auf den Wällen aber habe ich nur ihren Heldenmut bewundern können. Sie hören meine Worte, Herr

Vorsteher der Kaufmannsgilde, und ich bitte Sie, dieselben weiterzuverbreiten.«

»Ich danke Eurer Hoheit im Namen der Stadt«, erwiderte der Angeredete. »Darf ich wohl auch fragen, nach welchem längsten Zeitraume auf das Eintreffen von Ersatztruppen zu rechnen ist?«

»Höchstens nach sechs Tagen«, erklärte der Großfürst. »Erst heute morgen ist ein gewandter und kühner Emissär in die Stadt gekommen, der mir mitteilt, daß fünfzigtausend russische Truppen unter Führung des Generals Kisselef im Anmarsch sind. Vor zwei Tagen befanden sie sich in Kironsk, am Ufer der Lena, und jetzt werden weder Schnee noch Kälte ihren Zug aufzuhalten vermögen. Fünfzigtausend Mann Kerntruppen, welche die Tartaren in der Flanke fassen, werden uns leicht von denselben befreien.«

»Ich erlaube mir hinzuzufügen, daß wir sofort, wenn Eure kaiserliche Hoheit einen Ausfall befehlen sollten, bereit sind, diesem Befehle zu folgen.«

»Ich danke, mein Herr«, sagte der Großfürst. »Warten wir es ab, bis die Spitzen unserer Kolonnen auf den nächsten Höhen erscheinen, dann wollen wir die Feinde zerschmettern.«

Dann wandte er sich wieder an den General Boranzoff.

»Wir werden morgen«, sagte er, »die Arbeiten am rechten Ufer besichtigen. Die Angara bringt schon Eisschollen mit, sie wird bald eine feste Decke erhalten und den Tartaren den Übergang ermöglichen.«

»Würden mir Eure Hoheit eine Bemerkung gestatten?« fragte der Chef der Kaufleute.

»Sprechen Sie.«

»Ich habe die Temperatur wiederholt bis dreißig und vierzig Grade unter Null herabgehen sehen, immer aber bedeckte sich die Angara nur mit losen Schollen, ohne je ganz zuzufrieren, woran ihre rasche Strömung schuld zu sein scheint. Besitzen die Tartaren also keine anderen Hilfsmittel, den Fluß zu passieren, so garantiere ich Eurer Hoheit, daß sie auf diesem Wege nie nach Irkutsk hineingelangen werden.«

Der Generalgouverneur bestätigte die Bemerkung des Chefs der Kaufmannschaft.

»Das ist gewiß ein recht glücklicher Umstand«, äußerte der Großfürst. »Nichtsdestoweniger werden wir gut tun, jede Eventualität ins Auge zu fassen.«

Er wandte sich dann an den Direktor der Polizei.

»Sie haben mir nichts mitzuteilen?« fragte er.

»Ich habe Ihnen zu melden, kaiserliche Hoheit«, erwiderte der Polizeidirektor, »daß mir durch meine Unterbeamten eine Bittschrift übergeben wurde...«

»Ausgehend von...?«

»Von sibirischen Verbannten, Sire, deren Anzahl, wie Sie wissen, sich hier auf fünfhundert beläuft.«

Die politischen Verbannten, welche sonst über die ganze Provinz verbreitet sind, waren seit Beginn der Invasion in Irkutsk konzentriert. Sie waren dem Befehle nachgekommen, in der Stadt einzutreffen, und hatten die Ortschaften verlassen, wo sie ihren verschiedenen Berufsgeschäften oblagen, hier als Ärzte, dort als Lehrer entweder an einem Gymnasium, der japanischen oder einer Schiffahrts-Schule. Von Anfang an hatte sie der Großfürst, im Vertrauen auf ihren Patriotismus, mit Waffen versehen und sie als tüchtige Verteidiger erkannt.

»Was wünschen die Verbannten?« fragte der Großfürst.

»Sie ersuchen Eure kaiserliche Hoheit um die Erlaubnis, ein besonderes Korps bilden und beim ersten Ausfall an der Spitze marschieren zu dürfen.«

»O«, erwiderte der Großfürst, ohne seine freudige Erregung zu verbergen, »ich wußte es ja, das sind Russen; ihr Patriotismus erwirbt ihnen das Recht, sich für ihr Vaterland zu schlagen.«

»Ich glaube Eurer kaiserlichen Hoheit versichern zu können«, sagte der Generalgouverneur, »daß Sie keine besseren Soldaten zu finden vermögen.«

»Doch sie brauchen dann einen Führer«, bemerkte der Großfürst. »Wer soll das sein?«

»Sie wünschten Eurer Hoheit einen aus ihrer Mitte vorzuschlagen«, antwortete der Polizeidirektor, »der sich schon bei mehreren Gelegenheiten ausgezeichnet hat.«

»Ist es ein Russe?«

»Ja, ein Russe aus den baltischen Provinzen.«

»Sein Name...?«

»Wassili Fedor.«

Der Verbannte war der Vater Nadias.

Wassili Fedor lebte, wie uns bekannt ist, in Irkutsk seinem Berufe als Arzt. Ein kenntnisreicher und im Umgange liebenswürdiger Mann, war er gleichzeitig von hohem Mute und warmer Vaterlandsliebe beseelt. Jede Stunde, in der er nicht von Kranken in Anspruch genommen war, widmete er den Verteidigungsarbeiten. Er war es auch, der seine Schicksalsgenossen zu gemeinsamem Auftreten verbunden hatte. Bisher mitten unter der übrigen Bevölkerung verwendet, gelang es den Verbannten doch, die Aufmerksamkeit des Großfürsten zu erregen. Bei mehreren Ausfällen hatten sie mit dem Blute ihre Schuld an das heilige Rußland bezahlt. Wassili Fedor benahm sich stets als Held. Sein Name ward wiederholt mit Auszeichnung genannt, doch er erstrebte weder Dank noch Belohnung, und als die Verbannten die Bildung eines besonderen Korps beschlossen, dachte er gar nicht daran, daß sie beabsichtigen könnten, ihn zu ihrem Führer auszuersehen.

Als der Polizeidirektor diesen Namen genannt hatte, bemerkte der Großfürst, daß ihm derselbe nicht unbekannt sei.

»In der Tat«, bestätigte General Boranzoff, »Wassili Fedor ist ein mutiger, geeigneter Mann. Stets erwies sich sein Einfluß auf die anderen Verbannten von großer Bedeutung.«

»Seit wann ist er in Irkutsk?« fragte der Großfürst.

»Seit zwei Jahren.«

»Und seine Aufführung...?«

»Er fügt sich«, antwortete der Polizeidirektor, »als verständiger Mann den Vorschriften, wie sie die Verbannung eben mit sich bringt.«

»General«, antwortete der Großfürst, »lassen Sie mir denselben ohne Zögern zuführen.«

Der Befehl des Großfürsten ward ausgeführt, und noch vor Ablauf einer halben Stunde trat Wassili Fedor in den Saal ein.

Es war ein Mann von etwa vierzig Jahren, von hohem Wuchs und mit ernster, gewinnender Physiognomie. Man sah es ihm an, daß sein ganzes Leben sich in dem Worte: Kampf! zusammenfassen ließ, und daß er gekämpft, aber auch gelitten hatte. Seine Züge erinnerten lebhaft an die seiner Tochter Nadia Fedor.

Mehr als jeden andern hatte ihn der Tartareneinfall auch persönlich schmerzlich berührt und die liebste Hoffnung eines Vaters vernichtet, der achttausend Werst von seiner Heimat in der Verbannung lebte. Ein Brief hatte ihm den Tod der geliebten Gattin gemeldet zugleich mit der Abreise seiner Tochter, welche von der Regierung die Erlaubnis erwirkt hatte, ihm in Irkutsk Gesellschaft zu leisten.

Nadia hatte Riga am 10. Juli verlassen. Die Invasion begann am 15. Juli. Wenn Nadia zu dieser Zeit schon die Grenze überschritten hatte, was war aus ihr mitten in dem Schwarme der Feinde geworden? Von welcher Unruhe mußte der unglückliche Vater verzehrt werden, da er seit dieser Zeit keine Nachrichten von seiner Tochter erhalten hatte!

Wassili Fedor verneigte sich in Gegenwart des Großfürsten und erwartete von diesem angesprochen zu werden.

»Wassili Fedor«, begann der Großfürst, »deine Genossen in der Verbannung haben sich erboten, ein Elitekorps bilden zu dürfen. Sie vergessen doch nicht, daß in einer solchen Schar jeder bis zum letzten Mann zu sterben bereit sein muß?«

»Sie sind sich dessen bewußt«, erwiderte Wassili Fedor.

»Sie wünschen dich als Anführer?«

»Ja, kaiserliche Hoheit.«

»Und hast du die Absicht, dich an ihre Spitze zu stellen?«

»Wenn das Heil Rußlands es erheischt, gewiß.«

»Kommandant Fedor«, sagte der Großfürst, »du bist nicht mehr verbannt.«

»Ich danke, Hoheit, aber kann ich dann über solche den Befehl führen, die es noch sind?«

»Sie sind es nicht mehr.«

In seine Hand legte der Bruder des Zaren die Begnadigung seiner verbannten Genossen, jetzt seiner Waffengefährten.

Tief bewegt drückte Wassili Fedor die ihm dargebotene Hand des Großfürsten und verließ das Gemach.

Der Letztere wendete sich an seine Offiziere.

»Der Zar wird den Gnadenbrief anerkennen, den ich hier in seinem Namen ausstelle«, sagte er lächelnd. »Wir brauchen Helden, um die Hauptstadt Sibiriens zu verteidigen, ich habe solche jetzt geschaffen.«

Diese den Verbannten von Irkutsk gewährte Gnade entsprach in der Tat ebenso einer großherzigen Justiz, wie einer klugen Politik.

Die Nacht brach herein. Durch die Fenster des Palastes leuchteten die Feuer des tartarischen Lagers, die sich da und dort in der Angara widerspiegelten. In dem Flusse trieben zahlreiche Eisschollen, von denen einige an den alten Pfeilern der früheren hölzernen Brücke hängenblieben. Die meisten flossen aber mit erstaunlicher Schnelligkeit dahin. Offenbar konnte die Angara, wie es der Vorsteher der Kaufmannschaft schon gesagt hatte, nur schwer in der ganzen Oberfläche zufrieren. Die Gefahr eines Angriffs von der Wasserseite brauchten die Verteidiger von Irkutsk also nicht sonderlich zu fürchten.

Eben schlug es zehn Uhr. Der Großfürst verabschiedete seine Offiziere und wollte sich gerade in seine Gemächer zurückziehen, als vor dem Palaste ein auffallender Tumult entstand.

Fast gleichzeitig öffnete sich die Tür des Salons, ein Feldjäger trat ein und ging auf den Großfürsten zu.

»Kaiserliche Hoheit«, meldete er, »ein Kurier des Zaren!«

Dreizehntes Kapitel

Ein Kurier des Zaren

Eine unwillkürliche Bewegung führte alle Teilnehmer der Beratung nach der halboffenen Tür zurück. Ein Kurier des Zaren, in Irkutsk angekommen! Wenn die Offiziere nur einen Augenblick über die Wahrscheinlichkeit dieser Tatsache nachgedacht hätten, mußten sie dieselbe für unmöglich ansehen.

Der Großfürst war lebhaft auf seinen Feldjäger zugeschritten.

»Laß den Kurier eintreten!« sagte er.

An der Schwelle erschien ein Mann. Seine äußere Erscheinung zeugte von großer Erschöpfung. Er trug die abgenutzte, halb zerrissene Kleidung eines sibirischen Bauern, an der sogar einige Löcher von Kugeln sichtbar waren. Seinen Kopf bedeckte eine moskowitische Mütze. Auf der Wange sah man eine kaum verharschte Schramme. Offenbar hatte dieser Mann einen langen und beschwerlichen Weg hinter sich. Seine in schlechtem Stande befindliche Fußbekleidung verriet auch, daß er einen Teil seiner Reise zu Fuß zurückgelegt haben mußte.

»Seine kaiserliche Hoheit der Großfürst?« fragte er eintretend.

Der Großfürst ging auf ihn zu.

»Du bist Kurier des Zaren?« fragte er.

»Ja, Hoheit.«

»Und kommst...?«

»Aus Moskau.«

»Und hast Moskau verlassen?«

»Am 15. Juli.«

»Dein Name...?«

»Michael Strogoff.«

Es war Iwan Ogareff. Er hatte den Namen und Charakter desjenigen angenommen, den er unschädlich gemacht zu haben glaubte. In Irkutsk kannte ihn weder der Großfürst, noch irgend jemand anders, so daß er sein Gesicht nicht einmal zu entstellen brauchte. Da er in der Lage war, seine etwa angezweifelte Identität zu beweisen, hatte er keine Entdeckung zu fürchten. Er schickte sich jetzt also an, nachdem er das Ziel durch seinen eisernen Willen erreicht hatte, durch Verrat und Meuchelmord das Drama des feindlichen Einfalles zu krönen.

Nach der Antwort Iwan Ogareffs gab der Großfürst seinen Offizieren ein Zeichen mit der Hand, worauf sich diese zurückzogen.

Der falsche Michael Strogoff und er blieben allein in dem Salon zurück.

Der Großfürst betrachtete Iwan Ogareff einige Augenblicke mit scharfer Aufmerksamkeit. Dann begann er:

»Du hast Moskau am 15. Juli verlassen?«

»Ja, Hoheit, und habe Seine Majestät den Zaren in der Nacht vom 14. zum 15. Juli im Neuen Palais gesprochen.«

»Du hast einen Brief des Zaren?«

»Ja, hier ist er.«

Iwan Ogareff übergab dem Großfürsten das kaiserliche Schreiben, das er auf das kleinste Format zusammengebrochen hatte.

»Dieser Brief ist dir in diesem Zustande übergeben worden?«

»Nein, Hoheit, doch mußte ich das Couvert zerstören, um ihn vor den Soldaten des Emirs besser verbergen zu können.«

»Warst du Gefangener der Tartaren?«

»Ja, kaiserliche Hoheit, wenigstens einige Tage lang. Daher kommt es auch, daß ich trotz meiner Abreise am 15. Juli von Moskau, wie sie dieser Brief auch angibt, erst am 2. Oktober in Irkutsk eingetoffen bin, d. h. also, nach einer Reise von neunundsiebzig Tagen.«

Der Großfürst nahm den Brief. Er faltete ihn auseinander, erkannte die Signatur des Zaren, nebst der von dessen eigener Hand geschriebenen Eingangsformel. An der Authentizität dieses Schreibens, wie an der Identität des Überbringers konnte also kein Zweifel sein. Hatte sein wildes Antlitz auch erst einiges Mißtrauen in dem Großfürsten erweckt, so schwand dieses doch jetzt vollständig.

Einige Augenblicke verhielt sich der Großfürst schweigend. Er durchlas langsam den Brief, wie um seinen Sinn recht scharf zu fassen.

Endlich nahm er wieder das Wort.

»Michael Strogoff«, sagte er, »du kennst den Inhalt dieses Schreibens?«

»Ja, Hoheit, ich konnte in die Lage kommen, dasselbe vernichten zu müssen, um es nicht den Tartaren in die Hände fallen zu lassen, und war für diesen Fall bedacht, dessen Text Eurer kaiserlichen Hoheit möglichst genau mitteilen zu können.«

»Du weißt also, daß dieser Brief uns auferlegt, eher in Irkutsk zu sterben, als die Stadt auszuliefern?«

»Ich weiß es.«

»Und weißt auch, daß er mir die Bewegungen der Truppen mitteilt, welche aufgeboten worden sind, den Einfall zu bekämpfen?«

»Ja, Hoheit, aber diese Bewegungen sind verunglückt.«

»Wieso?«

»Nun, Ichim, Omsk, Tomsk, um nur von den bedeutendsten Städten Sibiriens zu sprechen, sind den Soldaten Feofar-Khans nach und nach in die Hände gefallen.«

»Ohne daß es zu Gefechten gekommen wäre? Sollten unsere Kosaken nicht auf die Tartaren getroffen sein?«

»Mehrmals, kaiserliche Hoheit.«

»Und sie sind zurückgeschlagen worden?«

»Sie verfügten nur über ungenügende Kräfte.«

»Wo haben die Treffen, von denen du sprichst, stattgefunden?«

»Bei Kolyvan, Tomsk...«

Bis hierher hatte Iwan Ogareff nur die Wahrheit gesagt, um aber die Verteidiger von Irkutsk zu entmutigen, übertrieb er die durch die Truppen des Emirs erlangten Vorteile und fügte hinzu:

»Und ein drittes Mal vor Krasnojarsk.«

»Und das letzte Treffen?« fragte der Großfürst, über dessen Lippen kaum die Worte kamen.

»Das war mehr als ein Treffen, Hoheit, das war eine Schlacht.«

»Eine Schlacht?«

»Zwanzigtausend Russen, die aus den Grenzprovinzen und dem Gouvernement Tobolsk heranzogen, stürzten sich 150000 Tartaren entgegen und wurden trotz ihres verzweifelten Mutes fast aufgerieben.«

»Du lügst«, rief der Großfürst, der vergeblich seinen Zorn zu bemeistern suchte.

»Ich spreche die Wahrheit, Hoheit«, antwortete frostig Iwan Ogareff. »Ich war selbst bei der Schlacht von Krasnojarsk gegenwärtig und geriet eben da in Gefangenschaft!«

Der Großfürst ward wieder ruhiger und gab Iwan Ogareff durch ein Zeichen zu erkennen, daß er nicht an seiner Aufrichtigkeit zweifle.

»An welchem Tage fand die Schlacht von Krasnojarsk statt?« fragte er.

»Am 2. September.«

»Und jetzt sind alle tartarischen Truppen um Irkutsk konzentriert?«

»Alle.«

»Und du schätzest diese...?«

»Auf 400000 Mann.«

Diese Angabe beruhte wiederum auf einer zu demselben Zwecke vorgebrachten Übertreibung Iwan Ogareffs.

»Und aus den westlichen Provinzen habe ich keinen Ersatz zu erwarten?« fragte der Großfürst.

»Nein, kaiserliche Hoheit, mindestens nicht vor Ausgang des Winters.«

»Nun wohl, so höre, Michael Strogoff. Sollte ich auch weder von Osten noch von Westen her Unterstützung bekommen, und zählten die Barbaren 600000 Mann, ich werde Irkutsk niemals übergeben!«

Das boshafte Auge Iwan Ogareffs bedeckte sich ein wenig. Der Verräter schien sagen zu wollen, daß der Bruder des Zaren seine Rechnung ohne Rücksicht auf Verräterei machte.

Der Großfürst hatte bei seinem nervösen Temperament alle Mühe, bei diesen Unglücksbotschaften seine Ruhe zu bewahren. Er ging im Salon auf und ab vor den Augen Iwan Ogareffs, die ihm wie einer schon seiner Rache verfallenen Beute folgten. Er blieb an den Fenstern stehen, blickte nach den Wachtfeuern der Tartaren und suchte sich über ein Geräusch aufzuklären, das ja meist nur von den in der Angara dahintreibenden und aneinanderprallenden Eisschollen herrührte.

Eine Viertelstunde verging, ohne daß er eine weitere Frage stellte. Dann nahm er den Brief nochmals zur Hand und durchlas eine besondere Stelle desselben.

»Du weißt, Michael Strogoff, daß hierin von einem Verräter die Rede ist, vor dem ich mich hüten soll?«

»Ja, Hoheit.«

»Er soll unter irgendeiner Verkleidung nach Irkutsk einzudringen suchen und sich um mein Vertrauen bewerben, um zur gegebenen Zeit die Stadt den Tartaren zu überliefern.«

»Ich kenne das alles, kaiserliche Hoheit, und weiß auch, daß Iwan Ogareff geschworen hat, persönlich an dem Bruder des Zaren seine Rache zu nehmen.«

»Warum?«

»Man sagt, dieser Offizier sei von dem Großfürsten zu einer entehrenden Degradation verurteilt worden.«

»Ja, richtig, ich entsinne mich... Doch, er verdiente es, dieser Elende, der später gegen sein Vaterland diente, um einen Einfall der Barbaren zu organisieren.«

»Seiner Majestät dem Zaren«, fuhr Iwan Ogareff fort, »kam es vor allem darauf an, Sie, kaiserliche Hoheit, von den verbrecherischen Absichten gegen Ihre Person in Kenntnis zu setzen.«

»Ja, der Brief enthält die nötigen Aufschlüsse...«

»Und Seine Majestät haben das mir auch selbst mitgeteilt und mir vorzüglich eingeschärft, mich bei meiner Reise durch Sibirien ja vor diesem Verräter zu hüten.«

»Bist du ihm begegnet?«

»Ja, Hoheit, nach der Schlacht von Krasnojarsk. Hätte er vermuten können, daß ich der Träger eines an Eure kaiserliche Hoheit gerichteten Schreibens war, das seine abscheulichen Pläne enthüllte, so würde er mir keine Gnade gewährt haben.«

Gewiß, dann wärst du verloren gewesen«, antwortete der Großfürst. »Doch wie bist du überhaupt entkommen?«

»Dadurch, daß ich mich in den Irtysch stürzte.«

Und wie kamst du nach Irkutsk herein?«

»Bei Gelegenheit eines an diesem Abend unternommenen Ausfalles, welcher der Vertreibung einer Tartarenabteilung galt. Ich mischte mich unter die Verteidiger der Stadt, es gelang mir, mich zu erkennen zu geben, und so führte man mich sofort vor Eure kaiserliche Hoheit.«

»Gut, Michael Strogoff«, antwortete der Großfürst. »Du hast bei deiner schwierigen Reise Mut und Eifer gezeigt. Ich werde dich nicht vergessen. Hast du mir einen Wunsch vorzutragen?«

»Nein, außer dem, mich an der Seite Eurer kaiserlichen Hoheit schlagen zu dürfen.«

»Es sei, Michael Strogoff, ich nehme dich von heute

ab in meinen persönlichen Dienst und du wirst auch in diesem Palaste Wohnung erhalten.«

»Und wenn nun Iwan Ogareff sich, wie er die Absicht haben soll, Eurer kaiserlichen Hoheit unter einem falschen Namen vorstellt?«

»So wird er mit deiner Hilfe, da du ihn ja kennst, entlarvt werden, und soll den Tod unter der Knute erleiden. Geh!«

Iwan Ogareff salutierte vor dem Großfürsten militärisch, indem er nicht vergaß, daß er Kapitän bei dem Korps der Kuriere des Zaren sei, und zog sich zurück.

Iwan Ogareff begann seine Rolle also mit unleugbarem Erfolge zu spielen. Das Vertrauen des Großfürsten hatte er schnell und im vollsten Maße errungen. Er konnte dasselbe mißbrauchen, wo und wann es ihm beliebte. Er sollte ja gar in dem Palaste selbst wohnen, würde in alle Geheimnisse der Verteidigung eingeweiht sein. Er hatte demnach die Situation vollständig in der Hand. Niemand in Irkutsk kannte ihn, niemand konnte ihm seine Maske abreißen. Er beschloß also ohne Zögern ans Werk zu gehen.

Die Zeit drängte in der Tat. Jedenfalls mußte die Auslieferung der Stadt vor Eintreffen der aus dem Norden und Osten erwarteten Russen erfolgen; letzteres konnte sich aber nur um wenige Tage handeln. Waren die Tartaren erst Herren von Irkutsk, so wären sie gewiß nur schwer wieder daraus zu vertreiben gewesen. Und wenn sie auch gezwungen würden, es später wieder aufzugeben, so würde das doch nicht geschehen, als bis sie es von Grund auf zerstört und den Kopf des Großfürsten zu Feofar-Khans Füßen gelegt hätten.

Da Iwan Ogareff jetzt nichts hinderte, zu sehen, zu beobachten und zu handeln, so beschäftigte er sich schon vom andern Tage an damit, die Wälle zu besichtigen. Überall ward er von den Glückwünschen der Offiziere, Soldaten und Bürger begrüßt. Dieser Kurier des Zaren erschien ihnen wie ein Band, welches sie aufs neue mit dem Kaiserreiche verknüpfte. Iwan Ogareff erzählte bei dieser Gelegenheit mit einer Sicherheit, welche ihn niemals im Stiche ließ, von den Drangsalen seiner Reise. Dann sprach er, ohne das zu Anfang zu sehr zu betonen, von dem Ernst der Lage, wobei er, ebenso wie vor dem Großfürsten, die Erfolge der Tartaren und die Kräfte, über welche sie verfügten, absichtlich übertrieb. Seiner Darstellung nach waren die bevorstehenden Zuzüge, selbst wenn sie rechtzeitig eintrafen, gewiß unzureichend, und es stand zu befürchten, daß eine Schlacht unter den Mauern von Irkutsk ebenso verderblich ausfallen würde, wie die Treffen bei Kolyvan, Tomsk und Krasnojarsk.

Mit solchen Hiobsposten ging Iwan Ogareff aber keineswegs verschwenderisch um. Er ließ diese mit kluger Berechnung nur nach und nach hören. Er schien nur zu antworten, wenn man ihn fragte, und dann scheinbar nur mit Widerwillen. Allemal aber fügte er hinzu, daß man sich bis auf den letzten Mann verteidigen und die Stadt eher in die Luft sprengen müsse, bevor man sie übergebe.

Auf jede Weise suchte er die üble Lage schlimmer darzustellen. Die Garnison und die Bevölkerung von Irkutsk waren glücklicherweise aber viel zu patriotisch, um sich einschüchtern zu lassen. Von allen diesen Soldaten und Bürgern einer am Ende der asiatischen Welt isolierten Stadt dachte auch kein einziger nur entfernt an eine Übergabe. Die Verachtung der Russen gegen jene Barbaren kannte eben keine Grenzen.

Dagegen argwöhnte auch keiner die häßliche Rolle, welche Iwan Ogareff spielte, keiner konnte vermuten, daß dieser scheinbare Kurier des Zaren ein erbärmlicher Verräter war.

Ganz erklärlicherweise trat Iwan Ogareff seit seiner Ankunft in Irkutsk bald in nähere Beziehungen zu einem der begeistertsten Verteidiger der Stadt, zu Wassili Fedor.

Es ist dem Leser bekannt, von welch verzehrender Unruhe der unglückliche Vater gequält ward. Wenn seine

Tochter, wie er der Datumsangabe ihres letzten Briefes nach annehmen mußte, Rußland wirklich zu jener Zeit verlassen hatte, was mochte dann jetzt aus ihr geworden sein? Würde sie dennoch versuchen, die von den Feinden überschwemmten Provinzen zu bereisen, oder schmachtete sie vielleicht schon lange in Gefangenschaft? Wassili Fedor fand kein anderes Betäubungsmittel für seinen Schmerz, als sich gegen die Tartaren zu schlagen, eine Gelegenheit, die sich leider viel zu selten darbot.

Als Fedor da die so unerwartete Ankunft eines Kuriers des Zaren vernahm, sagte ihm ein Vorgefühl, daß er von diesem werde Nachrichten über seine Tochter einziehen können. Wenn er sich auch nicht verhehlte, daß diese Hoffnung auf sehr schwachen Füßen stehe, so klammerte er sich doch gern an sie an. War dieser Kurier nicht auch gefangen gewesen, wie es Nadia vielleicht heute noch war?

Wassili Fedor suchte also Iwan Ogareff auf, der begierig diese Gelegenheit ergriff, mit dem Kommandanten in tägliche Berührung zu kommen. Dachte der Renegat wohl daran, auch diese Gelegenheit auszunützen?

Wie dem auch sei, jedenfalls entsprach Iwan Ogareff mit geschickt verstelltem Eifer dem Entgegenkommen des Vaters Nadias. Schon am Morgen nach der Ankunft des vermeintlichen Kuriers begab jener sich nach dem Palaste des Großfürsten. Dort teilte er Iwan Ogareff die Umstände mit, unter welchen seine Tochter höchstwahrscheinlich das europäische Rußland verlassen hatte, und sagte ihm, welche Unruhe er jetzt um ihretwillen empfinde.

Iwan Ogareff kannte Nadia nicht, trotzdem er sie ja auf dem Relais zu Ichim an jenem Tage gesehen hatte, wo sie sich mit Michael Strogoff daselbst befand. Damals hatte er aber weder auf sie noch auf die beiden Journalisten geachtet, die sich gleichzeitig auf jenem Posthofe aufhielten. Er war also außerstande, Wassili Fedor die gewünschten Nachrichten über seine Tochter mitzuteilen.

»Wann hat Ihre Tochter«, fragte Iwan Ogareff, »das russische Gebiet etwa verlassen?«

»Ungefähr zu derselben Zeit wie Sie«, antwortete Wassili Fedor.

»Ich verließ Moskau am 15. Juli.«

»Nadia wahrscheinlich ganz zu derselben Zeit, wenigstens gab mir ihr letzter Brief diesen Termin an.«

»Sie war am 15. Juli in Moskau?«

»Ja gewiß, an eben diesem Tage.«

»Richtig...« sagte zögernd Iwan Ogareff.

Dann aber schien er seine Meinung zu ändern.

»Nein, nein, ich täusche mich doch... ich verwechsle jetzt das Datum«, fügte er hinzu, »leider ist es zu wahrscheinlich, daß Ihre Tochter die Grenze noch überschritten hat, und Sie können nun höchstens die einzige Hoffnung hegen, daß sie sich hat zurückhalten lassen, wenn sie von dem Einfall der Tartaren Nachricht erhielt.«

Wassili Fedor neigte betrübt den Kopf. Er kannte Nadia zu gut und wußte, daß nichts imstande sein würde, sie von ihrem Vorsatz abzubringen.

Iwan Ogareff beging hier eine unnötige Grausamkeit. Er hätte Wassili Fedor mit einem Worte beruhigen können. Hatte Nadia auch, wie wir wissen, die sibirische Grenze unter ganz besonderen Umständen passiert, so hätte Wassili Fedor doch, wenn jener ihm die Übereinstimmung jenes Datums und des ergangenen Verbotes erwähnte, glauben müssen, daß sie nicht den Gefahren der Invasion ausgesetzt gewesen sei und sich, wenn auch gezwungen, doch noch auf europäischem Gebiete befinden werde.

Iwan Ogareff, ein Mann, der von anderer Leiden niemals berührt wurde, folgte dabei nur seiner Natur, er hätte jenes Wort sprechen können... er sprach es nicht. Wassili Fedor zog sich mit gebrochenem Herzen zurück. Nach dieser Erkundigung schwand ihm die letzte Hoffnung.

An den beiden folgenden Tagen, dem 3. und 4. Oktober, ließ der Großfürst den vermeintlichen Michael Strogoff wiederholt zu sich bescheiden und befahl ihm, alles zu wiederholen, was er im kaiserlichen Kabinett des Neuen Palais gehört hatte. Iwan Ogareff antwortete, da er sich auf solche Fragen vorbereitet hatte, stets ohne Zögern. Er verheimlichte dabei absichtlich nicht, daß die Regierung des Zaren durch den Einfall vollständig überrascht und der Aufstand in tiefster Verschwiegenheit vorbereitet worden sei, da die Tartaren schon die Linie des Obi besetzt hatten, als die ersten Nachrichten davon nach Moskau gelangten, und endlich, daß in den russischen Provinzen nichts bereit sei, eine zur Vertreibung der Feinde hinreichende Truppenmacht schnell nach Sibirien zu werfen.

Da er übrigens vollkommen sein freier Herr war, begann Iwan Ogareff nun Irkutsk recht eigentlich zu studieren, den Zustand der Befestigungen und vorzüglich deren schwächste Punkte auszuspähen, um davon Nutzen ziehen zu können, wenn irgendein Umstand ihn an der Ausführung der geplanten Verräterei hindern sollte. Ganz besonders nahm das Tor von Bolchaïa seine Aufmerksamkeit in Anspruch, da er dieses zu überliefern beabsichtigte.

An diesem Abend kam er zweimal an das Tor. Er ging hier auf und ab, ohne die Kugeln der Belagerer zu fürchten, deren erste Posten noch keine Werst weit von demselben entfernt waren; er wußte recht gut, daß ihm nichts widerfahren könne, ja, daß man ihn sogar erkenne.

Da bemerkte er einen Schatten, der geräuschlos bis an den Fuß der Erdwerke heranschlich.

Sangarre war es, die ihr Leben aufs Spiel setzte, um von Iwan Ogareff Nachricht zu erlangen.

Übrigens erfreuten sich die Belagerten seit zwei Tagen einer Ruhe, an welche die Tartaren sie bisher nicht gewöhnt hatten.

Es geschah das auf Anordnung Iwan Ogareffs. Der Leutnant Feofar-Khans wollte alle Versuche, die Stadt mit Gewalt zu erobern, aufgeschoben wissen. Deshalb schwieg die Artillerie seit seiner Ankunft in Irkutsk vollkommen. Vielleicht – wenigstens setzte er noch einige Hoffnung hierauf – ließ die Wachsamkeit der Belagerten doch etwas nach. Für jeden Fall hielten sich bei den Vorposten einige tausend Tartaren bereit, zu seiner Zeit gegen das von seinen Verteidigern entblößte Tor vorzugehen, wenn von Iwan Ogareff die Stunde für den Angriff bestimmt worden wäre.

Das konnte ja nicht lange dauern. Die Entscheidung mußte fallen, bevor die russischen Hilfstruppen vor Irkutsk anlangten. Iwan Ogareffs Beschluß war gefaßt, und an diesem Abend glitt ein Billett den Wall hinab in die Hand Sangarres.

Am andern Tage, in der Nacht vom 5. zum 6. Oktober, wollte Iwan Ogareff Irkutsk den Todfeinden seines Vaterlandes überliefern.

Vierzehntes Kapitel

Die Nacht vom 5. zum 6. Oktober

Iwan Ogareffs Plan war mit größter Sorgfalt vorbereitet und mußte, falls nicht ganz unvorhergesehene Ereignisse dazwischentraten, gewiß gelingen, wenn er nur dafür sorgen konnte, das Tor von Bolchaïa zur Zeit, wo er es ausliefern wollte, von Verteidigern entblößt zu halten. Gleichzeitig sollte die Aufmerksamkeit der Belagerten nach einer andern Seite der Stadt abgelenkt werden. So hatte er mit dem Emir verabredet.

Ein Scheinangriff flußauf- und flußabwärts auf dem rechten Ufer der Angara sollte an beiden Stellen mit möglichster Kraftaufwendung ausgeführt und auch eine Überschreitung des Stromes nach dem linken Ufer versucht werden. Dabei durfte man voraussetzen, daß das Tor von Bolchaïa ziemlich verlassen werden würde, zumal da die tartarischen Vorposten vor demselben weiter zurückgezogen werden sollten, um den Glauben zu erregen, sie wären an anderen Stellen verwendet worden.

Der 5. Oktober war herangekommen. Vor Ablauf von vierundzwanzig Stunden sollte die Hauptstadt von Sibirien in den Händen des Emirs, der Großfürst in der Gewalt Iwan Ogareffs sein.

Im Laufe dieses Tages entstand in dem Tale der Angara eine ganz ungewöhnliche Bewegung. Von den Fenstern des Palastes und der Häuser am Ufer erkannte man deutlich, daß daselbst sehr umfassende Vorbereitungen betrieben wurden. Viele tartarische Abteilungen marschierten nach einem Punkte zusammen und verstärkten die Truppenmacht, welche der Emir persönlich befehligte. Alles das gehörte zu der verabredeten Diversion und wurde möglichst auffällig ins Werk gesetzt.

Iwan Ogareff verhehlte auch dem Großfürsten nicht, daß von jener Seite ein Angriff zu befürchten sei. Er glaube annehmen zu müssen, sagte er, daß von beiden Seiten der Stadt ein Sturmangriff geplant werde, und riet dem Großfürsten, die bedrohten Punkte möglichst zu verstärken.

Alles, was man sehen konnte, bestätigte Iwan Ogareffs Ansicht, der man sich bald Rechnung zu tragen entschloß. Nach einem im Palais abgehaltenen Kriegsrate erging der Befehl, die verfügbare Hauptmacht an beiden Enden der Stadt, wo sich deren Wälle auf den Strom stützten, zu konzentrieren.

Das war es, was Iwan Ogareff vor allem wünschte. Er rechnete zwar bestimmt nicht darauf, daß das Tor von Bolchaïa ganz von Mannschaften entblößt würde, aber diese konnten doch nur in geringer Stärke daselbst verbleiben. Iwan Ogareff suchte der Diversion der Tartaren eine solche Bedeutung zu geben, daß der Großfürst sich genötigt sehen sollte, alle disponiblen Kräfte gegen dieselbe aufzubieten.

Die Verhältnisse wurden übrigens durch ein Ereignis von ungewöhnlicher Bedeutung, wiederum einer Erfindung Iwan Ogareffs, ungemein erschwert, ein Ereignis, welches jedoch sehr wesentlich zur Erreichung seiner Absichten beitragen mußte. Wenn auch kein Angriff auf Irkutsk an den von dem Tore von Bolchaïa entferntesten Punkte unternommen wurde, so hätte jener Zwischenfall hingereicht, alle Kräfte der Verteidiger dahin zu konzentrieren, wo es Iwan Ogareff wünschte. Gleichzeitig mußte es eine entsetzliche Katastrophe über die arme Stadt herbeiführen.

Es waren also alle Aussichten vorhanden, jenes Tor zur bestimmten Stunde fast unbedeckt zu finden, während mehrere tausend Tartaren in Verstecken bereitlagen, gegen dasselbe anzustürmen.

Während dieser Tage hielten sich die Garnison und die Bevölkerung von Irkutsk immerfort auf jedes Ereignis gefaßt. Alle Maßnahmen zur Verteidigung bei dem erwarteten Angriff auf bisher weniger beunruhigte Punkte wurden eiligst getroffen. Der Großfürst und der General Boranzoff visitierten die auf ergangenen Befehl verstärkten Posten. Das Elitekorps Wassili Fedors hielt den nördlichen Teil der Stadt besetzt, aber mit der Weisung, immer dahin beizuspringen, wo die Gefahr am größten wäre. Mit diesen rechtzeitigen und auf Befehl Iwan Ogareffs getroffenen Maßregeln wuchs die Hoffnung, den beabsichtigten Angriff abzuschlagen. Das Ufer der Angara war mit der geringen Menge Artillerie besetzt worden, über die man eben verfügte. Wenn die Tartaren aber abgewiesen wurden, so konnte man erwarten, daß sie für den Augenblick entmutigt, einen erneuten Angriff doch mindestens einige Tage verschieben würden. Die von dem Großfürsten erwarteten Truppen mußten aber doch nun jede Stunde eintreffen. Das Heil oder das Verderben von Irkutsk hing also nur an einem Fädchen.

An diesem Tage ging die Sonne um sechs Uhr zwanzig Minuten auf und um fünf Uhr vierzig Minuten unter, nach Beschreibung eines Tagesbogens von elf Stunden. Zwei Stunden noch kämpfte die Dämmerung gegen das

Dunkel der Nacht. Dann hüllte sich alles in Finsternis, und auch auf das Erscheinen des Mondes, der sich gerade in Konjunktion befand, war ja nicht zu rechnen.

Die tiefe Dunkelheit mußte offenbar Iwan Ogareffs Pläne begünstigen.

Schon seit mehreren Tagen leitete eine ziemlich heftige Kälte auf die bevorstehende Strenge des sibirischen Winters über und an eben diesem Abend war sie doppelt fühlbar. Die auf der rechten Seite der Angara aufgestellten Truppen, welche ihre Anwesenheit nicht verraten sollten, hatten deshalb kein Wachtfeuer angezündet. Sie litten von der auffälligen Erniedrigung der Temperatur ganz entsetzlich. Wenige Schritte unter ihnen schwammen die Eisschollen hin, welche der Strom mit herantrieb. Den ganzen Tag über sah man sie in gedrängten Massen in breitem Zuge zwischen beiden Ufern. Dieser von dem Großfürsten und seinen Offizieren beobachtete Umstand ward für besonders glücklich angesehen. Es lag auf der Hand, daß an eine Überschreitung der Angara gar nicht zu denken sei, solange dieses Gewirr von Eisstücken das Bett derselben bedeckte. Die Tartaren konnten weder Boote noch Flöße benutzen. Dabei brauchte man nicht zu befürchten, daß sie einen Übergang auf dem etwa frisch aneinandergefrorenen Eise versuchen würden, da dieses für die Passage einer starken Kolonne offenbar zu wenig haltbar war.

Wenn diese Verhältnisse auch den Verteidigern von Irkutsk ganz vorteilhaft erschienen, so hätte Iwan Ogareff sie doch bedauern müssen. Doch im Gegenteil! Der Verräter wußte ja recht gut, daß die Tartaren gar nicht ernstlich daran dachten, die Angara zu passieren, und daß alle ihre hierauf abzielenden Bewegungen nur eine Kriegslist seien.

Gegen zehn Uhr abends veränderte sich die Oberfläche des Flusses zum größten Erstaunen und auch zum Nachteile der Belagerten ganz wunderbar. Der bisher unpraktikable Übergang wurde frei. Das ganze Bett des Stromes reinigte sich. Die Eisschollen, die seit einigen

Tagen schon in großer Menge dahinjagten, verschwanden plötzlich stromabwärts, und nur fünf bis sechs schwankten noch vereinzelt zwischen den beiden Ufern. Sogar ihre Struktur veränderte sich gegenüber denjenigen, welche man zu sehen gewohnt war, ganz auffallend. Sie erschienen nur als einzelne von einem größeren Eisfelde mit glatten Rändern abgelöste Splitter.

Die russischen Offiziere meldeten, als sie die Veränderungen am Fluße wahrnahmen, dieselben dem Großfürsten. Sie erklärten sich übrigens dadurch, daß das Eis sich an einer engern Stelle der Angara gestaut hatte und einen festen Schutz bildete.

Man weiß, daß dem so war.

Die Passage der Angara mußte also jetzt leichter zu forcieren sein, was die Russen nun zu noch größerer Vorsicht nach dieser Seite nötigte.

Bis Mitternacht blieb alles ruhig. Gerade an der Ostseite, vor dem Tore von Bolchaïa, konnte man nicht die geringste Bewegung wahrnehmen. Kein Feuerschein glühte in dem Walde, der in der Entfernung mit den niedrigen Wolken des Horizontes verschmolz.

Im Tale der Angara verriet dagegen ein vielfacher Wechsel der Feuer eine allgemeine Bewegung des Heeres.

Etwa eine Werst stromauf- und stromabwärts von den Stellen, wo die Erdwerke sich den Abhängen des Flußufers anschlossen, ließ sich ein dumpfes Geräusch vernehmen, ein Beweis dafür, daß daselbst tartarische Truppenmassen aufgestellt waren, welche irgendeines Befehles harrten.

Noch eine Stunde verging. Alles blieb wie vorher.

Es schlug zwei Uhr auf dem Glockenturme der Kathedrale in Irkutsk, und auch nicht eine ernsthafte Bewegung der Belagerer deutete auf weitere feindliche Absichten.

Der Großfürst und seine Offiziere fragten sich, ob sie nicht in einer Täuschung befangen wären, zu glauben, daß die Tartaren einen Versuch zur Überrumpelung der

Stadt wagen wollten. Fast in keiner der vorhergehenden Nächte ging es so ruhig zu. Immer blitzten sonst in der Vorpostenkette einzelne Flintenschüsse auf und brausten einige gröbere Geschosse durch die Luft – heute blieb alles still.

Dennoch verweilten der Großfürst, der General Boranzoff und deren Adjutanten jeder auf seinem Posten, bereit je nach den Umständen die nötigen Befehle zu geben und zu erteilen.

Wir wissen, daß Iwan Ogareff ein Zimmer des Palastes bewohnte. Eigentlich war dasselbe ein geräumiger Saal im Erdgeschoß, dessen Fenster nach einer Seitenterrasse zu lagen. Mit nur wenigen Schritten über diese Terrasse gewann man einen Standpunkt, von welchem aus die Angara weithin zu übersehen war.

In jenem Saale herrschte eben tiefe Finsternis.

Der Entscheidungsstunde ungeduldig entgegensehend, stand Iwan Ogareff darin an einem Fenster. Offenbar sollte das Signal zum Losbrechen von ihm ausgehen. Hatte er dasselbe einmal gegeben und die meisten Verteidiger von Irkutsk nach den offen angegriffenen Stellen gelockt, so wollte er das Palais verlassen, um sein Bubenstück zu vollenden.

Er wartete also im Dunklen, lauernd wie ein Raubtier, das sich auf seine Beute stürzen will.

Einige Minuten vor zwei Uhr verlangte der Großfürst, daß Michael Strogoff – denn nur dieser Name war ihm ja bekannt – vor ihn geführt werde. Ein Adjutant begab sich nach dessen Wohnung, fand aber die Tür geschlossen. Er rief…

Iwan Ogareff stand unbeweglich und im Dunklen nicht sichtbar am Fenster, hütete sich aber zu antworten.

Man meldete dem Großfürsten, daß der Kurier des Zaren augenblicklich im Palais nicht anwesend sei.

Da schlug es zwei Uhr. Das war der Zeitpunkt für die mit den Tartaren verabredete Diversion, zu welcher letztere schon fertig aufmarschiert waren.

Iwan Ogareff öffnete das Fenster seines Zimmers und

begab sich nach dem nördlichen Ende der Seitenterrasse.

Im Dunklen unter ihm rauschten die Fluten der Angara, die sich hörbar an den Pfeilern der früheren Brücke brachen.

Iwan Ogareff zog ein Feuerzeug aus der Tasche, entzündete dadurch ein Stückchen mit Pulver imprägnierten Schwamm und warf diesen in den Fluß...

Auf Iwan Ogareffs Befehl waren jene Ströme Mineralöls auf die Oberfläche der Angara geleitet worden.

Auf dem rechten Ufer des Flusses befanden sich oberhalb Irkutsk, zwischen dem Dorfe Poschkafsk und der Stadt, ergiebige Naphthaquellen. Iwan Ogareff verdankte man den teuflischen Gedanken, mittels derselben Irkutsk in Brand zu stecken. Er brachte also die ungeheuren Reservoirs, welche den vorrätigen Brennstoff enthielten, in seine Gewalt. Die Durchbrechung eines Stücks der Umfassungsmauer reichte hin, um jenen in starkem Strome ausfließen zu lassen.

Das war eben in dieser Nacht einige Stunden vorher geschehen, und war die Ursache, weshalb das Floß mit dem wirklichen Kuriere des Zaren, mit Nadia und den übrigen Flüchtlingen in einem Strome von Mineralöl schwamm. Durch die Öffnungen jener, Millionen von Kubikmetern enthaltenden Reservoirs hatte sich die flüssige Naphtha wie ein Sturzbach ergossen und sich, der natürlichen Bodenneigung folgend, auf dem Wasser der Angara verbreitet, auf dem sie ja infolge ihres geringeren spezifischen Gewichtes obenauf schwimmen mußte.

So führte Iwan Ogareff Krieg! Mit den Tartaren im Bunde handelte er wie ein Tartar auch gegen seine eigenen Landsleute. –

Der brennende Schwamm fiel in die Wellen der Angara.

In einem Augenblick, so als ob der Strom aus Alkohol bestände, flammte die ganze Fläche desselben fast mit elektrischer Geschwindigkeit auf. Zwischen den beiden

Ufern wälzten sich bläuliche Feuerwogen. Darüber wirbelten dicke Rauchwolken empor. Die wenigen noch in der Strömung vorhandenen Eisschollen wurden von der Glut ergriffen, schmolzen wie Wachs am Ofen, und mit Zischen und Pfeifen schoß das verdampfende Wasser in die Höhe.

Gleichzeitig knatterte am südlichen und nördlichen Ende der Stadt das Kleingewehrfeuer. Die Batterien im Tale der Angara öffneten ihren groben Mund. Mehrere tausend Tartaren stürzten sich stürmend auf die Erdwerke. Die hölzernen Gebäude am Flusse und dem Abhange daneben fingen an allen Enden Feuer. Eine entsetzliche Helligkeit besiegte das Dunkel der Nacht.

»Endlich!« sagte Iwan Ogareff für sich.

Er konnte sich mit vollem Rechte beglückwünschen. Sein Angriffsplan ging fürchterlich in Erfüllung. Die Verteidiger von Irkutsk standen plötzlich zwischen dem Sturmangriff der Tartaren und den Schrecken des Brandes.

Die Glocken heulten und alles, was in der Bevölkerung noch kräftige Glieder hatte, eilte herbei nach den bedrohten Punkten und den von dem Feuer zerstörten Häusern, um wenigstens die übrige Stadt zu retten.

Das Tor von Bolchaïa entbehrte nun fast jeder Bedekkung. Nur wenige Mann sah man an demselben. Diese waren noch dazu unter dem Einflusse des Verräters aus dem kleinen Korps der Verbannten erwählt, um die letzten Ursachen der kommenden Ereignisse von sich abwälzen und eher durch den politischen Haß jener Mannschaften erklären zu können.

Iwan Ogareff ging nach seinem jetzt von der brennenden Angara hell erleuchteten Zimmer zurück. Dann machte er sich bereit, auszugehen.

Doch kaum öffnete er die Tür, als sich ein Weib mit durchnäßter Kleidung und wild herabhängendem Haar in das Zimmer stürzte.

»Sangarre!« rief Iwan Ogareff im ersten Schrecken, da er kein anderes weibliches Wesen als die Zigeunerin vermuten konnte.

Aber nicht Sangarre war es, sondern Nadia.

In dem Augenblicke, als das junge Mädchen auf der Eisscholle, dem letzten Zufluchtsorte, bei dem Aufleuchten des Feuers einen Schreckensruf ausstieß, hatte Michael Strogoff sie mit den Armen umschlungen und sich mit ihr in das Wasser gestürzt, um unter demselben einen Schutz gegen die Flammen zu finden. Wie erwähnt befand sich die Scholle, welche sie trug, nur etwa noch dreißig Klafter oberhalb des ersten Quais von Irkutsk.

Nachdem er unter dem Wasser hingeschwommen, gelang es Michael Strogoff, daselbst mit Nadia an das Land zu kommen.

Endlich winkte Michael Strogoff sein heißersehntes Ziel. Er war in Irkutsk!

»Zum Palaste des Gouverneurs!« rief er Nadia zu.

Kaum zehn Minuten später erreichten beide den Eingang des Palais, um dessen Grundmauern das Feuer gierig, aber unschädlich emporzüngelte.

Weiterhin standen die Häuser am Ufer alle in Flammen.

Michael Strogoff und Nadia traten ohne Hindernisse in das jetzt überall offene Gebäude. Mitten in der allgemeinen Verwirrung bemerkte sie, trotz ihrer triefenden Kleidung, niemand.

In dem großen Parterresaale drängte sich eine Anzahl Offiziere, um sich Befehle einzuholen, neben Soldaten, um letztere auszuführen. Hier wurden Michael Strogoff und Nadia durch das Stoßen und Drängen der erregten Menge voneinander getrennt.

Ratlos durchirrte Nadia die Säle des Erdgeschosses mit lautem Rufen nach ihrem Begleiter und verlangte, vor den Großfürsten geführt zu werden.

Da öffnete sich vor ihr die Tür zu einem vom Feuerscheine hell erleuchteten Zimmer. Sie trat ein und stand unerwartet vor dem Manne, den sie in Ichim, wie in Tomsk gesehen hatte, gegenüber demjenigen, dessen ruchlose Hand in der nächsten Stunde die Stadt ausliefern sollte.

»Iwan Ogareff!« rief sie entsetzt.

Der Elende zitterte, als er seinen Namen hörte. Sein ganzer Plan mußte ja scheitern, wenn dieser Name laut wurde. Ihm blieb nur eines übrig; das lebende Wesen, wer das auch sei, umzubringen, weil es seinen wahren Namen kannte.

Iwan Ogareff drang auf Nadia ein; aber in der Hand des jungen Mädchens, das sich durch eine Mauer im Rücken zu decken suchte, blitzte schon ein Messer, um sich zu verteidigen.

»Iwan Ogareff!« rief sie nochmals lauter und im Bewußtsein, daß dieser verabscheute Name ihr Hilfe herbeirufen werde.

»Ah, du wirst schweigen lernen!« versetzte der Verräter.

»Iwan Ogareff!« rief das unerschrockene Mädchen zum dritten Male mit einer Stimme, deren Stärke ihr tödlicher Haß nur verdoppelte.

In wahnsinniger Wut riß Iwan Ogareff einen Dolch aus seinem Gürtel, sprang auf Nadia zu und drängte sie nach einer Ecke des Raumes.

Jetzt wäre es um sie geschehen gewesen, als eine unwiderstehliche Hand den Schurken von ihr wegriß und zur Erde schleuderte.

»Michael!« rief Nadia.

Es war Michael Strogoff.

Die Ausrufe Nadias hatten ihm den Weg gewiesen; durch sie war er zu dem Zimmer Iwan Ogareffs gelangt und durch die halb offen gebliebene Tür eingetreten.

»Sei ohne Furcht, Nadia«, sagte er, sich zwischen diese und Iwan Ogareff stellend.

»Nimm dich in acht, nimm dich in acht, Bruder!... Der Verräter ist bewaffnet... Er kann auch sehen, und du...«

Iwan Ogareff war wieder aufgestanden, und da er mit dem Blinden leichtes Spiel zu haben wähnte, rannte er auf Michael Strogoff zu.

Dieser packte ihn aber mit der einen Hand am Arme, lenkte mit der andern seine Waffe ab und warf ihn wieder zu Boden.

Totenbleich vor Wut und Scham erinnerte sich Iwan Ogareff, daß er ja einen Degen habe. Er riß diesen aus der Scheide und stellte sich wieder zum Angriff bereit.

Auch hatte er Michael Strogoff erkannt. Einen Blinden! Er hatte es ja nur mit einem Blinden zu tun. Die Partie stand offenbar gut für ihn.

Erschreckt durch die Gefahr, welche ihrem Freunde in einem so ungleichen Kampfe drohte, eilte Nadia zur Tür, um nach Hilfe zu rufen.

»Schließe die Tür, Nadia!« sagte Michael Strogoff. »Rufe niemand, laß die Rache mir allein! Jetzt braucht der Kurier des Zaren diesen Schurken nicht mehr zu fürchten. Er mag herankommen, wenn er es wagt. Ich erwarte ihn!«

Iwan Ogareff kauerte sich, ohne ein Wort zu sagen, wie ein Tiger zusammen. Er suchte das Geräusch seines Trittes, selbst das Hauchen seines Atems dem Ohre des Blinden zu verbergen. Er wollte ihn tödlich treffen, bevor er seine Annäherung gewahr würde. Der Schuft dachte nicht daran, sich ehrlich zu schlagen, er wollte den, dessen Namen er gestohlen hatte, einfach ermorden.

Voll Entsetzen und doch voll Vertrauen betrachtete Nadia diese fürchterliche Szene mit einer Art Bewunderung. Michael Strogoffs unerschütterliche Ruhe schien auch über sie gekommen zu sein. Als Waffe besaß Michael Strogoff nur sein sibirisches Jägermesser, und seinen mit dem Degen bewehrten Gegner sah er ja nicht einmal. Aber durch welche Gnade des Himmels vertraute er so sicher seiner Überlegenheit über jenen? Wie konnte er, ohne daß ein Wort fiel, immer bereit sein, der Degenspitze des Feindes zu begegnen?

Iwan Ogareff starrte mit sichtlicher Angst auf seinen Gegner. Diese übermenschliche Ruhe erdrückte ihn.

Doch wenn er dann seinen Verstand zu Rate zog, sagte er sich wieder, daß ja der Vorteil ganz auf seiner Seite sei. Diese Unbeweglichkeit des Blinden aber machte ihn erstarren. Er suchte sich die Stelle aus, wo er sein Opfer treffen wollte... Er glaubte sie gefunden zu haben... Was hielt denn seinen Arm zurück?

Endlich sprang er auf und führte einen heftigen Stoß gegen Michael Strogoffs Brust.

Eine geschickte und unerklärliche Bewegung des Messers Michael Strogoffs lenkte den Stahl ab. Der Blinde war nicht getroffen, und kaltblütig schien er, ohne von der Stelle zu weichen, einen zweiten Angriff zu erwarten.

Aus Iwan Ogareffs Stirn perlte ein eiskalter Schweiß. Er trat erst einen Schritt zurück und drang dann aufs neue vor. Aber der Todesstreich mißlang ihm ebenso wie das erste Mal. Eine einfache Parade des breiten Messers drängte den nutzlosen Degen zur Seite.

Rasend vor Wut und Schrecken gegenüber dieser lebenden Bildsäule heftete der Verräter seinen Blick auf die weit geöffneten Augen des Geblendeten. Diese Augen, welche in dem tiefsten Abgrund seiner Seele zu lesen schienen und doch unmöglich sehen konnten, wirkten auf ihn mit einer Art entsetzlicher Zauberkraft.

Plötzlich stieß Iwan Ogareff einen Schrei aus. In seinem Innern ward es unerwartet klar.

»Er sieht«, rief er, »er kann sehen!...«

Und wie ein Raubtier scheu seine Höhle zu gewinnen sucht, wich er in den Hintergrund des Saales zurück.

Da belebte sich die Statue, der Blinde ging sicheren Schrittes auf Iwan Ogareff zu und sagte:

»Jawohl, er kann sehen! Ich sehe noch den Knutenhieb, mit dem ich dich elenden Verräter gebrandmarkt habe. Ich sehe auch die Stelle, an der mein Messer dich treffen soll. Auf, wehre dich deines Lebens. Ich erweise dir noch die unverdiente Ehre eines Zweikampfes! Mein Messer genügt mir gegen deinen Degen!«

»Er sieht!« rief freudig erschreckt Nadia. »Gütiger,

gerechter Gott, ist das möglich?«

Iwan Ogareff fühlte sich verloren. Noch einmal aber raffte er den letzten Mut zusammen und stürzte sich mit dem Degen auf seinen unerschütterlichen Gegner. Die beiden Klingen kreuzten sich, aber ein Messerhieb Michael Strogoffs, geführt von der geübten Hand des sibirischen Jägers, sprengte die Klinge in Stücke und durch das Herz getroffen sank der Elende leblos zu Boden.

In diesem Augenblick wurde die Zimmertür von außen aufgestoßen. Begleitet von einigen Offizieren erschien der Großfürst auf der Schwelle.

Letzterer trat vor. Auf dem Fußboden erkannte er die Leiche desjenigen, den er für den Kurier des Zaren gehalten hatte.

Mit drohender Stimme fragte er:

»Wer hat diesen Mann getötet?«

»Ich tat es«, antwortete Michael Strogoff. Einer der Offiziere setzte einen Revolver an dessen Schläfe.

»Dein Name?« fragte der Großfürst.

»Kaiserliche Hoheit«, erwiderte Michael Strogoff, »fragen Sie mich lieber zuerst nach dem Namen dessen, der vor Ihren Füßen liegt.«

»Diesen Mann erkenne ich. Es ist ein Diener meines Bruders, ein Kurier des Zaren.«

»Dieser Mann, Hoheit, ist kein Kurier des Zaren! Das ist Iwan Ogareff!«

»Iwan Ogareff?« rief der Großfürst.

»Ja, Iwan, der Verräter seines Vaterlandes.«

»Aber du, wer bist du denn?«

»Ich bin Michael Strogoff.«

Fünfzehntes Kapitel

Schluß

Michael Strogoff war in der Tat jetzt weder blind, noch war er es jemals gewesen. Eine rein menschliche, gleichzeitig moralische und physikalische Ursache hatte die Wirkung der glühenden Säbelklinge vereitelt, die der Scharfrichter Iwan Ogareffs damals vor seinen Augen vorbeiführte.

Der Leser erinnert sich, daß bei Vollziehung des grausamen Urteils die alte Marfa verzweifelt und mit erhobenen Armen unweit ihres Sohnes stand. Michael Strogoff sah sie an, wie ein Sohn eben seine Mutter ansehen wird, wenn er weiß, daß es zum letzten Male sein soll. Aus seinem Herzen quollen ihm die Tränen in die Augen, die sein Stolz vergeblich zurückzudrängen suchte. Diese sammelten sich unter den Augenlidern, und ihre Verdampfung auf der Hornhaut rettete ihm die Sehkraft. Da sich die aus den Tränen gebildete Dampfschicht zwischen der glühenden Klinge und den Augäpfeln befand, vermochte sie die Wirkung der Hitze unschädlich zu machen. Es ist das derselbe Vorgang, als wenn ein Gießer nach Anfeuchtung seiner Hand mit Wasser diese ungestraft durch einen Strahl flüssigen Eisens führt.

Michael Strogoff hatte die Gefahr schnell erkannt, welche ihm daraus erwachsen könne, wenn er sein Geheimnis gegen irgend jemand offenbarte. Ebenso durchschaute er auch den Nutzen, den er aus diesem Umstande bezüglich der Durchführung seiner Aufgabe ziehen könne. Nur daß er für blind galt, schien seine persönliche Freiheit einigermaßen sicherzustellen. Er mußte also blind scheinen, er mußte es für alle sein, selbst für Nadia, und niemals durfte eine unbewachte Bewegung seinerseits an der Wahrheit seiner Rolle einen Zweifel erregen. Sein Entschluß stand fest. Er mußte selbst sein Leben wagen, um einen Beweis von seiner Erblindung zu geben, und wir wissen, wie unbedenklich er es aufs Spiel setzte.

Nur seine Mutter allein kannte den wahren Sachverhalt, ihr hatte er es damals auf dem Platze vor Tomsk ins Ohr geflüstert, als er in der Dunkelheit über jene gebeugt sie mit seinen heißen Küssen bedeckte.

Man entsinnt sich auch, daß, als Iwan Ogareff in herzlosem Spotte das kaiserliche Schreiben vor Michael Strogoffs geblendete Augen hielt, dieser dasselbe lesen konnte, und natürlich alles gelesen hatte, was die verruchten Pläne des Verräters enthüllte. Hieraus erklärt sich auch sein verdoppeltes Drängen, in Irkutsk anzukommen und sich daselbst seiner Mission wenigstens mündlich zu entledigen. Er wußte, daß die Stadt verraten werden solle, daß des Großfürsten Leben in der ernstesten Gefahr schwebe. Die Rettung des Bruders seines Zaren, ja das Heil ganz Sibiriens ruhte also in seiner Hand.

Mit wenigen Worten wurden dem Großfürsten alle die früheren Vorkommnisse mitgeteilt, wobei Michael Strogoff mit Wärme den Anteil hervorhob, der Nadia bei der Überwindung der zahlreichen Hindernisse gebührte.

»Wer ist das junge Mädchen?« fragte der Großfürst.

»Die Tochter Wassili Fedors, eines Verbannten.«

»Die Tochter des Kommandanten Fedor«, fuhr aber der Großfürst fort, »ist nicht mehr die Tochter eines Verbannten. In Irkutsk gibt es jetzt keine Verbannten mehr!«

Nadia fiel, überwältigt von der Freude, der sie leichter erlag als den harten Schlägen des Schicksals, dem Großfürsten zu Füßen, der sie jedoch mit der einen Hand wieder aufzog und die andere Michael Strogoff darbot.

Eine Stunde später lag Nadia in den Armen ihres Vaters.

Michael Strogoff, Nadia und Wassili Fedor waren vereinigt und hoch schlugen ihre Herzen im Übermaß des Glückes.

Der Angriff der Tartaren auf die Stadt schlug gänzlich

fehl. Wassili Fedor hatte mit seiner kleinen Truppe die ersten Anstürmenden niedergemacht, die vor dem Tore von Bolchaïa in der Meinung, dasselbe schon offen zu finden, erschienen, während jener mit instinktivem Vorgefühl darauf drang, hier zu Verteidigung zurückzubleiben.

Gleichzeitig mit der Zurückweisung der Tartaren gelang es den Belagerten auch, die Feuersbrunst zu bewältigen. Die Naphtha auf der Oberfläche der Angara war bald verbrannt, und die auf die Häuser längs des Flusses konzentrierten Flammen verschonten die übrigen Teile der Stadt.

Noch vor Tagesanbruch zogen sich die Truppen Feofar-Khans, unter Zurücklassung einer großen Anzahl auf den Wällen umherliegender Toter, in ihr Lager zurück.

Zu den Gefallenen gehörte auch die Zigeunerin Sangarre, welche sich vergeblich mit Iwan Ogareff in Verbindung zu setzen versucht hatte.

Die beiden folgenden Tage wagten die Belagerer keinen erneuten Angriff. Iwan Ogareffs Tod hatte sie entmutigt. Dieser Mann war die Seele des ganzen Kriegszuges, und er allein besaß durch seine unausgesetzten Agitationen Einfluß genug auf die Khans und deren Heerhaufen, um sie zu dem Versuch einer Eroberung des asiatischen Rußlands zu verleiten.

Inzwischen blieben die Einwohner und die Besatzung von Irkutsk, angesichts der noch andauernden Einschließung, stets gleichmäßig wachsam und kampfbereit.

Am 7. Oktober aber donnerte beim ersten Tagesgrauen der eherne Mund von Geschützen auf den umgebenden Höhen der Stadt.

Es war der Gruß der Hilfsarmee, die unter der Führung des Generals Kisselef heranrückte und dem Großfürsten ihr Eintreffen anmeldete.

Die Tartaren bedachten sich nicht lange. Sie wollten nicht Gefahr laufen, unter den Mauern von Irkutsk eine

Schlacht annehmen zu müssen, und hoben daher das Lager im Tale der Angara eiligst auf.

Endlich konnte Irkutsk befreit wieder aufatmen.

Mit den ersten russischen Truppen waren aber auch zwei Freunde Michael Strogoffs in die Stadt eingezogen – die unzertrennlichen Kollegen Harry Blount und Alcide Jolivet. Es war ihnen gelungen, über den Eisschutz das rechte Ufer der Angara zu erreichen und mit den übrigen Flüchtlingen zu entkommen, bevor die brennende Angara das Floß ergriffen hatte. In Alcide Jolivets Notizbuch fand sich hierüber die lakonische Bemerkung:

»Beinahe umgekommen wie eine Zitrone in der Punschbowle!«

Sie freuten sich herzlich, Nadia und Michael Strogoff heil und gesund wiederzutreffen, vorzüglich, als sie erfuhren, daß ihr mutiger Gefährte nicht blind sei. Harry Blount fühlte sich veranlaßt, als eigene Beobachtung zu notieren:

»Rotglühendes Eisen scheint unzureichend zu sein, die Sensibilität des Sehnerven zu zerstören. Das Verfahren bedarf der Modifikation.«

Nachdem sie in Irkutsk ein behagliches Unterkommen gefunden, gingen sie ans Werk, ihre Reiseerlebnisse in Ordnung niederzuschreiben. Nach London und nach Paris flogen dann zwei hochinteressante Berichte über den Einfall der Tartaren, welche sich wunderbarerweise kaum in den untergeordnetsten Punkten widersprachen.

Der ganze Feldzug verlief übrigens höchst unglücklich für den Emir und seine Verbündeten. Dieser ebenso nutzlose Einfall, wie alle anderen gegen den russischen Koloß gerichteten Angriffe, sollte ihnen sehr verderblich werden. Bald sahen sie sich von den kaiserlichen Truppen abgeschnitten, welche in rascher Folge alle eroberten Städte wieder in ihre Gewalt brachten. Dazu trat der Winter mit ungewöhnlicher Strenge auf, so daß von den durch die Kälte dezimierten Horden nur ein schwacher Bruchteil die Steppen der Tartarei wieder erreichte.

Die Straße von Irkutsk nach dem Uralgebirge war

wieder frei. Den Großfürsten drängte es, nach Moskau zurückzukehren, doch er verschob seine Abreise, um einer rührenden Zeremonie beizuwohnen, die sich wenige Tage nach dem Einzuge der russischen Truppen vollzog.

Michael Strogoff befand sich an Nadias Seite und sagte zu ihr in Gegenwart ihres Vaters:

»Nadia, noch immer meine Schwester, hast du bei deiner Abreise von Riga nach Irkutsk einen andern Kummer zurückgelassen, als die Trauer um deine Mutter?«

»Nein«, antwortete Nadia, »gar keinen andern.«

»Kein Stückchen deines Herzens ist dort zurückgeblieben?«

»Keines, Bruder.«

»Dann, Nadia, glaube ich nicht anders, als daß es Gottes Absicht war, uns nicht nur zur vereinten Überwindung so schwerer Prüfungen, sondern wohl für immer zusammenzuführen.«

Mit beseligter Freude sank Nadia in Michael Strogoffs Arme.

Dann wendete sich dieser zu Wassili Fedor.

»Mein Vater!« sagte er leicht errötend.

»Nadia«, antwortete Wassili Fedor, »mir wird es alle Zeit nur eine Freude sein, euch beide meine Kinder zu nennen!«

Die Vermählungsfeier ging in der Kathedrale von Irkutsk vor sich. Sie war nur einfach hinsichtlich des äußeren Pompes, aber erhebend durch die ungeheure Teilnahme der ganzen Bevölkerung, welche ihrer tiefen Dankbarkeit gegen die beiden jungen Leute Ausdruck verleihen wollte, deren Irrfahrten schon in aller Munde lebten.

Selbstverständlich fehlten auch Alcide Jolivet und Harry Blount nicht bei dieser Hochzeit, über die sie ihren Lesern doch Bericht erstatten wollten.

»Nun, und das macht Ihnen noch keine Lust, das Gleiche zu tun?« fragte Alcide Jolivet seinen Kollegen.

»Pah«, erwiderte Harry Blount, »hätte ich freilich

eine Cousine so wie Sie…«

»Meine Cousine ist nicht mehr zu haben!« unterbrach ihn lachend Alcide Jolivet.

»Desto besser«, meinte Harry Blount, »denn man spricht unter der Hand von Schwierigkeiten zwischen London und Peking. – Hätten Sie keine Lust zuzusehen, was dort vorgeht?«

»Alle Wetter, liebster Blount«, rief Alcide Jolivet, »eben wollte ich Ihnen diesen Vorschlag machen!«

Stehenden Fußes brachen die beiden Unzertrennlichen auf nach dem Himmlischen Reiche.

Einige Tage nach der Hochzeit begaben sich auch Michael Strogoff und Nadia, natürlich begleitet von Wassili Fedor, auf die Rückreise nach Europa. Diese Schmerzensstraße auf dem Herweg wurde zum Glückspfade für den Rückweg. Sie eilten in größter Schnelligkeit dahin auf einem jener prächtigen Schlitten, welche wie ein Eilzug über Sibiriens eisbedeckte Steppen fliegen.

Nur am Ufer der Dinka gönnten sie sich einen einzigen Rasttag.

Michael Strogoff fand die Stelle wieder auf, an der er den armen Nicolaus begraben hatte. Dort ward ein Kreuz aufgestellt, und Nadia verrichtete ein letztes Gebet an der Ruhestätte des ergebenen, heldenmütigen Freundes, den beide niemals vergessen konnten.

In Omsk empfing sie die alte Marfa in dem kleinen Häuschen der Strogoffs. Mit inniger Liebe umarmte sie die, welche sie im Herzen schon tausendmal ihre Tochter genannt hatte. Heute durfte die alte Sibirierin ihren Sohn erkennen und ihrem mütterlichen Stolze Genüge tun.

Nach einigen Tagen Aufenthalt in Omsk reisten Michael und Nadia Strogoff nach Europa weiter. Wassili Fedor ließ sich in Petersburg nieder, und weder sein Sohn noch seine Tochter verließen ihn jemals, außer wenn sie der bejahrten Mutter in der Ferne einen Besuch abstatteten.

Der junge Kurier wurde vom Zar empfangen, der ihm eine Stellung in seiner unmittelbaren Umgebung anwies und ihm das Ritterkreuz des heiligen Georg aushändigte.

Michael Strogoff gelangte später zu hohen Ehren im Reiche. Aber nicht die Geschichte seiner Erfolge wollten wir hier berichten, sondern nur die seiner männlich überwundenen Prüfungen und Leiden.

Ein Drama in Mexiko

Die ersten Schiffe der mexikanischen Marine

1.

Von der Insel Guajan nach Acapulco

Am 18. Oktober 1825 gingen die »Asia«, ein großes spanisches Kriegsschiff, und die »Constanzia«, eine Brigg von acht Kanonen, bei der Insel Guajan, einer der Mariannen, vor Anker. Vor sechs Monaten schon hatten diese Fahrzeuge Spanien verlassen, und unter den dürftig ernährten, lässig bezahlten und durch Strapazen ermatteten Mannschaften derselben gährten im verborgenen rebellische Projekte. Verstöße gegen die Disziplin kamen vorzüglich auf der Constanzia vor, deren Kommandant, Kapitän Don Orteva, ein Mann von eiserner Energie und unbeugsamem Willen war. Einige schwere und so unerwartete Havarien, daß man sie nur dem Mangel an Achtsamkeit zuschreiben konnte, hatten die Brigg in ihrer Fahrt wiederholt aufgehalten. Jetzt war auch die von Don Roque de Guzuarte befehligte Asia gezwungen, mit vor Anker zu gehen. Eines Nachts zerbrach nämlich der Kompaß der Constanzia auf völlig unerklärliche Weise. Ein anderes Mal erwiesen sich die Bardunen und Wanten des Fockmastes so schadhaft, als wären sie mit einem Messer durchschnitten gewesen, so daß der ganze Mast mit seiner Takelage umstürzte. Endlich rissen auch zweimal die Taue des Steuerruders gerade inmitten eines wichtigen Manövers.

Die Insel Guajan gehört, wie alle Mariannen, zu der General-Kapitänschaft der Philippinen. Hier waren die Spanier also zu Hause und konnten ihre Havarien in jedem Umfange ausbessern.

Während dieses gezwungenen Aufenthaltes am Lande teilte Don Orteva dem Don Roque seine Beobachtungen bezüglich der Erschlaffung der Disziplin auf seinem Schiffe mit, und die beiden Befehlshaber verpflichteten sich gegenseitig zu verdoppelter Wachsamkeit und Strenge.

Don Orteva mußte vor allem auf zwei seiner Leute, den Leutnant Martinez und den Mastwächter José, ein Auge haben.

Leutnant Martinez, der seine Stellung als Offizier schon durch manche verdächtige Zusammenkünfte auf dem Vorderkastell kompromittiert hatte, mußte schon wiederholt bestraft werden; seine Funktionen als Leutnant der Constanzia versah dann während der Zeit seiner Haft der Offiziersaspirant Pablo. Der Mastwart José war ein gemeiner, verächtlicher Charakter, der seine Anhänglichkeit nur nach dem empfangenen Lohne abwog. Ihm sah dagegen der sehr ehrenhafte Hochbootsmann Jacopo, der auch Don Ortevas unbedingtes Vertrauen genoß, stets scharf auf die Finger.

Der Aspirant Pablo gehörte zu jenen seltenen, offenherzigen und mutigen Naturen, welche ihr Edelmut zu den hochherzigsten Taten begeistert. Für seinen Wohltäter, den Kapitän Orteva, der ihn einst als Waise aufnahm und erzog, wäre er gewiß gern in den Tod gegangen. Im Laufe wiederholter Gespräche mit dem Hochbootsmann Jacopo ließ er oft, dahingerissen von dem Feuer der Jugend und dem Triebe seines Herzens, die wahrhaft kindliche Liebe durchblicken, die ihn an Don Orteva fesselte, und der wackere Jacopo drückte ihm kräftig die Hand, sein Einverständnis zu besiegeln. Was vermochten aber diese drei Männer gegen die Leidenschaften einer widerspenstigen Besatzung? Während sie Tag und Nacht sich alle Mühe gaben, den auflodernden Geist der Zwietracht zu bändigen, schürten Martinez und José doch immer erfolgreicher die Empörung und den unwürdigsten Verrat.

Der Ankerwart, Leutnant Martinez, befand sich auf Guajan in einer niedrigen Hütte, zugleich mit einigen Bootsleuten und etwa zwanzig Seeleuten der beiden

Kriegsschiffe.

»Kameraden«, begann Martinez, »dank den unerwarteten Havarien haben das Linienschiff und die Brigg bei den Mariannen Anker werfen müssen, wodurch mir Gelegenheit geboten wurde, mit euch unbelauscht zu sprechen.«

»Bravo!« tönte es schon bei diesem Anfange aus allen Kehlen.

»Sprechen Sie, Leutnant«, riefen mehrere Matrosen, »und lassen uns Ihre Absichten hören.«

»So vernehmt meinen Plan«, erwiderte Martinez. »Sobald wir uns der beiden Schiffe bemächtigt haben, steuern wir nach der Küste von Mexiko. Ihr wißt, daß der neue Bundesstaat noch aller Seewehr entbehrt. Dort wird man unsere Schiffe unbesehen ankaufen, wodurch nicht nur unsere fehlende Löhnung herauskommt, sondern wir auch noch einen Überschuß gleichmäßig zur Verteilung bringen können.«

»Einverstanden!«

»Und welches Signal verabreden wir, um auf beiden Schiffen gleichzeitig zu handeln?« fragte der Mastwart José.

»Von der Asia wird eine Rakete aufsteigen«, erwiderte Martinez. »Dann brecht los! Wir sind zehn gegen einen, und die Offiziere des Linienschiffs und der Brigg müssen überwältigt sein, bevor sie zur Besinnung kommen.«

»Wann ist jenes Signal zu erwarten?« erkundigten sich einige Bootsleute der Constanzia.

»In einigen Tagen, sobald wir uns auf der Höhe der Insel Mindanao befinden.«

»Die Mexikaner werden uns aber mit Kanonenkugeln empfangen«, bemerkte der Mastwart José. »Wenn ich nicht irre, hat die Bundesregierung ein Dekret erlassen, alle spanischen Fahrzeuge strengstens zu überwachen und zu beobachten, so daß uns statt des erhofften Geldes vielleicht eine Ladung Eisen und Blei beschert wird.«

»Darüber beruhige dich, José!« antwortete Martinez, »wir werden uns schon von fern her zu erkennen geben.«

»Und auf welche Weise?«

»Wir hissen an der Gaffel die Flagge Mexikos.«

Bei diesen Worten entrollte der Leutnant vor den Augen der Empörer ein grün-weiß-rotes Flaggentuch.

Tiefe Stille entstand angesichts dieses äußeren Zeichens der Unabhängigkeit Mexikos.

»Nun, sehnt ihr euch etwa schon wieder nach den Farben Spaniens?« rief der Leutnant im Tone des Spottes. »Wohlan, wer diese Sehnsucht spürt, der trenne sich von uns und fahre mit gutem Winde unter dem Kommando des Kapitäns Don Orteva oder Don Roques. »Wir, die wir entschlossen sind, den Gehorsam zu kündigen, werden schon unser Ziel erreichen.«

»Jawohl! Gewiß!« rief die ganze Versammlung.

»Kameraden!« fügte Martinez noch hinzu, »unsre Offiziere beabsichtigen mit Hilfe der Passatwinde nach den Sunda-Inseln zu steuern; wir werden ihnen aber zeigen, daß man auch ohne sie gegen die Moussons des Stillen Ozeanes lavieren kann!«

Die Teilnehmer dieser geheimen Zusammenkunft gingen auseinander und kamen von verschiedenen Seiten her wieder nach ihren zugehörigen Schiffen.

Am folgenden Tage lichteten die Asia und die Constanzia mit Tagesanbruch die Anker, und mit vollen Segeln fuhren die Brigg und das Linienschiff nach Südwesten, in der Richtung auf Neuholland, ab. Leutnant Martinez verrichtete wieder seinen Dienst, wurde aber auf Anordnung des Kapitäns Orteva aufmerksam beobachtet.

Inzwischen bedrängten Don Orteva manchmal düstre Vorgefühle. Er betrübte sich über den drohenden Verfall der spanischen Kriegsmarine, welche die Insubordination ihrem Untergang entgegenführte. Dazu vermochte sich sein Patriotismus nicht an die Schläge des Unglücks zu gewöhnen, welche sein Vaterland jetzt nacheinander trafen und denen der Abfall Mexikos die Krone aufsetzte. Dann und wann unterhielt er sich mit dem Aspiranten Pablo von diesen ernsten Fragen, vorzüglich aber von der früheren Suprematie der spanischen Flotte in allen Meeren.

»Mein Sohn«, begann er eines Tages, »aus unseren Seeleuten ist der Geist der Disziplin gewichen. Vorzüglich auf meinem Schiffe zeigen sich Symptome einer drohenden Empörung, und es kann wohl sein – ich ahne wenigstens so etwas – daß ich durch eine elende Verräterei ums Leben komme! Doch du wirst mich rächen, nicht wahr, um gleichzeitig Spanien zu rächen, das man in mir zu treffen sucht.«

»Ich schwöre es, Kapitän!« erwiderte Pablo.

»Mache dir auf der Brigg niemand vorzeitig zum Feind, aber erinnere dich zu seiner Zeit, mein Sohn, daß man in dieser unseligen Zeit seinem Vaterlande am besten dadurch dient, die Elenden, welche es verraten wollen, erst zu beobachten und nur zur rechten Zeit zu züchtigen.«

»Ich verspreche Ihnen, mein Leben daranzusetzen«, erwiderte der junge Mann, »ja, gern in den Tod zu gehen, wenn es sein muß, um die Verräter zu strafen.«

Seit drei Tagen hatten die Schiffe den Mariannen-Archipel verlassen. Bei einer günstigen Brise flog die Constanzia über das weite Meer. Die graziöse, schlanke und schnelle Brigg hüpfte über die Wellen, deren Schaum ihre acht Sechspfünder bespritzte.

»Zwölf Knoten, Leutnant«, sagte eines Abends der Aspirant Pablo zu Martinez. »Wenn wir ebenso, den Wind im Rücken, weitersegeln, wird die Überfahrt nicht lange dauern.«

»Gott gebe es! – Wir haben genug ausgestanden, so daß unsere Leiden wohl zu Ende sein könnten.«

Der Mastwart José befand sich in diesem Augenblick gerade in der Nähe des Halbdecks und hörte die letzten Worte des Leutnants.

»Wir müssen bald in Sicht eines Landes kommen«,

setzte da Martinez mit lauterer Stimme hinzu.

»Jawohl, nach der Insel Mindanao«, erwiderte der Aspirant. »Wir segeln jetzt unter dem 140. Grad östlicher Länge bei 8 Grad nördlicher Breite, und wenn ich nicht irre, liegt die Insel...«

»Unter 140 Grad 39 Minuten der Länge und 7 Grad der Breite«, fiel ihm Martinez ins Wort.

José hob den Kopf ein wenig empor und begab sich nach einem unverständlichen Zeichen nach dem Vorderkastell.

»Sie haben die Mitternachtswache, Pablo?« fragte Martinez.

»Ja, Leutnant.«

»Es ist schon um sechs Uhr; ich will Sie nicht aufhalten.«

Pablo entfernte sich.

Martinez blieb allein auf dem Halbdeck zurück und richtete seine Augen nach der Asia, die unter dem Winde der Brigg segelte. Der Abend war prächtig und versprach eine jener herrlichen Nächte, die in der Tropenzone oft so frisch und ruhig sind.

Der Leutnant suchte im Halbdunkel die Leute von der Deckwache auf. Er erkannte José und mehrere der Seeleute, mit denen er auf Guajan verhandelt hatte.

Schnell näherte sich Martinez dem Manne am Steuer, dem er mit leiser Stimme einige Worte zuflüsterte.

Sofort konnte man bemerken, daß das Steuerruder sich ein wenig mehr gegen den Wind drehte, ebenso daß die Brigg entschieden auf das Linienschiff zuhielt.

Der Gewohnheit an Bord entgegen ging Martinez unter dem Winde auf und ab, um die Asia besser beobachten zu können. Unruhig drehte er ein Fernrohr in der Hand.

Plötzlich ließ sich eine Detonation an Bord des andern Schiffes vernehmen.

Bei diesem Signal sprang Martinez auf einen erhöhten Platz und rief mit lauter Stimme:

»Alle Mann auf Deck! Die Großsegel eingezogen!«

In demselben Augenblick kam auch schon Don Orteva mit den andern Offizieren aus der Dunette heraus und wandte sich an den Leutnant.

»Weshalb dieses Manöver?« fragte er.

Ohne eine Antwort, zu geben sprang Martinez herab und eilte nach dem Vorderkastell.

»Die Raa herunter!« befahl er. »Brassen! Die Schoten der großen Fockstenge nachlassen!«

Unterdes ertönten neue Detonationen an Bord der Asia.

Die Mannschaft gehorchte den Befehlen des Leutnants, die Brigg drehte sich gegen den Wind und stand, beigelegt mit Hilfe des kleinen Marssegels, unbeweglich still.

Don Orteva wandte sich nach den wenigen Männern um, die in seiner Nähe geblieben waren.

»Zu mir, meine Braven!« rief er.

Dann schritt er auf Martinez zu.

»Ergreift diesen Offizier!« befahl er.

»Tod dem Kommandanten!« antwortete Martinez.

Pablo und zwei Offiziere ergriffen Degen und Pistolen. Einige Matrosen, Jacopo voran, beeilten sich, ihnen beizustehen, wurden aber von den Meuterern überwältigt, entwaffnet und unschädlich gemacht.

Die Seesoldaten und die Besatzung stellten sich in der ganzen Breite des Decks auf und marschierten gegen ihre Offiziere. Den treuen Männern blieb, als sie sich auf die Dunette zurückgedrängt sahen, nichts anderes übrig, als sich auf die Rebellen zu stürzen.

Don Orteva schlug seine Pistole auf Martinez an.

Da stieg eine Rakete von Bord der Asia auf.

»Sieg! Sieg!« rief Martinez.

Don Ortevas Kugel hatte ihr Ziel verfehlt.

Der ganze Auftritt dauerte nicht lange. Der Kapitän griff den Leutnant Mann gegen Mann an, aber bald unterlag er, schwer verwundet und von der Übermacht erdrückt. Nach wenigen Augenblicken teilten die Offiziere sein Los.

In dem Tauwerk der Brigg wurden Laternen aufgehängt, als Antwort auf die in der Takelage der Asia. Die Revolte brach auf dem Linienschiffe zu gleicher Zeit aus und war ebenso von Erfolg gekrönt.

Leutnant Martinez befehligte jetzt auf der Constanzia, und seine Gefangenen wurden bunt durcheinander in das Konferenzzimmer geworfen.

Aber bei dem ersten Erblicken von Blut kamen auch die wilden Triebe der Mannschaft zum Durchbruch. Man begnügte sich nicht gesiegt zu haben, man wollte auch töten.

»Erwürgt sie!« heulten einige der Wütlinge. »Macht sie kalt! Nur ein toter Mann kann nicht mehr sprechen.«

An der Spitze der Blutdürstigen drang Martinez schon gegen das Konferenzzimmer vor, die übrige Mannschaft widersetzte sich aber dem Gemetzel, und die Offiziere waren gerettet.

»Führt Don Orteva auf das Deck«, befahl Martinez.

Man gehorchte.

»Orteva«, sagte Martinez, »ich befehlige jetzt diese beiden Schiffe. Don Roque ist mein Gefangener gleich dir. Morgen werden wir euch beide auf einer wüsten Insel aussetzen; dann steuern wir nach einem Hafen Mexikos und verkaufen die Fahrzeuge der republikanischen Regierung.«

»Verräter!« schleuderte ihm Orteva als Antwort ins Gesicht.

»Setzt die Großsegel wieder bei und haltet so scharf es geht am Winde. Dieser Mann werde auf dem Halbdeck festgebunden.«

Er zeigte dabei auf Orteva. Sein Befehl ward vollzogen.

»Die andern kommen in den Raum hinunter. Wir lavieren gegen den Wind. Vorwärts! Schnell, Kameraden!«

Das Manöver wurde sofort ausgeführt. Der Kapitän Orteva befand sich nun, durch die Brigantine des Großmastes versteckt, unter dem Winde des Schiffes, aber noch immer hörte man ihn seinem Leutnant »Verräter!« und »Schurke!« nachrufen.

Außer sich vor Wut sprang Martinez, eine Axt in der Hand, auf die Dunette. Die andern rissen ihn vom Kapitän zurück; aber mit kräftigem Hiebe zerschnitt er die Schoten der Brigantine. Der von dem Winde nun heftig nach der andern Seite schlagende Baum traf den Kapitän und zerschmetterte ihm den Schädel.

Auf der Brigg erhob sich ein Schrei des Entsetzens.

»Durch unglücklichen Zufall ums Leben gekommen!« erklärte Leutnant Martinez. »Werft den Leichnam in das Meer!«

Wiederum entsprach man seinen Worten.

Die beiden Schiffe segelten so schnell als möglich weiter in der Richtung nach Mexiko zu.

Am andern Tage begegnete man einem Eilande. Die Boote der Asia und Constanzia wurden aufs Meer gesetzt und die Offiziere, mit Ausnahme des Aspiranten Pablo und des Hochbootsmannes Jacopo, die sich beide dem Leutnant Martinez unterworfen hatten, nach dieser verlassenen Küste befördert. Einige Tage später fand ein englischer Walfischfahrer glücklicherweise die Verlassenen und beförderte sie nach Manila.

Wie kam es, daß Pablo und Jacopo in das Lager der Verräter übergangen waren? Der weitere Verlauf unsrer Erzählung wird darüber Licht geben.

Einige Wochen später ankerten beide Schiffe in der Bai von Monterey, im Norden von Alt-Kalifornien. Martinez teilte dem militärischen Kommantanten des Hafens seine Absichten mit. Er erbot sich, die beiden spanischen Schiffe samt Munition und voller Kriegsausrüstung an die mexikanische Konföderation, der es an einer Marine noch gänzlich mangelte, auszuliefern, und auch die Mannschaften zur Verfügung der Bundesregierung zu stellen. Als Entgelt sollte letztere ihnen alles auszahlen, was die Mannschaften seit der Abfahrt von Spanien zu fordern hatten.

Auf diese Vorschläge erwiderte der Gouverneur, daß

er nicht die nötige Machtvollkommenheit besitze, einen derartigen Vertrag abzuschließen. Er empfahl Martinez also, sich persönlich nach Mexiko zu wenden, wo er diese Angelegenheit leicht selbst erledigen könne. Der Leutnant folgte diesem Rate, ließ die Asia, welche einen Monat lang außer Dienst gestellt ward, in Monterey zurück und stach mit der Constanzia wieder in See. Pablo, Jacopo und José gehörten zur Besatzung, und die Brigg setzte bei günstigem Winde alle Leinwand bei, um den Hafen von Acapulco baldmöglichst zu erreichen.

2.

Von Acapulco nach Cigualan

Unter den vier Häfen Mexikos am Pazifischen Ozean, nämlich San-Blas, Zacatula, Tehuantepec und Acapulco, bietet der letztgenannte den Schiffen die meisten Hilfsmittel. Die Stadt ist freilich erbärmlich gebaut und sehr ungesund, aber ihre Reede liegt sehr gesichert und vermöchte wohl hundert Seeschiffe aufzunehmen. Hohe, steile Ufer schützen die Schiffe von allen Seiten und bilden dadurch ein so friedlich ruhiges Bassin, daß ein von der Landseite anlangender Reisender dasselbe recht wohl für einen von einem Gebirgsringe umschlossenen Binnensee halten könnte.

Acapulco war in jener Zeit durch drei Bastionen gedeckt, die es auf der rechten Seite flankierten, während die Hafeneinfahrt durch eine Batterie von sieben Geschützen verteidigt wurde, die im Notfall ihre Feuerlinie mit denen des Forts Santo-Diego rechtwinklig kreuzen konnten. Letzteres führte übrigens dreißig Geschütze, beherrschte die ganze Reede und hätte unfehlbar jedes Schiff in den Grund bohren können, das den Eingang des Hafens etwa zu forcieren versuchte.

Die Stadt hatte eigentlich also kaum etwas von der

Seeseite zu fürchten, und doch ergriff sie, drei Monate nach den oben erzählten Ereignissen, ein wahrhaft panischer Schrecken.

Es war ein Schiff auf hoher See signalisiert worden. Beunruhigt über die Absichten dieses verdächtigen Seglers überließen sich die Bewohner einer auffallenden Angst. Der neue Bundesstaat fürchtete nämlich noch immer die Wiederkehr der spanischen Herrschaft. Es erklärt sich das, trotz eines mit Großbritannien schon abgeschlossenen Handelsvertrags und trotz des Eintreffens eines Geschäftsträgers aus London, der die Anerkennung des Freistaates mitbrachte, dadurch, daß die mexikanische Zentralgewalt kein einziges Kriegsschiff besaß, ihre Küsten zu beschützen.

Auf jeden Fall konnte das Fahrzeug nur ein kühner Freibeuter sein, dem dort der steife Nordwest, der vom Herbste bis zum Frühlingsäquinoktium in diesen Gegenden des Stillen Ozeans fast allein herrschende Wind, tüchtig in die halbgerefften Segel blies. Die Einwohner Acapulcos waren ihrer Sache aber doch zu unsicher und bereiteten sich schon vor, eine etwaige Landung von Fremden abzuwehren, als das so gefürchtete Fahrzeug an seiner Gaffel die Fahne der mexikanischen Unabhängigkeit entrollte.

Auf halbe Kanonenschußweite vom Hafen warf die Constanzia, deren Namen man am Heck schon deutlich lesen konnte, plötzlich Anker. Die Segel wurden an den Raaen befestigt und ein Boot herabgelassen, welches bald im Hafen landete.

Sofort nach seiner Ausschiffung begab sich der Leutnant Martinez zu dem Gouverneur, um ihn von dem Zwecke seiner Hierherkunft zu unterrichten. Dieser billigte vollständig den Beschluß des Leutnants, selbst nach Mexiko zu gehen, um daselbst den betreffenden Kaufvertrag mit dem General Guadalupo Vittoria, dem Präsidenten der Konföderation, zu ratifizieren. Kaum verbreitete sich diese Neuigkeit in der Stadt, als man auch seiner Freude den unverhohlensten Ausdruck gab.

Die ganze Bevölkerung lief zusammen, das erste Schiff der mexikanischen Kriegsmarine anzustaunen, und sah in dessen Besitze und diesem deutlichen Beweise des unter den Spaniern herrschenden Mangels an Disziplin eine neue Versicherung, sich jedem erneuten Versuche seiner früheren Herren noch entschiedener und erfolgreicher widersetzen zu können.

Martinez kehrte nach seinem Schiffe zurück. Einige Stunden später lag die Brigg Constanzia im inneren Hafen und wurde ihre Besatzung bei den freudig erregten Bewohnern von Acapulco einquartiert.

Als aber Martinez seine Leute zum Appell versammelte, waren Pablo und Jacopo spurlos verschwunden. –

Von allen Ländern der Erde unterscheidet sich Mexiko durch die Höhe und Ausdehnung des Plateaus, welches seine Mitte einnimmt. Die Kette der Kordilleren durchzieht unter dem allgemeinen Namen der Anden ganz Mittelamerika, durchfurcht Guatemala und teilt sich bei ihrem Eintritte in Mexiko in zwei Arme, welche parallel den Küsten des Gebietes verlaufen. Diese beiden Arme bilden eigentlich nur die Abhänge des ungeheuren Plateaus von Anahuac, welches sich bis auf 2500 Meter über die benachbarten Meere erhebt. Diese Reihe von Stufenebenen, die weit ausgedehnter, aber ebenso einförmig sind als jene von Peru und Neu-Granada, nimmt etwa drei Fünftel des Landes ein. Mit ihrem Eintritte in das alte Territorium Mexikos nehmen die Kordilleren den Namen »Sierra Madre« an, und nach ihrer Teilung in drei Zweige, etwa in der Höhe der Städte San-Miguel und Guanaxato, verbreiten und verlieren sie sich bis zum 57. Grade nördlicher Breite.

Zwischen dem Hafen Acapulco und der Stadt Mexiko, einer Strecke von achtzig Lieues, gestaltet sich das Terrain weniger zerrissen und treten die Bergabhänge weniger steil auf, als zwischen Mexiko und Vera-Cruz. Nach Überschreitung der Granitgebirge in den dem Großen Ozean benachbarten Zügen, in welche auch der

Hafen von Acapulco eingeschnitten ist, begegnet der Reisende nur noch jenen Porphyrfelsen, denen die Industrie den Gips, den Basalt, Urkalk, das Zinn, Kupfer, Eisen, Silber und Gold entnimmt. Gerade die Straße von Acapulco nach Mexiko aber bietet herrliche Aussichtspunkte, ganz eigentümliche Erscheinungen in der Pflanzenwelt, welche zwei nebeneinander, einige Tage nach dem Eintreffen der Brigg Constanzia dahintrabende Reiter manchmal beachteten und manchmal ganz vernachlässigten.

Das waren Martinez und José. Der letztere kannte den Weg vollkommen. Wie oft hatte er nicht die Berge von Anahuac durchzogen! Eben deshalb lehnten sie auch das Anerbieten, einen indianischen Führer mitzunehmen, ab, versorgten sich nur mit ausgezeichneten Pferden und ritten nun in schnellstem Schritte nach der Hauptstadt Mexikos.

Nach einem zweistündigen scharfen Trabe, der sie am Sprechen hinderte, machten sie Halt.

»Schritt reiten, Leutnant!« rief José erschöpft. »Santa Maria! Da würde ich es doch vorziehen, bei einem steifen Nordwest zwei Stunden lang auf dem großen Topmaste zu reiten.«

»Beeilen wir uns!« entgegnete Martinez. »Du kennst doch die Straße gut, José, nicht wahr, ganz genau?«

»So gut wie Sie die Straße von Cadix nach Vera-Cruz, und hier haben wir weder die Stürme des Golfs, noch die Sandbänke von Taspan oder Santander zu fürchten, die uns aufhalten könnten!... Aber Schritt!«

»Nein, lieber schneller«, erwiderte Martinez, indem er seinem Rosse die Sporen gab. »Ich fürchte dieses Verschwinden Pablos und Jacopos. Sollten sie allein bei dem Handel profitieren und unsern Anteil stehlen wollen?«

»Beim heiligen Jakob! Das fehlte noch«, versetzte zynisch der Mastwart, »an solchen Dieben, wie wir sind, zu Dieben zu werden!«

»Wie viele Tagesreisen werden wir bis Mexiko brauchen?«

»Vier bis fünf, Leutnant. Das Ganze ist ein reiner Spaziergang. Aber nur Schritt reiten. Sie sehen doch, daß der Weg sehr bergan führt.«

In der Tat machten sich eben die ersten Wellenlinien der Berge bemerkbar.

»Unsere Pferde sind nicht beschlagen«, fuhr der Mastwart fort, indem er anhielt, »und ihre Hufe nutzen sich auf diesem Granitboden schnell ab. Sagen Sie aber ja nichts Schlechtes über diesen Boden. Da drunter liegt Gold, und wenn wir jetzt auch darüber weggehen, Leutnant, so bedeutet das nicht etwa, daß wir es verachten!«

Die beiden Reiter hatten eine kleine, reich von Fächerpalmen, Nopals und mexikanischen Sagopalmen beschattete Anhöhe erreicht. Zu ihren Füßen dehnte sich eine große, kultivierte Ebene aus und entfaltete die ganze üppige Vegetation der Tropen vor ihren Augen. Zur Linken begrenzte ein Wald von Mahagonibäumen die reizende Landschaft. Schlanke Pfefferstauden wiegten ihre elastischen Zweige in dem brennenden Atem des Stillen Ozeans; dort starrten dichte Felder mit Zukkerrohr empor. Mächtige Baumwollpflanzungen bewegten geräuschlos ihre grauseidenen Blütendolden. Da und dort erhob sich wohl ein Konvolvulus (Jalappe off.) oder der farbenreiche Piment, vermischt mit Indigo, Kakao-, Kampeche- und Guajacbäumen. Alle die verschiedenen Erzeugnisse der Tropenflora, die Dahlias, Mentzelias, Helicanthus usw., schmückten mit ihrer Farbenpracht dieses reizende Stückchen Erde, übrigens auch den fruchtbarsten Teil des mexikanischen Gebietes.

Ja, diese ganze schöne Natur schien sich unter den Glutstrahlen, welche die Sonne herabschoß, zu beleben. Aber unter derselben verzehrenden Sonne winden sich auch die unglücklichen Einwohner im Frostschauer des Gelben Fiebers! Deshalb bleiben diese kaum bewohnten und verlassenen Gegenden immer ohne Leben und Geräusch.

»Was ist das für ein Kegel, der sich dort am Horizonte

vor uns erhebt?« fragte Martinez seinen Begleiter.

»Der Gipfel der Brea, der sich übrigens kaum über die umgebende Ebene erhebt«, antwortete hingeworfen der Mastwart.

Dieser Kegel bildet die erste bemerkbarere Erhebung der gewaltigen Kordillerenkette.

»Beeilen wir uns«, mahnte Martinez, indem er selbst mit gutem Beispiele voranging. »Unsere Pferde entstammen den Haziendas des westlichen Mexiko und sind von den Reisen durch die Savannen an diese Unebenheiten des Terrains gewöhnt. Wir wollen den Weg, wo er bergab führt, benutzen und aus diesen grenzenlosen, einsamen Gegenden entfliehen, welche nicht dazu angetan sind, uns zu erheitern.«

»Sollte der Leutnant Martinez Gewissensbisse haben?« fragte José achselzuckend.

»Gewissensbisse!... Nein, das nicht!...«

Martinez verfiel wieder in tiefes Schweigen und so ritten beide stumm und in schnellem Tempo dahin.

Sie erreichten den Kegel der Brea, den sie auf steilen Saumpfaden erstiegen, längs tiefer Abgründe, welche aber den unergründlichen Schluchten der Sierra Madre noch keineswegs gleichkommen. Nach Überschreitung des entgegengesetzten Abhanges hielten die beiden Reiter an, um ihre Pferde ausruhen zu lassen.

Die Sonne verschwand bald unter dem Horizonte, als Martinez und sein Gefährte in dem Dorfe Tigualan ankamen. Dasselbe zählt nur wenige bewohnte Hütten, die dürftigen Heimstätten armer Indianer, welche »Mansos«, d. h. Ackerbauer, genannt werden. Die seßhaften Eingeborenen sind im allgemeinen sehr träge, da sie nur die Reichtümer einzusammeln brauchen, welche der freigebige Erdboden spendet. Ihre große Faulheit unterscheidet sie wesentlich sowohl von den Indianern des Hochplateaus, welche wohl die Not zum Fleiße zwang, als auch von den Nomaden des Nordens, welche, da sie nur von Raub und Plünderung leben, niemals feste Wohnsitze haben.

Die Spanier begegneten in diesem Dörfchen nur einer sehr mittelmäßigen Gastfreundschaft. Die Indianer sahen in ihnen nur ihre alten Bedrücker und beeilten sich gar nicht, ihnen irgendwie beizustehen.

Dazu waren vor ihnen zwei andere Reisende durch den Ort gekommen und hatten unter den vorrätigen Nahrungsmitteln ziemlich aufgeräumt.

Der Leutnant und der Mastwart legten auf diesen Zufall, der ja nicht selten vorkommt, kein besonderes Gewicht.

Martinez und José suchten unter einem halb verfallenen Gemäuer Obdach, wo sie ihre Mahlzeit, bestehend aus einem gedämpften Hammelkopfe, zubereiteten. Hierzu gruben sie ein Loch in die Erde, füllten es mit trockenem Holze, untermischt mit Kieselsteinen, welche die Wärme gut bewahren, an und ließen das Holz niederbrennen; auf die glühende Asche legten sie hierauf ohne weitere Zubereitung das in aromatische Blätter gewickelte Fleisch und schlossen dann das Ganze mit Zweigen und festgestampfter Erde luftdicht ab. Bald nachher war ihr Braten gar und sie verzehrten ihn mit dem Appetit, der Leuten, welche einen weiten Weg zurückgelegt haben, eigen zu sein pflegt. Nach der Mahlzeit streckten sie sich, den Dolch in der Hand, auf die Erde aus. Die Müdigkeit ließ sie bald die Härte ihres Lagers vergessen, ebenso wie die Stiche der lästigen Maringuins, so daß sie bald einschliefen.

Mehrmals aber wiederholte Martinez noch in unruhigem Traume die Namen Pablos und Jacopos, deren Verschwinden ihn fortwährend beunruhigte.

3.

Von Cigualan nach Tasco

Am andern Tage wurden die Pferde frühzeitig gesattelt und gezäumt. Die Reisenden begaben sich wieder auf den nur halb gebahnten Fußwegen, welche sich vor ihnen hinschlängelten, weiter nach Osten der Sonne entgegen. Der Anfang verlief recht gut. Ohne das schweigsame Verhalten des Leutnants, das gegen die gute Laune des Mastwarts auffallend kontrastierte, hätte man beide für die ehrlichsten Leute der Welt halten können.

Der Boden stieg immer mehr an. Bald breitete sich das ungeheure Plateau von Chilpanimyo, auf dem das schönste Klima in ganz Mexiko herrscht, bis zur entferntesten Grenze des Horizontes vor ihren Blicken aus. Dieser Landstrich, welcher ganz den Ländern unter der gemäßigten Zone gleicht, erhebt sich an 1500 Meter über das Meer und kennt weder die erstickende Hitze der Niederungen, noch die Fröste der höhergelegenen Gegenden. Diese paradiesische Oase zur Rechten lassend gelangten die beiden Spanier nach dem kleinen Dorfe San Pedro, nahmen aber nach dreistündiger Rast wieder ihren Weg nach der kleinen Stadt Tutela-del-Rio auf.

»Wo werden wir diese Nacht schlafen?« fragte Martinez.

»In Tasco, Leutnant«, antwortete José. »Im Vergleich zu diesen Dörfern eine große Stadt.«

»In der man ein gutes Unterkommen findet?«

»Gewiß, unter schönem Himmel und in einem herrlichen Klima. Dort brennt die Sonne nicht so heiß wie an der Meeresküste. Hier geht es immer unbemerkt bergauf und man kommt nach und nach dahin, auf dem Gipfel des Popocatepetl zu – erfrieren.«

»Wann kommen wir auf die Berge, José?«

»Übermorgen abend, Leutnant, und von ihrem Kamme aus werden wir, freilich in großer Entfernung, unser Reiseziel erblicken. O, Mexiko ist eine Stadt von

Gold! Wissen Sie, woran ich eben dachte, Leutnant?«

Martinez gab keine Antwort.

»Ich fragte mich, was aus den Offizieren der Brigg und des Linienschiffes, die wir auf dem Eiland aussetzten, geworden sein könne.«

Martinez erzitterte.

»Ich weiß es nicht!« antwortete er murmelnd.

»Ich denke mir«, fuhr José fort, »die hochmütigen Herren werden einfach Hungers gestorben sein. Bei der Ausschiffung sind auch noch mehrere ins Meer gefallen, das dort eine Haifischart, der Tintorea, unsicher macht, der keinen Pardon gibt. Santa Maria! Wenn der Kapitän Don Orteva wieder von den Toten auferstände, dann könnten wir uns auch in den ersten besten Walfischbauch verkriechen! Aber sein Kopf stieß zu stark mit dem Baum zusammen, und da die Schoten so unerwartet rissen...«

»Wirst du schweigen!« donnerte ihn Martinez an.

Der Seemann zügelte seine Zunge.

»Hier sind Skrupel und Zweifel auch am unrechten Platze«, sagte er für sich und fuhr dann wieder laut fort: »Nach unserer Rückkehr werde ich mich übrigens in diesem prächtigen Mexiko häuslich niederlassen. Hier laviert man so zwischen Ananas und Bananen und scheitert höchstens an Klippen aus Silber oder Gold.«

»Und deshalb wurdest du zum Verräter?« fragte Martinez.

»Warum nicht, Leutnant? Das läuft auf eine Geldfrage hinaus!«

»Ah!...« sagte Martinez verächtlich.

»Und Sie?« wendete sich José an diesen.

»Ich!... Bei mir war es eine Rangfrage. Der Leutnant wollte sich an dem Kapitän rächen.«

»Ach so!« bemerkte José wegwerfend.

Die beiden Leute hielten sich trotz ihrer verschiedenen Beweggründe die Waage.

»Achtung! rief Martinez und hielt sein Pferd an. »Was sehe ich da unten?«

José erhob sich in den Steigbügeln.

»Es ist niemand da«, antwortete er.

»Doch! Ich sah, wie ein Mann sich eiligst verbarg«, behauptete Martinez.

»Einbildung!«

»Nein, nein, ich sah es!« wiederholte der Leutnant.

»Nun meinetwegen, so suchen Sie nach Belieben.«

José setzte gelassen seinen Weg fort.

Martinez ging allein auf einen Busch Magnolien zu, deren Zweige Wurzeln schlagen, sobald sie den Erdboden berühren, und dadurch ein ganz undurchdringliches Gewirr bilden.

Alles schien still und verlassen.

Plötzlich sah er eine Art Spirale sich im Schatten bewegen.

Es war eine kleine Schlange, deren Kopf sich von einem großen Steine zermalmt zeigte, während der übrige Körper noch wie unter dem Einfluß eines galvanischen Stromes zuckte.

»Hier ist irgend jemand gewesen!« rief der Leutnant.

Abergläubisch und schuldbewußt sah sich Martinez nach allen Seiten um. Er begann zu schaudern.

»Wer, wer mochte das sein?« murmelte er.

»Nun, wie steht's?« fragte José, der jetzt auch hinzukam.

»Es war nichts!« antwortete Martinez. »Brechen wir auf!«

Die Reisenden ritten nun stromaufwärts längs der Mexala, einem kleinen Zuflusse des Rio Balsas, dahin. Bald verrieten ihnen einige Rauchsäulen die Gegenwart von Menschen, und die kleine Stadt Tutela-del-Rio zeigte sich ihren Blicken. Da die Spanier jedoch Eile hatten, noch vor Anbruch der Nacht Tasco zu erreichen, verließen sie jene wieder nach einer ganz kurzen Rast.

Der Weg ward nun sehr steil und uneben, so daß sie nur im Schritt, übrigens die gewohnte Gangart ihrer Pferde, vorwärtskamen. Da und dort erhoben sich Olivenwälder auf den Berglehnen. Sowohl der Boden, als auch die Temperatur und Vegetation erwiesen sich hier wesentlich verschieden gegen früher.

Bald sank der Abend hernieder. In wenigen Schritten Entfernung folgte Martinez seinem Führer José. Dieser fand sich in der zunehmenden Dunkelheit nur schwierig zurecht und suchte einen gangbaren Pfad auszuwählen, wobei er manchen Fluch ausstieß, einmal über einen hervorstehenden Knorren, über den sein Roß stolperte, bald über einen Zweig, der ihm ins Gesicht schlug und die ausgezeichnete Zigarre, welche er rauchte, auszulöschen drohte.

Der Leutnant lenkte sein Pferd stets dem seines Begleiters nach. An ihm nagten heimliche Gewissensbisse, wenn er sich auch von den Empfindungen, die ihn quälten, keine klare Rechenschaft gab.

Jetzt war es vollständig Nacht geworden. Die Reiter beeilten ihren Schritt. Ohne Aufenthalt passierten sie die kleinen Dorfschaften Contepec und Ipuala und kamen glücklich noch in der Stadt Tasco an.

José hatte wahr gesprochen. Das war eine große Stadt gegenüber den unbedeutenden Ansiedelungen, die schon hinter ihnen lagen. In der größten Straße fand sich sogar eine Art Gasthof. Ein Stallknecht nahm ihnen die Pferde ab, und die Reisenden traten in das Hauptzimmer des Hauses, in welchem sie eine lange, fertig angerichtete Tafel trafen.

Die Spanier nahmen daran einander gegenüber Platz und verzehrten eine Mahlzeit, welche dem Gaumen der Eingeborenen vielleicht vortrefflich munden mochte, die für europäische Zungen aber nur der quälende Hunger genießbar machte. Sie bestand aus Resten von Hühnern mit reichlicher Sauce von grünem Piment, Reis mit rotem Piment und Safran gewürzt, altem Geflügel mit Oliven, Rosinen, Erdnüssen, Zwiebeln, gezuckertem Kürbis, Carbanzos und Portulak, das alles aber begleitet von »Tortillas«, d. s. kleine auf heißen Metallplatten gebackene Maisbrotkuchen. Dann ward noch ein Getränk serviert, und man begab sich zur Ruhe.

Wenn auch nicht auf die erwünschteste Weise, so war ihr Hunger doch gestillt, und die Erschöpfung versenkte Martinez und José bald in tiefen Schlummer.

4.

Von Tasco nach Cuernavaca

Der Leutnant erwachte spät am Morgen zuerst.

»José, auf! Wir müssen aufbrechen!« mahnte er.

Der Mastwart streckte die Arme aus.

»Welche Straße schlagen wir ein?« fragte Martinez.

»O, hier sind mir gar zwei bekannt, Leutnant.«

»Und welche?«

»Die eine, welche über Zacualican, Tenancingo und Toluca führt. Von Toluca bis Mexiko ist die Straße sehr schön, denn dort hat man schon die Höhe der Sierra Madre erreicht.

»Und die andre?«

»Die andre entfernt uns etwas mehr nach Osten, aber wir kommen da an den schönen Bergen, dem Popocatepetl und dem Icatacihualt vorüber. Diese ist die sicherere, weniger besuchte Straße. Eine schöne Promenade von fünfzehn Lieues über eine sanft geneigte Ebene.«

»Nur nicht den längeren Weg und schnell vorwärts«, mahnte Martinez. »Wo werden wir heute übernachten?«

»Nun, wenn wir zwölf Knoten zurücklegen, sind wir in Cuernavaca«, antwortete der Mastwart.

Die beiden Spanier begaben sich nach dem Stalle, ließen die Pferde satteln und füllten die »Mochillas«, d.s. am Geschirr befestigte Taschen, mit Maiskuchen, Granaten und gedörrtem Fleisch, denn in den Bergen liefen sie Gefahr, keine Nahrungsmittel zu finden. Nach Ausgleichung der Zeche bestiegen sie ihre Pferde, auf denen sie mit übergeschlagenen Beinen und auf die rechte

Hand gestützt dahinritten.

Zum ersten Male kam ihnen hier eine Eiche zu Gesicht, ein Baum von guter Vorbedeutung, an dessen Fuße die ungesunden Ausdünstungen der niederen Gegenden aufhören. In diesen 1500 Meter über dem Meere gelegenen Landstrichen vermischen sich die seit der Eroberung durch Spanien eingeführten Nutzpflanzen mit den einheimischen Gewächsen. Kornfelder lachen in dieser fruchtbaren Oase, in der alle Kulturpflanzen Europas gedeihen. Hier säuselt das Laub der Bäume Asiens und Frankreichs. In dem Rasenteppiche leuchten Blumen des Orientes neben Veilchen, Kornblumen, Verbenen und Maßlieb aus der gemäßigten Zone. An manchen Stellen starrten harzreiche Pflanzen in Gruppen empor und war die Luft geschwängert mit dem feinen Dufte der Vanille, welche im Schatten von Balsam- und Ambrastauden gedieh. Auch die beiden Abenteurer fühlten sich ganz wohlig bei der Temperatur von zwanzig bis zweiundzwanzig Graden, wie sie immer in der Gegend von Xalapa und Chilpanzinge herrscht, welche deshalb hier auch allgemein »die gemäßigten Landstriche« genannt werden.

Inzwischen gelangten Martinez und sein Gefährte immer weiter nach der Hochebene von Anahuac hinauf, indem sie die gewaltigen Bergkämme, welche sich im Innern Mexikos verzweigen, überschritten.

»Ah!« rief plötzlich José, »da ist der erste der drei Bergströme, welche wir überschreiten müssen.«

Wirklich lag ein tief ausgeschnittenes Flußbett nicht weit vor ihren Füßen.

»Bei meiner letzten Reise«, bemerkte José, »lag dieses Wildbett trocken. Folgen Sie mir, Leutnant.«

Beide ritten einen in den Felsen ausgehauenen Pfad hinab und gelangten zu einer leicht passierbaren Furt.

»Das wäre der eine!« sagte José.

»Sind die andern ebenso leicht zu überschreiten?« fragte der Leutnant.

»Ganz ebenso«, erwiderte José. »Wenn die Regenzeit

diese Wildbäche anschwellt, so stürzen sie in den kleinen Fluß Ixtolucca, dem wir in den Hochgebirgen begegnen werden.

»Wir haben jedoch in diesen Einöden nichts zu fürchten?«

»Nichts, außer vielleicht einen mexikanischen Dolch!«

»Ja freilich«, meinte Martinez. »Die Indianer dieser Hochländer sollen von alters her damit gut umzugehen wissen.«

»Und wie viele Bezeichnungen haben sie für ihre Lieblingswaffe«, fügte der Mastwart lachend hinzu, »z.B. Estogue, Verdugo, Puna, Anchillo, Beldoque, Navaja und noch andere. Sie haben das Wort ebenso schnell im Munde, wie den Dolch in der Hand! Aber, Santa Maria, das ist ja recht gut, da brauchen wir wenigstens die unsichtbaren Kugeln der langen Karabiner nicht zu fürchten. Ich kann mir gar nichts Ärgerlicheres vorstellen, als nicht einmal zu wissen, wer einem den Garaus macht.«

»Welche Indianerstämme wohnen in diesen Gebirgen?« fragte Martinez.

»Ei, wer kann die Rassen alle zählen, die in diesem Eldorado von Mexiko hausen! Bedenken Sie nur die vielen Kreuzungen, Leutnant, die ich sorgfältig studiert habe, um später einmal eine passende und vorteilhafte Ehe zu schließen. Da findet man den Mestizen, von einem Spanier und einer Indianerin abstammend; den Castisa, von einem Mestizenweibe und einem Spanier; den Mulatten, von einer Spanierin und einem Neger; ferner den Monisken, von einer Mulattin und einem Spanier; den Albino, von einer Moniskin und einem Spanier; den Tornatras, von einem Albino und einer Spanierin; den Tintinclaire, von einem Tornatras und einer Spanierin; den Lovo, von einer Indianerin und einem Neger; den Caribujo, von einem Coyoten und einer Mulattin; den Grifo, von einer Negerin und einem Lovo; den Albarazado, von einem Coyoten und einer Indianerin; den

Chanisa, von einer Mestizin und einem Indianer; endlich den Mechino, von einer Lovo und einem Coyoten!«

Josés Angaben waren ganz richtig; anerkanntermaßen bereitet die in diesen Gegenden sehr problematische Reinheit der Rassen allen anthropologischen Forschungen große Schwierigkeiten. Aber trotz der gelehrten Plauderei seines Gefährten versank Martinez sehr bald wieder in seine frühere Schweigsamkeit. Er entfernte sich sogar freiwillig etwas mehr von demselben, da ihn dessen Gegenwart zu bedrücken schien.

Bald durchschnitten zwei andere Wildbäche ihren Weg. Der Leutnant hielt ganz betroffen an, als er sie vertrocknet fand, denn er hatte darauf gerechnet, hier sein Pferd zu tränken.

»Da stehen wir nun, wie ein Schiff in der Windstille, wenn ihm Nahrungsmittel und Wasser ausgegangen sind», sagte José. »Bah, folgen Sie mir. Wir wollen unter jenen Eichen und Ulmen einen Baum suchen, der hier »Ahuehuelt« heißt und gerade soviel bedeutet, wie der Kranz über den Türen der Schenken. Unter seinem Schatten findet man stets eine erquickende Quelle, und wenn sie auch nur Wasser gibt, so müssen Sie, meiner Treu, nicht vergessen, daß das Wasser der Wein der Wüstenei ist!«

Die Reiter trabten die nächstfolgende Anhöhe hinauf und fanden bald einen Baum der erwähnten Art. Aber die erhoffte Quelle war versiegt und allem Anschein nach erst vor ganz kurzer Zeit.

»Das ist sonderbar«, bemerkte José.

»Nicht wahr, das ist auffallend«, sagte Martinez erbleichend. »Vorwärts also, schnell vorwärts!«

Bis nach dem Flecken Cacahuimilchan wechselten die Reiter kein einziges Wort. Dort entleerten sie ihre Mochillas ein wenig und wandten sich dann nach Cuernavaca, weiter nach Osten zu.

Die Landschaft zeigte sich jetzt schon in wilder Großartigkeit und ließ die gigantischen Gipfel ahnen, deren Basaltwände die von dem Großen Ozean herüberziehenden Wolken aufhalten. An der Krümmung eines gewaltigen Felsens zeigte sich das schon von den alten Mexikanern errichtete Fort Cochicalcho, dessen Plateau neuntausend Quadratmeter mißt. Die Reisenden begaben sich nach dem riesigen Felsenkegel, der jenes trägt und der von schroffen Steinnadeln und drohenden Ruinen bekränzt ist. Sie stiegen ab, banden ihre Tiere an den Stamm einer Ulme und klommen, da es ihnen darauf ankam, sich über die Richtung ihres Weges durch den Überblick von einem höheren Punkte aus zu vergewissern, mühsam an den Vorsprüngen des Kolosses in die Höhe.

Schon sank die Nacht hernieder; alles ringsumher verlor in der Dämmerung seine bestimmten Umrisse und nahm phantastische Formen an. Das alte Fort ähnelte nicht wenig einem riesenhaften, halb liegenden Büffel mit unbewegtem Kopfe, und Martinez' unruhiger Blick glaubte auch auf dem Körper des gespenstischen Tieres flüchtige Schatten dahinhuschen zu sehen. Er schwieg jedoch hiervon, um nicht die Spöttelei des ungläubigen José herauszufordern. Dieser ging langsam auf den Fußstegen des Berges weiter; als er aber einmal auch hinter einem Vorsprunge verschwunden, leiteten seine »Santa Maria« und ähnliche Ausrufe den Leutnant bald nach derselben Stelle.

Plötzlich hob ein gewaltiger Nachtvogel mit einem heiseren Schrei langsam mit schwerfälligem Flügelschlag sich empor.

Martinez prallte zurück.

Etwa dreißig Fuß über ihm schwankte ein mächtiger Felsblock sichtbar auf seiner Unterlage. Jetzt löste er sich los und stürzte mit Blitzesschnelle und Donnerkrachen, alles auf seinem Wege zermalmend, in eine gähnende, dunkle Tiefe.

»Santa Maria!« rief der Mastwart. »Herr Leutnant!«

»José?«

»Hierher!«

Die beiden Spanier kamen wieder zusammen.

»Das war eine tüchtige Lawine! Ich dächte, wir kletterten wieder hinunter«, sagte der Seemann.

Martinez folgte ihm, ohne ein Wort zu sprechen, und bald hatten beide wieder das untere Plateau erreicht.

Hier bezeichnete eine breite Furche den verderblichen Gang des Felsblocks.

»Santa Maria!« rief José entsetzt. »Unsere Pferde sind verschwunden, zermalmt, tot!«

»Wahrhaftig?«

»Überzeugen Sie sich selbst.«

In der Tat war der Baum, an den sie die Tiere gebunden hatten, mit diesen weggerissen.

»Wenn wir da noch darauf gesessen hätten...«, bemerkte philosophisch der Mastwart.

Martinez war vor Schrecken halb erstarrt.

»Die Schlange, die Quelle, und nun die Lawine!« murmelte er.

Plötzlich sprang er mit stierenden Augen auf José zu.

»Sprachst du nicht eben vom Kapitän Don Orteva?« rief er mit vor Zorn erzitternden Lippen.

José wich zurück.

»Ach, keine Torheiten, Leutnant! Senden wir unseren Pferden einen letzten Gruß nach und dann vorwärts! Hier ist nicht gut sein, wenn der alte Berg da den Kopf schüttelt!«

Schweigend und mit großen Schritten eilten die beiden Spanier dahin und langten mitten in der Nacht in Cuernavaca an; es war ihnen jedoch unmöglich, sich Pferde zu verschaffen, und so machten sie sich am andern Tage also zu Fuß auf den Weg nach dem Berge Popocatepetl.

5.

Von Cuernavaca nach dem Popocatepetl

Die Temperatur sank immer mehr; jede Vegetation hörte auf. Diese unzugänglichen Höhen, die »kalten Landstriche« genannt, gehören vollständig der Eiszone an. Schon zeigten die Fichten der düsteren Regionen ihre starren Silhouetten zwischen den letzten Ketten dieser hohen Bergzüge, und immer seltener wurden die Quellen in diesen größtenteils aus rissigen Trachyten und porösen Mandelsteinen gebildeten Einöden.

Sechs starke Stunden lang schon schleppten sich der Leutnant und sein Begleiter mühsam dahin, verletzten sich die Hände an den scharfen Kanten der Felsen und die Füße an den spitzigen Steinen des Weges. Bald zwang sie die Erschöpfung, einmal zu ruhen. José machte etwas Nahrung zurecht.

»Ein verteufelter Einfall, nicht den gewöhnlichen Weg einzuschlagen!« sprach er halb für sich.

Beide hofften in Aracopistla, einem völlig in den Bergen verlorenen Dörfchen, irgendein Transportmittel zu finden, um ihre Reise zu vollenden. Wie groß war aber ihre Enttäuschung, als sie auch hier nicht das Geringste fanden, denselben Mangel an allem und noch dazu dieselbe widerwillige Gastfreundschaft, wie schon vorher in Cuernavaca. Und doch mußten sie ihr Ziel erreichen!

Jetzt erhob sich vor ihnen der ungeheure Gipfel des Popocatepetl zu einer solchen Höhe, daß der Blick sich in den Wolken verlor, wenn er nach der letzten Spitze suchte. Der Weg wurde zum Verzweifeln beschwerlich. Überall öffneten sich ungemessene Schluchten und schienen die schwindelnden Pfade unter den Tritten der Wanderer zu schwanken. Um sich zurechtzufinden, mußten sie einen 5400 Meter hohen Absatz des Berges ersteigen, der von den Indianern den Namen des »rauchenden Felsen« erhalten hat und noch die Spuren neuerer vulkanischer Explosionen zeigt. Dunkle Höhlen spalteten seine steilen Abhänge. Seit Josés letzter Reise hatten neue Umwälzungen dieses öde Terrain untereinander geworfen, so daß ihm alles fremd erschien. Er verlief sich auch wiederholt auf den kaum erkennbaren Stegen und blieb manchmal stehen, um zu lauschen, wenn sich in den Eingeweiden des Felsenriesen verdächtige Geräusche hören ließen.

Schon neigte sich merkbar die Sonne. Große nach dem Himmel zu zerrissene Wolken verdunkelten die Atmosphäre noch mehr. Es drohte mit Regen und Gewitter, welche Meteore in diesen die Verdunstung des Wassers begünstigenden Höhen nicht selten sind. Auf diesen Felsen verschwand überdies jede Spur von Vegetation, da dieselben schon in die Region des ewigen Schnees hineinreichten. »Ich komme nicht mehr weiter!« sagte endlich José und fiel vor Erschöpfung um.

»Immer vorwärts!« erwiderte Leutnant Martinez mit fieberhafter Ungeduld.

Ein dumpfer entfernter Donner rollte durch die Schluchten des Popocatepetl.

»Ich will des Teufels sein, wenn ich diese Fußstege je wieder betrete!« beteuerte José.

»Aber jetzt steh auf und beeile dich!« mahnte ihn Martinez mit barscher Stimme.

Er zwang José, taumelnd weiterzugehen.

»Und nicht eine menschliche Seele, die uns führen könnte!« brummte der Mastwart.

»Desto besser«, erwiderte der Leutnant.

»Sie wissen jedenfalls nicht, daß in Mexiko jährlich gegen tausend Mörder ihr Handwerk treiben und daß diese Gegenden nicht gerade sicher sind.«

»Desto besser!« lautete nochmals Martinez' Antwort.

Große Regentropfen erglänzten, von dem letzten Schimmer des Tages beleuchtet, da und dort an den Felsen. »Was werden wir zu Gesicht bekommen, wenn diese Berge hinter uns liegen?« fragte der Leutnant.

»Mexiko zur Linken, Puebla zur Rechten«, antwortete José, wenn wir überhaupt etwas sehen können.

Doch das wird unmöglich sein. Es wird zu dunkel. Vor uns liegt auf der anderen Seite der Berg Icctacihualt und im Tale läuft die sehr gute Straße. Aber ob wir auch bis dahin kommen!«

»Vorwärts, nicht zögern!«

Josés Angaben waren richtig. Das Plateau von Mexiko ist in einem vierseitigen Rahmen mächtiger Berge eingeschlossen. Es bildet ein weites, ovales Bassin von achtzehn Lieues in der Länge, bei einer Breite von zwölf und einem Umfange von zweiundsiebzig Lieues. Hohe Berggipfel, unter denen sich der Popocatepetl und der Icctacihualt im Südwesten besonders auszeichnen, streben rings um dasselbe empor. Hat er einmal den hohen Grenzrand erstiegen, so findet der Reisende keine weiteren Schwierigkeiten. Schon bergab wird der Boden wegsamer und zuletzt führt ihn nach Mexiko eine sehr gute Straße in der Richtung nach Norden hin. Statt ermüdender Reihen von Pappeln und Ulmen zeigen sich hier die von den Königen der Azteken-Dynastie angepflanzten Zypressen und die »Schinus«, welche den Trauerweiden des Okzidents ähneln. Da und dort trifft man bearbeitete Felder oder Gärten mit reichem Blumenschmucke, während Äpfel-, Kirsch- und Granatbäume unter dem tiefblauen Himmel, eine Folge der verdünnten und trockenen Luft dieser Hochebenen, gleichmäßig üppig gedeihen. In den Bergen hallte der Donner jetzt mit furchtbarer Gewalt. Der Regen und der Wind, welche zeitweilig aussetzten, verstärkten dadurch nur das Echo.

José fluchte bei jedem Schritt. Bleich und stumm warf der Leutnant Martinez nur scheue, böse Blicke auf seinen Begleiter, in dem er nur noch einen Mitwisser seines Verbrechens sah, welchen er gern entfernt und unschädlich gewußt hätte.

Da zerriß ein greller Blitz die tiefe Finsternis. Der Mastwart und der Leutnant standen dicht vor einem Abgrunde!...

Martinez trat an José heran. Er legte ihm die Hand fest auf die Schultern und sagte:

»José, ich fürchte mich...«
»Vor dem Gewitter?«
»Den Sturm am Himmel fürchte ich nicht, wohl aber die Empörung in meinem Innern.«
»Ah, Sie denken noch immer an Don Orteva!... Schämen Sie sich, Leutnant, Sie reizen mich zum Lachen!« antwortete José, dem freilich das Lachen verging, als er Martinez' wütenden Blick auf sich geheftet sah.
Wiederum krachte ein furchtbarer Donnerschlag.
»Schweig still, José, schweig still!« rief Martinez, der seiner kaum noch Herr zu sein schien.
»Die Nacht ist zum Moralisieren recht passend!« erwiderte der Mastwart. »Wenn Sie sich fürchten, Leutnant, dann machen Sie Augen und Ohren zu.«
»Ich glaube«, stöhnte Martinez, »ich sehe dort den Kapitän... Don Orteva... mit zertrümmertem Schädel!... Da... da...!«
Von einem fahlen Blitze erleuchtet erhob sich ein dunkler Schatten etwa zwanzig Schritt vor den beiden Wanderern. Gleichzeitig erblickte José Martinez, leichenblaß, verfallen, düster und mit einem Dolch in der Faust an seiner Seite.
»Was, was ist das?« schrie er.
Ein Blitz warf sein grelles Licht auf beide.
»Zu Hilfe!« rief José...
Schon lag aber nur noch ein Leichnam auf der Erde. Ein neuer Kain, floh Martinez mit der blutigen Hand durch das Unwetter dahin.
Wenige Augenblicke später neigten sich zwei Männer über die Leiche des Mastwarts und sagten:
»Das wäre der eine!«
Martinez irrte wie ein Wahnsinniger durch die dunkle Einöde. Mit entblößtem Haupte lief er durch den Regen, der in Strömen niederfloß.
»Zu Hilfe, zu Hilfe!« rief er, auf den schlüpfrigen Steinen ausgleitend.
Plötzlich vernahm er ein tosendes Rauschen.
Martinez stutzte und hörte einen herabstürzenden

Wildbach. Es war der kleine Fluß Ixtolucca, der sich fünfhundert Fuß unter ihm dahinwälzte.

Einige Schritte weiter war über den Fluß eine Brücke aus Agaveseilen geschlagen. An beiden Uferwänden nur durch zwei eingerammte Pfähle gehalten, schwankte diese Brücke jetzt wie ein ausgespannter Faden.

Krampfhaft erfaßte Martinez die Lianen und kroch furchtsam auf die Brücke. Mit aller Anstrengung gelangte er bis zu dem entgegengesetzten Ufer.

Da richtete sich ein unheimlicher Schatten vor ihm auf.

Martinez wich stumm zurück und suchte das eben verlassene Ufer wieder zu erreichen. Aber auch hier erschreckte ihn eine dunkle Mannesgestalt.

Auf den Knien arbeitete er sich wiederum, die Hände vor Verzweiflung krampfhaft geschlossen, bis nach der Mitte der Brücke zurück.

»Martinez, ich bin Pablo!« rief eine Stimme.

»Martinez, ich bin Jacopo!« erschallte eine andere.

»Du bist ein Verräter – du mußt sterben!«

»Du bist ein Mörder – du mußt sterben!«

Zwei scharfe Schläge... die Pfähle, welche das Ende der Brücke hielten, fielen unter den Äxten...

Ein entsetzliches Geräusch, und Martinez stürzte mit hocherhobenen Händen in den Abgrund.

Eine Strecke stromabwärts, wo sich eine passierbare Furt des Ixtolucca befand, kamen der Aspirant und der Hochbootsmann wieder zusammen.

»Ich habe Don Orteva gerächt!« sagte Jacopo.

»Und ich«, erwiderte Pablo, »ich rächte mein Spanien!«

So entstand zuerst die mexikanische Marine. Die beiden von den Verrätern überlieferten spanischen Kriegsschiffe verblieben dem jungen Freistaate und wurden zum Kerne jener Flotte, welche unlängst Texas und Kalifornien der Seemacht der Vereinigten Staaten streitig zu machen wagen durfte.

COLLECTION JULES VERNE

1. Von der Erde zum Mond
   Direkte Fahrt in 97 Stunden 20 Minuten
2. Reise um den Mond
3. Reise um die Erde in 80 Tagen
4. Reise zum Mittelpunkt der Erde
5. Fünf Wochen im Ballon

6./7. Zwanzigtausend Meilen unter dem Meer

8. Abenteuer von drei Russen und drei Engländern in Süd-Afrika

9./10. Abenteuer des Kapitän Hatteras

11./12./13. Die Kinder des Kapitän Grant

14./15./16. Die geheimnisvolle Insel

17./18. Das Land der Pelze

19. Eine schwimmende Stadt
    Die Blockadebrecher
20. Eine Idee des Doktor Ox
    Meister Zacharius
    Ein Drama in den Lüften
    Eine Überwinterung im Eis
    Eine Mont-Blanc-Besteigung
21. Der Chancellor
    Tagebuch des Passagier J. R. Kazallon

22./23. Der Kurier des Zaren
Michael Strogoff

24. Schwarz Indien

25./26. Reise durch die Sonnenwelt

27./28. Ein Kapitän von 15 Jahren

29./30./31. Die Entdeckung der Erde

32. Die fünfhundert Millionen der Begum
33. Die Leiden eines Chinesen in China

34./35. Die großen Seefahrer des 18. Jahrhunderts

36./37. Das Dampfhaus

38./39. Der Triumph des 19. Jahrhunderts
40./41. Die Jangada
42. Die Schule der Robinsons
43. Der grüne Strahl
44./45. Keraban der Starrkopf
46. Der Südstern oder das Land der Diamanten
47. Der Archipel in Flammen
48./49./50. Mathias Sandorf
51. Robur der Sieger
52. Ein Lotterie-Los
53./54. Nord gegen Süd
55./56. Zwei Jahre Ferien
57. Kein Durcheinander
58./59. Die Familie ohne Namen
60./61 Mistreß Branican
62. Das Karpatenschloß
63. Claudius Bombarnac
Notizbuch eines Reporters
64./65. Der Findling
66./67. Meister Antisers wunderbare Abenteuer
68./69. Die Propeller-Insel
70. Vor der Flagge des Vaterlandes
71. Clovis Dardentor
72./73. Die Eissphinx
74./75. Der stolze Orinoco
76./77. Das Testament eines Exzentrischen
78./79. Das zweite Vaterland
80. Das Dorf in den Lüften
81. Die Historien von Jean-Marie Cabidoulin
82./83. Die Gebrüder Kip
84./85. Reisestipendien
86. Ein Drama in Livland
87. Der Herr der Welt
88. Der Einbruch des Meeres
89. Der Leuchtturm am Ende der Welt
90./91. Der Goldvulkan
92./93. Reisebüro Thompson & Co.
94. Die Jagd nach dem Meteor
95. Der Pilot von der Donau
96./97. Die Schiffbrüchigen der Jonathan
98. Wilhelm Storitz' Geheimnis
99./100. Cäsar Cascabel